U0854850

light

每日微光

精致化出版文创
故事深化法推广
人文读书会服务
助人工作者陪伴

- START -

心灵阅读，影响生命

TO READ INTO SOUL，LIVE A TRUE LIFE.

把自己活成一个好故事

YOUR LIFE IS ALREADY A GOOD STORY

马冉冉的生命故事笔记

马冉冉 著

五洲传播出版社

献给所有正在勇敢活着的灵魂：

每一刻，许诺自己以爱、自信与自尊，

让我们把生命，活成一个好故事。

目录

自序

第一章：当你开始“说故事”，你才真正进入人生

第二章：生命故事的疗愈力量

第三章：生命故事个案

第四章：玩转“生命故事”，升级人生玩法

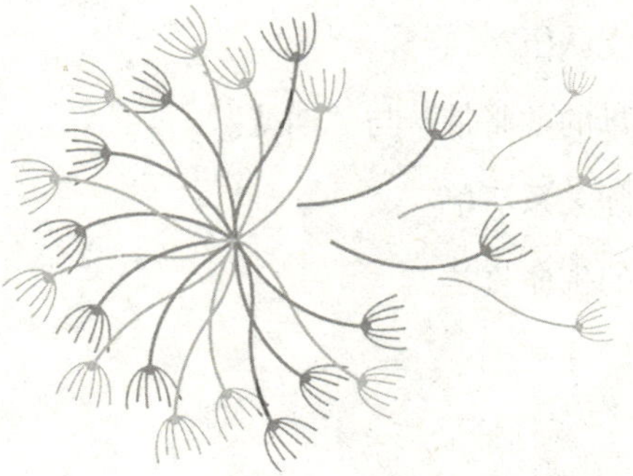

第五章：把“生命故事”活进生活

第六章：影视剧里的“生命故事”

后记

自序

学会爱，学会幸福，学会创造生命

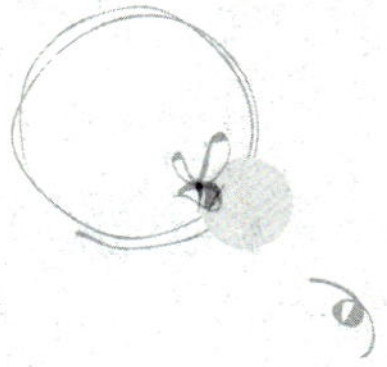

这是我此生写作的第五本书。

于我个人的经历而言，我记录下的这些故事也许微不足道，但一人故事，众生故事，尤其是那些真正从灵魂深处流淌出来的故事，我相信，于人类全体，它们自有价值。

好故事，不是因为辞藻华丽，而是因为真心真意讲出了生而为人共有的困顿、挣扎、绝望，以及不抛弃、不放弃、不甘心的努力。

如果有一个人，要被上天选中做一个勇敢地、真实地诉说生命故事的人，我希望那个人是我。

当有一天我离开人世，希望今生经历的一些故事和一些感悟能继续流传下去，给同样在滚滚红尘故事里的人们以光与希望。

是的，我有很大的野心，想要留下一部“传世之书”，像曾经每一位求道者一样，让经历成“故事”，体悟于“故事”，觉醒于“故事”。

故事永流传

那到底什么是“故事”呢?

很多研究“故事”的前辈，都给出了各自不同的解答。我认同他们的说法，同时，很想更深地抓到故事的核心本质。我会推想，一开始，故事到底是怎么产生的呢?

在人类刚刚出现的、还未有语言文字的原始部落时期，“故事”一开始会不会是这样出现的。

隔壁那个洞穴里住着一个浑身肌肉疙瘩的男人，早晨他跟族人一起出去打猎，结果晚上他没有回来。

焦急等待他的族人围着篝火议论，用只有他们自己能听得懂的语言表达各种猜测。

甲说：“好可怕呀，我在后山看见一头野狼。他是不是被狼吃了？”

乙说：“很有可能哦。我那天还看见了一行狼爪印迹呢。”

丙说：“好可怜啊，留下孤儿寡母可怎么办啊！”

丁说：“我就说吧，这个人心眼不好，不会有好报的。每次打猎，他都偷偷给自己家留最好的肉，把不好的分给我们……哼，让我说中了吧。”

人们都认为自己猜测的那种可能性是真的，于是认真搜索证据，用力论证自己的观点。这是故事。

第四天，这个男人回来了。原来，他迷路了，走到了森林深处。在那里，他又累又困，几乎快要昏倒时像是产生了幻觉，他看见一头浑身纯白的鹿，如同耀眼的光，在他面前跳跃着，引领他走出了森林。

他这样讲着的时候，族人们听得如痴如醉，身临其境。他把自己的经历讲出来时，这是故事。

人群中一位见多识广的老人说：“那只白鹿，我小时候也听老人们说起过，它帮过我们的族人很多次。我奶奶的奶奶的奶奶生重病时，这只白鹿也出现过，送来一株仙草，她吃下去就好了。”

于是，很多很多个世代之后，在这个部落中一直流传着“鹿精灵”的故事。久远不可考的传说，也是故事。

在我的理解中，“故事”就是人们对于自己亲身经历或是道听途说的那些人、事、物的解读。

人按照自己对于世界的认知和理解，对人、事、物的现象做出诠释，试图串联起内在的某种关联，并且挑选出那些能够佐证自己观点的“经验碎片”，发展成“故事”，讲给其他人听，用以八卦……哦，不，是分享、交流、记录、传播。

而“生命故事”就是那些环绕着我们与世间万物的生命所展开的种种，在我们的理解中所成为的样子，有屋檐下的柴米油盐，也有天地间的诗与远方。它更宏大，也更久远。

如果说“故事”是人用自己有限的认知，用头脑讲出来的人生的经历，那么，“生命故事”是我们的心灵在讲述的这一生的广阔旅程。

应作如是观

在我研究“故事”和“生命故事”的道路上，有两位老师对我影响至深。

一位是澳洲著名身心灵导师、觉醒大师李尔纳。他的“觉醒两步舞”让我深刻领悟到“从故事中醒来”的关键奥秘所在。

我们曾经历过一些事件，并从中得出对自己的结论，当一个人一遍遍讲述那个故事时，也就被深深困在那些结论里。而觉醒的奥秘就在于放下那些结论，走出头脑，回归“过去已经过去、未来尚未到来”的此时此刻——当下。

另一位是台湾著名心理学家、叙事王子周志建博士他将后现代叙事疗法发展成为“故事疗愈”，带给我对故事真实之美、灵性之美的洗礼。

原来，修行并不是要去背诵前人留下的经典著作，而是要在对自己人生经历的诉说、反思、解构、重构中，认回自己独特的生命旅程，与不完美的自己和解，也接受父母的不完美，从而把曾经受苦的自己爱回来。

李尔纳老师教我“走出头脑”，周志建老师教我“踏实落地”。

永远感恩这两位恩师，带给我的“故事”启蒙。

融合了我自己生命中身心灵修行的经验和体悟，我开始在做颇有我个人风格的“生命故事疗愈”。

“生命故事疗愈”可以无缝对接心理学、灵性、催眠、牌卡、水晶、生命数字、亲子教育、家长学习……也可以运用在企业HR管理、生涯咨商、创意、创业等领域。

而故事疗愈师，指的是以“故事”作为基本工作元素的生命疗愈者，透过聆听众人的故事，给予陪伴，带人们走出头脑、念头的圈禁，回到生命当下的丰盛之流。

故事疗愈师也在这个陪伴的过程中，一步步读懂生命的真谛，学会爱，学会感受幸福，学会创造生命。这是我写作这本生命故事疗愈自助书的初心。

疗愈，不可能发生在那些我们自己还在试图遮掩的故事之外。在“说故事”的氛围下，疗愈就变成自然而然展开的对话了。

然后，你使用你生命内置的天线与雷达，使用万物有灵的灵性，为有需要的人搭建起他与自己、灵魂、天命沟通的桥梁。

我想，我们可以一起来实现这个梦想。

愿人们心痛时，能被抚慰；

愿人们无助时，得以前行。

而我们，将一起走在这条路上。

第一章

当你开始『说故事』，
你才真正进入人生

自医方能医人。
『说故事』，得从你自己做起。
我会从自己的故事说起……

小时候常常挨打的孩子，长大之后会怎样?

我是一个很容易“沮丧”的人。常常一件很小的事情，都会让我的心跌入一个深渊。

这是发生在四年前某一天的故事。

我刚刚结束一个成功的工作坊，非常非常累。在家休养生息的几天里，我每天无所事事，练习瑜伽、打坐、看书、看电影……然而，心里却是不平静的，像被一层塑料薄膜包裹住了，让我不能触碰到我内心深处的安宁。很多很多的怀疑也会不时涌起。对了，还有怒气。“不应该啊，一切都很好，为什么我会这样呢？”

先生看我在床上辗转反侧，知道我不开心，就询问我。我说：“我不知道怎么了，就是心里特别堵。”他说：“你是不是有点沮丧？”

听到“沮丧”这个词，我心中某处隐藏的故事被唤醒了，眼泪一下就涌了出来。然后，一个画面带着一段故事，就浮现了出来。

考砸了

小学三年级的我，9岁。期中考试的最后一个上午要考数学，正好，那天是我爸爸堂弟结婚的日子。爸爸先带着弟弟回老家了。妈妈说等我考完试，立刻带我回去，还能赶上参加婚宴。

我不知道是怎么考完那场考试的。对新娘子的向往，对喜宴的期待，让我的心整个都飞了。对一个生活在20世纪90年代的小孩来说，还有什么是比一场婚礼更热闹丰盛的？考完试，我兴奋地去找妈妈。

当时，妈妈在一家商店工作。来接她班的那个阿姨还没到，她让我先等一会儿。我按捺不住兴奋，上蹿下跳。妈妈让我先把演算草稿纸拿给她检查，我不愿意，大约是不想破坏自己此刻的好心情。可是，到底还是交了出来。

她趴在柜台上，一道题一道题检查着我的演算。我候在她身边，焦急地等着，催促她：“妈妈，快点，快点，一会儿就晚了。”

可每检查完一道题，妈妈的脸色就更铁青一点：“你看，你看，前面所有步骤都做对了，就是到最后一步算错了，结果就错了。你就是心野了，马虎，是吧？”

妈妈估了一个分数，很低很低。我吓呆了。

周围的人劝着：“哎，先别说孩子了，小孩有心事，肯定就不能专心了。带她先回老家喝喜酒去吧。”我妈气疯了：“喝喜酒？！我还带她去喝喜酒？！”

她也不上班了，骑上自行车把我带回家。

她让我在她的卧室里跪着，然后找出一把竹尺。我不记得那天我到底挨了多少打，我不记得我妈以前打过我没，也不记得她以后还打过我没。我只记得，硬硬的竹尺一尺子一尺子抽在我身上，让我惊恐。

妈妈一边抽我，一边哽咽地痛斥：“让你马虎，让你马虎，让你马虎！让你心野！让你玩！”

又怕，又痛，我觉得天都塌了，跪在地上哀号……晚上，爸爸回来，她立刻告诉爸爸。这一次，爸爸倒是忍住了，没揍我。

几天后，成绩出来了，我的数学考了64分。

对以前总是班级前两名、不是考99分就是100分的我来说，考出这样的成绩，意味着我一下变成了一个中后段的学生。更重要的是，一个三年级的小学生考64分，在我妈眼里简直是不可饶恕的。我心里又怕又恼，再加上妈妈那一顿揍，根本抬不起头来。

这件事还没完。

家长会

过了几天，班里开家长会，我妈参加的。家长会上发生了什么，我妈在饭桌上说给我爸听了。我低着头，根本没敢认真听。

第二天课间操结束时，班主任把我叫到办公室。当时，办公室正是热闹的时候，有很多老师和学生。我的班主任是一个矮小的老太太，才9岁的我已经比她高出半头了。她让我站在她的办公桌前，先去慢悠悠倒了一杯茶，然后，端着茶杯，用戏谑的口吻说："哎呀，马冉冉，你知不知道你妈妈在家长会上说了什么？"

我惊恐地摇头。

"你妈妈上台发言，说她女儿数学成绩退步这么厉害，不是孩子的原因，肯定是老师教得不好。"她嘲讽地说。然后，她站起身来，用手揪住我的耳朵，开始剧烈地摇动，一边拉扯，一边还问我："你说是不是，你说是不是？"

我忍住已经涌上来的羞耻的泪水，赶忙摇头。我不明白，妈妈怎么可能这样说，妈妈为什么要这样说，当时打我的时候不是说我粗心马虎吗？

旁边有老师好奇地问："哟，她怎么了？"

我不是坏学生，出入老师办公室是家常便饭，但都是"露脸"的事。过去，这样的待遇不可能发生在我身上。当着我的面，班主任绘声绘色地又把整件事说了一遍。一个女老师拔高了音调说："咦，她妈妈说话怎么那么没水平，孩子考不好还赖老师？！她妈是哪个啊？"

班主任接过话来："就是那个在市场卖布的×××。"

我低着头，眼角却还是看到了她一脸的鄙夷。更多的女老师加入讨论，“没文化。”“做生意的人，光忙着赚钱了，哪有空管孩子。”“就会把孩子推给老师，不负责任。”

我头重脚轻地站在那里，听着一切。因为我的过错，不仅我要被羞辱，连我的妈妈都要被她们羞辱。我真的太不应该了。

上课的铃声终于响了，班主任对我的“戏弄”终于不得不结束了，她呼喝我去上课。我深一脚浅一脚地走回教室……

27年了，这件事我从未跟任何人说起。也许是觉得，当时的自己太羞耻了。也许是觉得，如果告诉母亲，她也会觉得被羞辱。我默默吞下这一切，自己咀嚼着。

赎罪

那年期末考试，我数学考了99分，总成绩又是全班第一，得了三好学生。但是，我已经不敢再有丝毫开心的感觉——我是一个“罪人”，考成这样不过是“赎罪”而已。

我跟班主任从来都不亲近。她太偏向当时我们班另外一个家境更优越的女孩，她的偏心人尽皆知。

考上大学之后，班主任每次碰到妈妈都说我是她最得意的学生，从小就看着有出息。于是一到寒暑假，妈妈就要拉着我去她家看望她。我只硬着头皮去过一次，然后就坚决拒绝。我不想去。我还记得那只揪住我耳朵大力摇晃的手。

当这些陈芝麻烂谷子的故事再度在我36岁的一个深夜被回想起来的时候，我终于哭了出来：

“妈妈，不就是一次考试没考好吗，天就要塌下来了吗？你知道吗？从那之后，我觉得做好事情是应该的，如果做不好，就要受到严厉惩罚，我再也没从考试成绩中得到过一次快乐。有什么用啊？做好是应该的，做错是要受罚的。有什么用啊？有什么用啊？我现在做的这一切，我也不觉得有任何了不起。有什么用啊？”

“老师，你如果对我妈妈有意见，你可以直接去找我妈妈交涉，你找我妈去说啊！你当众欺负一个小孩，羞辱一个小孩，是要干什么？算什么本事？”

当我跟先生说了这一切，更多的眼泪涌了出来，很深很深的情绪被翻出来了。

“我不是一个坏孩子，别不要我。我不是一个坏孩子，别不要我。我不是一个坏孩子，别不要我。我不是一个坏孩子，别不要我。我不是一个坏孩子，别不要我。我不是一个坏孩子，别不要我……

你们不要我，我就活不下去了啊。你们不要我，我就活不下去了啊。你们不要我，我就活不下去了啊。你们不要我，我就活不下去了啊。”

好孩子

其实，说到这里，我知道我的情绪还没触底，但是，我觉得身边人可能还没准备好来接住这一切，于是独自去了另一间卧室。

围着被子，坐在床上，在黑暗里，我看见那个跪在冰凉的水泥地上瑟瑟发抖的9岁的自己。

“你是好孩子。你真的是一个好孩子。你真的是一个好孩子。你真的是一个好孩子。你真的是一个好孩子。你真的是一个好孩子。你真的是一个好孩子。你真的是一个好孩子。你真的是一个好孩子。你真的是一个好孩子。一次考试没考好，没关系的，你还是那么聪明、那么努力的孩子，你不会被那次考试摧毁的。你未来还是很好的。"

可是，当时的她，身边没有机会出现这样的声音，只能"困"在那里，31年。

我今天在做的，只为把她带出来。那样的困顿，所有的沮丧，原来是来自我从9岁起就在心里面认定我是一个坏孩子。或者，打从娘胎起，我就感觉到我的爸爸妈妈都不想要我。我做好事情是应该的，做错事情就要被责打。

如果可以穿越回去，回到那个午后，回到父母卧室，看见那个被尺子抽得伤痕累累还在罚跪的自己，我会跟她说："你是一个好孩子。即使粗心马虎、心野了，你也是一个好孩子，即使考试成绩差，你也是一个好孩子。我永远都爱你，都要你。"

伤疤

我日后为什么会成为一名身心灵工作者，去疗愈人们受伤的心灵，可能是因为我小时候挨的打、挨的骂够多，我有体验，我太知道那个痛。

所以，每当我看到，在童年因为与父母互动出的种种故事而被"折磨"得伤痕累累的人无觉知地说："我的爸爸妈妈其实很爱我的……只是不知道为什么越长大我越抑郁。"我的心，感同身受。

我的学生说："我选择冉冉老师为师的原因，就是因为这个老师和我们都太一样了……我需要我身边有和我一样的人活出来作榜样。"

我跟你们都太一样了。所以，打死我，我也不会说："父母养你们已经很不容易了，要孝顺。"

让我来告诉你，那些小时候常常挨打的孩子，长大会变成什么样？

他们为了屏蔽来自身体的、来自精神的痛感，麻痹掉自己的心灵，成为一个不会大哭也不会大笑的“小怪物”，还为能从医院拿到一张抑郁症诊断书而欣慰不已——“我终于可以名正言顺地不快乐了。我终于可以不用再讨好我的父母了。”

他们要么拼命地追求成功，要么就在潜意识里把自己困住不让自己成功。然后，在一条叫作“命运”的大路上走得坎坎坷坷。生命以一个支离破碎的样子开始，又可能在支离破碎里，去创造一个同样支离破碎的孩子。

他们会遇到很多的情绪“障碍”，不管是男性还是女性，还有可能沉迷于网络、酒精、性，甚至毒品。

他们很难从心底感受到自己值得被爱，因此亲密关系总是艰难。

或许，那些挨打挨骂的孩子长大之后也不会怎样，只是不幸福。他们内在的生命力会被掏空，没有汁液，只剩下一张老树皮。

打在身上的伤痕会消失，骂进耳朵里的那些难听话也烟消云散，可是，烙印在心底深处的痛，却依旧把一个个原本鲜活的生命困在了原地。

我成长在“棍棒底下出孝子”的家庭环境中。为此，我的先生甚至公开下了禁令：“在我们的家，谁都不可以对孩子动手。”

现在，我的父母都在跟我一起学习，去探索他们自己，也渐渐明白他们教养孩子的方式出了问题，想改变。但我知道，船大难掉头，积习难返。他们要觉醒起来，也真的蛮困难的。

可是，我真的看到，他们有在缓慢改变。有一天，我的侄子闹脾气，甚至咬了他爷爷的胳膊。那一次，我的父亲很坚定地对他孙子说：“今天，无论你怎么闹，爷爷说了不打你，就不打你。”到最后，闹脾气的“小魔怪”自己恢复了平静。

让我心痛的是，我那个也是挨打长大的弟弟已经在毫无觉知地成为“复刻版”的父母。硅胶做的按摩棒，抽在孩子稚嫩的脸上，我护得慢了一步，两条凸出来的伤痕就留下来了。

孩子哭了好久好久。我也在心里哭了。

这样的“轮回”，不知道何时才能在我家终结！“下雨天打孩子，闲着也是闲着”的野蛮家庭文化，何时才会终结？

为了创造一些改变，我愿意用这一生推广普及身心灵的生命教育，让一个有缘人接触到、觉醒了，就有可能给一个降临在TA身边的小天使一个被爱、有安全感的童年。

童年过得好，就能给孩子一个安稳的内在，这一生无论经历什么，心里的力量依旧在。我只祝福，千千万万的孩子不用再像我这样常常战战兢兢、内在堵塞地活着。

亦舒说那些叫“家明”的干干净净的男孩子，长着一张“没有被欺负过的脸”。什么叫“没有被欺负过的脸”？如果想象不出来，请参见从小在国外长大的华人后代，还可以看看《爸爸去哪儿》第五季里，刘畊宏家的女儿小泡芙。

我见过那样有着含蜜笑容的人。

在台湾最南端的垦丁，我们问路。一个南部少年，裸着上身，穿着热带气息的短裤，好像刚刚冲浪回来，笑眯眯地、耐心地给我们指路。似有光，从他心底深处透射出来，映照在眸子里。

在我家小区里，一个玩滑板的小男孩，在我的眼睛与他的眼睛碰触的一刻，落落大方地朝我问候："你好！"我愣了一下，也大声跟他说："你好！"他倏地一下滑过去，我震撼于他那一脸的恬然，眼底的笃定自信。

我见识过了，才感慨——那样地活着，才叫活着啊！原来，曾经的我，真的被"欺负"得很惨很惨。

如果，我也想有朝一日，养出这样眼神含蜜的孩子，那么，为今之计，唯有先把我自己好好爱回来，让我再度活成未被"欺负"之前的古灵精怪、快乐乐观。

催眠

可能会有人说："如果没有当年你父母管教你、打你，你哪会有今天的出息？你不知道感恩他们吗？"

这样的人，就是一个被"棍棒底下出孝子"信念催眠的梦游者。

被暴力虐待长大的孩子会说服自己："父母是对的，父母一定是因为爱我才这么做的。"于是，转身，再去虐待TA的孩子。

每个孩子有自己的天赋，有自己的命运要经历，比起那些所谓的成就，我更想要内心的安稳和幸福感啊。努力达成了一切，却一秒钟都没在内心享受过这些，到底有什么意义？

而且，达成这一切，难道不是因为我本身就有这样的能力吗？我只需要，在我还小的时候，父母能适时行使亲职，帮助我走向我的天命之旅。

这一路，山高水长，我自会担待自己。如此，我努力，不是因为害怕受到惩罚，而是我真的想好好体验我的人生。

前几天，听到爸爸跟别人说："我这一辈子最欣慰的是儿女都比较有出息。"我心里面悄悄流了一滴泪。

爸爸，你知道吗？为了这些“出息”，我付出了多少辛酸血泪。别人可以轻轻松松创造出来并享受的，你女儿却要在心里面犹豫一万次，每向前一步，都要战战兢兢、提心吊胆。

“做好是应该的，一旦做不好就要受惩罚。”

有好多把剑，始终悬在我心头。

借由身心灵的修行，我开始有觉知，一次一次放下这些剑。我不想再被那些过去的“故事”影响。我内在本来就有光，我不想被从前那一层塑料薄膜包裹着。

为了这一个故事，我昨夜哭了许久，今天一早也在号啕大哭。哭完之后，眼泪冲刷出了我心灵的清明本色，那股沮丧终于不见了。我又可以笑了。真的，谢谢我的先生。你越来越懂得陪伴我的沮丧。

我也懂了，我很敏感，我真的很敏感。我知道，养育我自己最适合的方式，就是尊重我的情绪与沮丧，然后，它们才会真的过去。

别迷路

中午时分，跟先生一起看了综艺节目《中国有嘻哈》，有一首歌正好击中我的心。时钟已经转到2017年了，还是有很多孩子，在“做自己”还是“听父母的话”间进退维谷。

十几岁的男孩Double Zhuo爱上超酷的说唱，开始只是偷偷听音乐。后来，光是听也不过瘾了，就开始自己熬夜偷偷写。

“直到父亲推开门，秘密被发现。一把夺过我的歌词，撕成碎渣片。

他怼我说，你想太多，还想做歌，也不撒泡尿照照自己是什么货。

我知道终会尝到甜头，所以不怕现在苦。一步一个脚印，我走上更大的舞台。

从没有一件事那么的义无反顾。拥有了更多感触，都变成身上tatoo（刺青）。

这首歌写的是未来，也是描写现在。

因为时间改不了的东西，叫作热爱。”

而比他大8岁的TT，对他说：

“毕业礼都来不及跟兄弟告别，第一次演出车马费都倒贴。

他们总告诉你，别去做自己。你只想做你想要做的，不想跟谁比。

都过了成人礼，他们还瞪着你。你依旧戴上耳机，就算是只剩自己。

你小心翼翼拆开了第一把二手话筒。在那个时候他们笑你，他们不懂。

太感动，你终于写下你的第一句。你觉得超酷，甚至拿它印T恤。

你唱得越来越娴熟，妈妈担心你前途。

她只是怕你过得不好，所以才让你念书。

别后悔，你现在走的每一步。

保管好自己，我只希望你别迷路。”

“保管好自己，我只希望你别迷路。”我好喜欢这一句歌词。

即使你的父母不知道如何爱你，甚至打你骂你，也请你务必学习珍惜自己，不要再欺负自己。挥别童年的故事，让我们一起，再度勇敢往前走。

我以为的遗忘，原来躺在你手上

我把前面的那篇文章发给妈妈看。妈妈好几天没有回应我。后来，她发给我这些文字。

回应冉冉的故事：

这几天，看着冉冉书写的小时候因为考试没考好，被我狠狠毒打的事，我心里很痛，也很堵。这么多年我都忙忘记了，也不知对女儿造成了这么大的伤害，都这么大了，在内心深处留下的是屈辱的抹不掉的痛苦记忆！

也是当妈的无知，才深深地伤害到你。一切都回不到过去，没法补救，只有深深地愧疚和对不起。

每个做父母的，在毒打孩子时，你知道当时他们内心的悲哀吗？当她的手下去时心里在流血吗？

他们自己的人生过得一团糟，生活看不到光明，梦想无望实现了，就把它加在孩子的身上来实现呀！

我又想起那天的情景：当时我的情绪失控了，我是号啕大哭地在打你，打死都不觉得过分。

我满脑子是我上学时的情景：几乎没吃过早饭，上午最后两节课都是在饥肠辘辘中熬过；连买支铅笔都不敢向家人要；大雪天没棉鞋冻烂的双脚还隐隐作痛！现在我一天到晚在店里忙，没有节假日，每天晚上洗衣服，零点之前没睡过觉。

吃这些苦就是想把日子过好点，让你们安心学习，能出人头地！你有这样的好机会不好好学习，你考来这么个烂成绩。我肺都气炸了。不打死不罢休！

为这事我记得我哭过好几次，不想听那些风凉话，不想见到那些看扁我的人！我做生意做得好，也叫我的孩子学习得更好！打你是让你长记性，不好好学习，你对不起祖宗八代，对不起妈！

现在看来，那个时候的我太较劲，只要女儿完不成作业，无论时间多晚，自己多累，非逼着女儿完成不可！其实，当时的种种做法和想法，是为了孩子吗？还不都是为了没有实现理想的自己。

也可以这样说，在我同龄的姐妹中，我是打骂女儿最少的。那时的孩子，哪个不是在爸妈的打骂中长大的！后来，跟着冉冉上各种课程，才知道打与骂对尚未成年的孩子伤害是这么的深！

现在带孙子，有时被他气得火冒三丈，真的控制不住了，忍不住还想打几下。当能觉知到时，举起来的手会慢慢地放下来，能控制住自己了。不像从前那样往死里打。

这也得益于冉冉的教导和引领。打孩子的陋习该彻底丢掉了！

也真心希望冉冉把自己的伤痛疗愈好，长出内在力量翻越这道坎，轻装前行。原谅不完美但还是深深爱你的妈！

我今后带孙子的日子里，时时对自己的言行有觉知，保持清明的心，不再出手打孩子，给他们的童年留下幸福的，满满的，有家人持续给爱的回忆！

感恩！！！

看到妈妈的回应，一开始，别的我都没看见，我只看见那几句“打死你，打死你，打死你”……我的心里第一感觉，轰一下，又被杂草、鸡毛、线头塞满了。

不记得从什么时候起，这样胸口被塞满的感觉就跟随着我，如影随形。很小的时候开始，我就不快乐、不幸福，就是因为这个堵。

“我不想看，我不想面对。”我听见那个堵这样说。

等我回到家，晃悠了一会儿，内在的声音说：“你再面对一次，重读一次，万一，跟你想象的不一样，不是你理解的那样呢？”

我不想面对。我不想面对。

内在的声音继续说：“如果你不面对，这个被塞满的感觉，永远就卡在这里，你还要继续被卡多久呢？已经从小卡到大了，还要继续带着鸡毛线头杂草活下去吗？然后，等你做了妈妈，再把这种堵，传给你的孩子？”

不要。我不要。

我深呼吸，又一次打开妈妈长长的留言。

这一次，我看见了妈妈的反思、妈妈的痛、妈妈的无奈。

所有的堵，像被触发了一样，全部化作眼泪奔涌。我像一只踟蹰独行的野兽，在家里从一个屋子哭到另一个屋子，最后躲在床上无意识地喊着：“不要打我，妈妈，不要打我，我害怕。我害怕。我害怕。我害怕。不要打我。”

此刻写到这里，我又在痛哭。

真的，记忆中妈妈就打过我那一次。就那一次。

我躲在被子里，窗外的光透进来，被子里好像一个子宫。我看见，我的害怕是在妈妈肚子里就有的，妈妈在捶肚子，妈妈不想要我。“妈妈，你不要杀我，你不要杀我……我害怕，我害怕，我害怕……”直到我开始大喊：“姥姥，姥姥，姥姥，你救救我，你救救我，我妈妈不想要我，她要杀了我。”

这是我第一次叫出“姥姥”。她在我妈妈14岁时就去世了。

我妈说当年她已经躺在手术台上，昏迷中听见姥姥在梦里喊她，说："你真的要害你的孩子吗？我那么艰难生下你的一对妹妹，你还没有我那时难吧！快醒醒吧，我的孩子！"妈妈一下惊醒，跳下手术台，捂着脸跑了。

原来，那时是我呼喊姥姥来救我。我想活下去。我想活下去。

一边哭，一边听呼吸疗愈的音频，哭了一个小时后，我心里的堵终于过去。我穿好衣服，下楼。

秋天的北京，天很蓝。我看着泛黄的叶子在阳光下透亮。想起那天上课时，阿凡芯说："现在看看天，才感觉自己是真的活着。"对，就是这样的感觉。我还活着。我活下来了。我想好好活。

我想放松一点、幸福一点地活着，不再咬紧牙关硬撑。

冉冉，不用再咬牙了，好吗？我想按照我自己的节奏去活。活我的样子。

妈妈，我也想跟你说，我多么爱你。

算一下，我9岁时，你大约33岁吧，比我现在的年纪还要年轻，已经经历了14岁丧母的痛苦，长大成人的艰辛，已经做了一个妻子，养育着两个孩子。你所有的辛苦我都看在眼里。从小我就心疼你，想代替你受一些苦。

我很小的时候就想过，如果有来生，让我来做你的妈妈吧。我一定会很爱很爱你，让你无忧无虑长大。

妈妈，我真的很爱很爱你。

我也想跟你说，你的丈夫，真的是一个很好很好的男人。他不是"暖男"，脾气也坏，嘴巴还不让人，可是，他这一生都在守护你，守护我们这个家。无论发生什么事情，他都在用他的方式为你遮风挡雨。

他不知道怎么在事业上成功，不知道怎么赚大钱，可是，他是那个一直想办法把我们的生活调剂得有滋有味的人。是他修各种东西，买录音机、录像机，让我们有很多娱乐。或许，经过最近发生的事情，你会知道不管他嘴上说什么，他都在行动上力挺你。请你学着不要硬撑，偶尔依赖他，不要把对你父亲的恐惧记忆，投射到你的丈夫身上。他真的是好人。

这次，父亲来我的工作坊。我听见他跟同学搭档说故事，说起他小时候没被父母打过，可是他带大了4个弟弟，却打弟弟。我忽然懂了他的坏脾气哪里来的。他自己都还是孩子时，就要去照顾其他的孩子，弟弟们哭了闹了，他心里该有多少的挫折困顿。我忽然就懂了。

听，我很喜欢的歌《残酷月光》。

“如果恨你，就能不忘记你，
所有的面目我都不抗拒。
如果不够悲伤，就无法飞翔。
可没有梦想，何必远方。
我一直都在流浪，可我不曾见过海洋。
我以为的遗忘，原来躺在你手上。
我努力微笑坚强，寂寞筑成一道围墙。
也敌不过夜里，最温柔的月光。”

眼泪又落下来。这一生，山高水长，尘埃落定。我终于不用再流浪。我终于成了我自己。

你们是我选择的父母。我到36岁时，终于懂得了你们，懂得了你们的完美与不完美，你们的善良与暴躁，你们的挫折与沮丧，你们的梦想与现实……

我好像是从结婚之后，才终于懂得了你们的“难”。从父母那里得不到指引，还有弟弟妹妹要去照顾，不知道如何带着自己一心的伤面对伴侣和孩子……甚至当时，想找一本了解自己、探索自己的书也不容易。一切的一切，全靠自己硬着头皮在生活里熬。

我跟我的丈夫，我们一路在修行，可是，真的落实到真实生活里，还是会一次次面对内心的卡、堵、恐惧，何况当年你们根本就没有任何从外界得到指引的机会。

其实，当我一次次面对自己时，没有任何要责怪你们的意思，更何谈原谅。

只是我要老老实实面对自己的过去，面对我今日所遭遇的从小到大持续的困顿。

然后，我说给你们听，让你们有机会接触到新的讯息，让你们的生活可以在60岁之后有机会翻新，活成你们自己，也让一种无意识养育孩子的轮回在我们家庭彻底终结。

小孝孝其身（身体、物质），中孝孝其心（内心感受），大孝孝其志（抱负志向），至孝孝其慧（慧命觉醒）。

今生，我是来孝敬你们的灵魂的。

累生累世，我爱你，我爱你们。

写下来

最近的你，过得如何？

有什么故事在你内心盘旋？

我偷偷讨厌了自己几十年……真是够了

有一段时间，接连发生几件事，桩桩件件，都戳到我内心深处最隐秘最脆弱的地方——

我不够好。

我不值得被爱。

我没资格过得好。

这些声音，轰隆隆在我耳畔作响，我没办法写东西，无法安静下来。

直面

在一个中午，心里面最堵最卡的时候，我在电脑上疯狂敲出了这些愤怒，以及深深的受伤。

我讨厌不被重视、不被在乎的感觉。我讨厌别人什么都有，而我什么都得不到。我讨厌我自己。我讨厌我自己总是觉得孤独。我讨厌我永远都不够好。我讨厌我总是把自己放在受害者的角色里，任人评判。我讨厌你们总是评判我，做得不好也不行，做得太好也不行。

我讨厌我自己。我讨厌我自己。我讨厌我自己。我讨厌我自己。我讨厌我自己。我讨厌我自己。我讨厌我自己。我讨厌我自己。我讨厌我自己连一个拥抱、一个接吻都得乞讨。我讨厌我自己得不到一个女人最基本的温存。我讨厌我自己在这段婚姻里变成一头蠢猪，一个黄脸婆。

我讨厌我自己。我讨厌我自己。我讨厌我自己，我讨厌我自己。我讨厌我自己。我讨厌我自己。我讨厌我自己。我讨厌我自己。我讨厌我自己不要脸，总是索取无度。我讨厌男人不给我回应。我讨厌男人看低我。

我讨厌在事业上总是谨小慎微的自己。我讨厌不敢大大方方展现自己能力的自己。我讨厌收起自己的羽翼来让别人安心的自己。

我讨厌我自己我讨厌我自己，我讨厌我自己我讨厌我自己我讨厌我自己。我讨厌结婚了的自己。我讨厌活得毫无生气的自己。我讨厌身体不舒服的自己。我讨厌瘦不下来的自己。我讨厌我自己。我讨厌我自己。我讨厌我自己。我讨厌我自己。我讨厌我自己。我讨厌我自己。我讨厌我自己。

我想杀了我自己。我想杀了我自己。我想杀了我自己。我想杀了我自己。我想杀了我自己。我不想活了。我不想活了。我不想活了。你们为什么都贬抑我？你们为什么都看不起我？

你们为什么都伤害我？你们为什么都不爱我？你们为什么都不爱我？你们为什么都不爱我？你们为什么都不爱我？你们为什么都不爱我？你们为什么都不爱我？你们为什么都不爱我？你们为什么都不爱我？你们为什么都不爱我？

我是一个垃圾。我是一个垃圾。我是一个妈妈爸爸不想要的孩子。我是一个不被爱的孩子。没有人想要我。没有人欢迎我。没有人会陪我爱我看见我。我好孤独。我好孤独。我好孤独。我好孤独。我好孤独。我好孤独。我好孤独。我好孤独。

我恨你们。我恨你们。我恨你们。你们都不爱我。你们毁了我的人生。我恨你们。我恨你们。我恨你们。我恨你们。我恨你们。我恨你们。我恨你们。我恨你们。

当我透过书写，赤裸裸地面对自己的内心世界，我也被自己隐秘的声音吓了一跳。同时，我也清醒地知道，对于人幽微细腻的心灵世界来说，真的也就是疯狂书写所呈现的这样。

每一个人内在都潜藏着许多来自过往记忆的伤痛，等待被看见，被释放，被疗愈。

书写，是最安全也最柔性的方式。

有时候，我遇到一些觉得自己“抑郁”了的学生，我也会告诉他们：

“不是你故意要‘抑郁’的。只是你的心从小就受伤了，还没有复原。这不是你的错，也不是你敏感、软弱。此生，我们都要穿越童年的伤痛，去了解什么是真正的爱。这就是生命的历程。哪怕你修出再高的神通，也得回到自己的故事里，面对自己真实的感受。”

我自己，时至今日，也依旧在一次又一次经历这样的自我疗愈。

因为知道自己会痛，于是就长出一些慈悲，去回应其他人的痛，不敢轻易喊话说：“你敏感、你矫情、你脆弱、你情绪暴露狂。”

每个人的痛，唯有自己知道。

散雾

敲完这些字，心里面忽然有了空间。那些如同浓雾一般把我吞没掉的情绪，瞬间散去。

我知道，我只是在最近的故事里，再一次体验到那些从小到大都在体验的沮丧与痛苦。儿时的我，因为感觉到没有人真的看见我，真的爱我本来的样子，就开始讨厌我自己。我是这样的厌弃我自己。我从小就这样厌弃我自己。

这一下午，我心里面还是闷闷的。到了晚上，躺在床上，我辗转反侧。

先生在旁边说："冉冉，我觉得你有时候真像个孩子。现在的生活这么幸福，你怎么就看不见呢，干吗总盯着那些不愉快的事情？"

我很诧异："你觉得很幸福吗？你老婆每天都在玻璃心哼哼唧唧，你也觉得现在的生活很好？"

他很坚定地答："对啊。我觉得很好。我们的事业蒸蒸日上，我们马上又可以出国旅行，小宝贝也快来了。"

我忽然被他的坚定震动了一下。他觉得跟我在一起生活的时光很好呢。他没有讨厌我。或许，我真的没有我自己以为的那么糟糕吧。我一边讨厌自己的情绪化，又一边讨厌这个讨厌自己的自己，我甚至揣度先生也会厌倦这样的我。可是，他没有……

想起白天我们在微信里对话。

他告诉我："你总是那么习惯并且善于，把一切错都归到自己身上。我们有时候不够亲密，会不会不是你的问题，不是你不好？而是老公的问题，是老公还没那么敞开自己的心？"

看到这几句话，我差点哭了。

其实我知道，遇事就认定是"我不够好"，几乎已经是我从小的本能反应了。我真的被这个木马程序困得死死的。即便表面上看起来，我在抱怨他，抱怨别人，其实我内心深处还是在讨厌自己："看，还是你不够好吧，所以你才碰到这样的事，遇到这样的人。你就不值得过得好，不配得到爱。"

他说我像个孩子。我可不就是在重复童年的模式吗？

即使早就没有父母在我耳边挑剔我、嫌弃我，我还是一样在挑剔自己、嫌弃自己。

揣度

是的，从童年开始，我就从周围人，尤其是父母对我的态度里，一次次在揣测：“是不是我不够好，他们才不爱我，才打我，才骂我的？是不是我的出生本来就是个错误？如果没有我，他们是不是就不会因为我而吵架？”

调皮会被揍，成绩不好会被揍，偷钱买零食会被揍……我真的被揍怕了。

爸爸妈妈吵架时，妈妈会说：“都是因为你……”我真的以为我的出生是彻头彻尾的错误，他们根本不想生下我。

我长痘痘会被嘲笑，我鼻子不小巧精致也会被嘲笑，我又大又扁的屁股太像奶奶也会被嘲笑，腿粗也会被嘲笑。

我喜欢听音乐、喜欢读闲书、喜欢看电视吸收外界资讯都会被评判为“不干正事”。我一边守护自己的兴趣，一边又战战兢兢也觉得自己不务正业。

从小到大，我在家里虽然衣食无忧，父母也算得上疼爱我，他们真的尽力了，可是，留在我心里最深的烙印依旧是——我不够好，我不值得被爱，我没资格过得好。所以，我从来没有喜欢过自己。

因为，我的心太痛了，作为一个孩子所体验和感受到的一切都太痛了，也太羞耻了。即便长到30多岁，身心灵成长多年，在很多时刻，我也会经常忘记要喜欢自己这件事，而习惯性卷入自我厌弃的浓雾。

讨厌自己，不喜欢自己——这样的自我折磨真的让我的心都要碎了。因为忙于在内在自我攻击，我根本腾不出心力来看清楚真正发生了什么，而是陷于“我不够好”的木马程序，持续编造更多的恐惧。

那一刻，我的心里面忽然亮了一下——或许，我也不用再继续讨厌自己了，我没有自己以为的那么糟糕。

我在课程上会邀请同学们看《患儿朱德庸》这个采访。漫画家朱德庸说，如果可以，他只想抱一抱小时候的自己。

我也是。

如果可以再活一次童年，我真的只想让我自己学会一件事情就好，那就是：

冉冉啊，无论发生什么事情，都要喜欢自己。

被人欺负的时候，也喜欢自己。

青春期发胖长痘痘时，也喜欢自己。

考试很差成绩吊车尾的时候，也喜欢自己。

爸爸妈妈看起来更喜欢弟弟时，也喜欢自己。

……

“冉冉啊，我真的非常非常非常喜欢自己。我喜欢你，我不想再嫌弃你。”

我喜欢我

黑暗中，我拿出iPad，在上面写：

我喜欢我自己的睫毛。

写完这句话，我的心一下就安稳了，终于可以沉沉睡去。早晨醒来，我在本子上继续写：

我喜欢我自己睡饱醒来的样子。

我喜欢我自己弯月般的眼睛。

我喜欢我丰满又柔软。

我喜欢我的睫毛。（又写一次，可见我多么喜欢它们）

我喜欢我的头发。

我喜欢我的大屁股。

我喜欢我和老公，无论是争吵还是甜蜜，都始终在一起。

我喜欢我有时候迷茫。

我喜欢我的玻璃心，喜欢我的敏锐，喜欢我常常掉眼泪。

我喜欢我有时候能写出很美的文章，也喜欢我有时候什么都写不出来。

我喜欢我功成圆满自信满满的时刻，我也喜欢我在黑暗低谷中奄奄一息。

我喜欢我长痘的脸。我喜欢我饱满的指甲。

我喜欢自己是聪明灵慧的。我也喜欢自己痴痴傻傻。

我喜欢我自己能量饱满的日子，也喜欢自己垂头丧气的样子。

我喜欢自己努力朝向梦想奔跑的样子。

我喜欢听夏天的蝉鸣。

我喜欢在蓝色的泳池里游泳。

我喜欢自己磨豆子，手冲一杯咖啡。

我喜欢给自己化妆，把自己打扮得美美的。

我喜欢自己勇敢有时，怯懦有时。

写得越多，我越可以在心里面拥抱自己。我又可以爱自己与喜欢自己了。这样“我喜欢自己……”的晨间笔记，我准备坚持好好写一阵子。

作为一个成年人，有时候真的无须去学太多新鲜的知识，只需要不断重复、“刻意练习”简单微小的行动，就可以让生命的质感转化。书写，就是我爱自己的路径。

自苦

这是一篇非常私密的文字，如果可以我想直接烧毁。我之所以愿意分享出来，是因为我能感觉到，就在此时此刻，可能也有很多人像我一样，正用“讨厌自己”这件事来进行自我虐待，即“自苦”。

亲爱的，你不孤独。

我也时常会陷入这样“讨厌自己”的狂风暴雨。

亲爱的，这不可怕。

只要你开始对此有觉知，对那个疯狂厌弃自己的声音喊：“停！”

亲爱的，这有办法。

随手拿一页纸，开始写这个片刻你喜欢自己的地方，你就可以把自己从情绪深渊里拉起来，温柔地给自己一艘黄色潜水艇（这个隐喻来自披头士的名曲《Yellow Submarine》）包裹着自己。

亲爱的朋友，童年已经过去。如果那些年，你从父母那里学会的是嫌弃自己、讨厌自己，那么现在开始，练习爱自己、喜欢自己这件事吧。因为，在接下来漫长的岁月里，能与你时时相伴的就是这个自己，喜欢上TA，不要再嫌弃TA。

愿我们，终于可以与自己倾心相爱。

练习

找一个悠闲的早上，写晨间笔记吧。

从“我讨厌自己……”开始写起。

然后从“我喜欢自己……”开始写起。

撕掉标签，认回真正的自己

故事还没说完呢，让我继续说给你听。

我是如何用说故事和灵性书写，把小时候被大人数落植入的一颗坏种子——“孬包”，给彻底清除掉的。

联结还是“孬包”？

那天，我跟先生回了太原婆家。当地的方糖读书会带领人召集了一场读书会，共读我的《越书写，越明白：十二堂心灵炼金的“灵性书写”疗愈课》。那天的读书会来了很多朋友。

看着他们一个一个走进房间，我在心里面跟他们每一个人打招呼。我注视着他们，好奇他们从哪里来，带着什么样的故事来，我兴奋得蠢蠢欲动。要不怎么说，我是一个“人来疯”的老师呢。我喜欢与人面对面“说故事”，人越多我越兴奋。

我看着他们，即使她（他）没有看我，我也想让她（他）的灵魂感知到，我在看着他们，“我看见你了”。

先生带领冥想的时候，我闭上眼睛，只觉得有一种跟大家在一起的温暖、幸福、爱的感觉在流动。我确定，我真的喜欢这种感觉：跟人联结在一起的感觉，很紧密，很亲密。

不期然，一个画面从我心里面很深很深的地方浮出来。

我坐在小推车里，奶奶推着我出去玩，我跟路上每一个遇到的人咿咿呀呀打招呼，我冲他们兴奋地招手。他们都好喜欢我。有时候，他们会把菜篮子里的西红柿、黄瓜、桃子什么的，放在我面前的推车小桌上。我高兴得手舞足蹈，他们也好开心。

在冥想中，我感受的是这样的场景。

可是，在我长大的过程中，这个故事在大人们的口中，成了这样的版本：“你这个孩子真是从小孬到大，什么都跟人要，小时候看人家买菜回来，就扎哈着手，要东西，一要一小车，孬包……”

这个故事，我真的从小听到大。

每次听，我心里都有很多不解——我真的那么孬吗？我真的那么有心机吗，专门挑买菜回来的人打招呼，就像一个劫道的土匪？刚刚几个月大，我已经显露了那么多劣根性了吗？

我真的是这样的吗？几个月大发生的事情，我真的不记得了，所以只好由得他们说。“孬包”的印戳，可算是在我身上盖实了。

记得刚上小学时，妈妈给我买了一件很时髦的黄色上衣，很有设计感，腹部有一个硕大的口袋，可以把手揣进去。我好喜欢。放假，我穿去奶奶家，奶奶一看，就开玩笑说：“哟，这孩子这么大口袋，是要装什么？孬种包。”

“孬种包”，我的心里面一沉，脸都红了，很窘，恨不得立刻脱下来扔掉。

后来，我特别特别烦那件衣服。每次穿着它，就感觉自己是沿街乞讨的乞丐。我讨厌穿那件衣服，可我又不能扔了。

“孬包”的印戳，盖得更深更深了。

公主的本性

但是，在此刻的冥想中，我真的感觉到——

那个小孩，对这个世界，对这个世界的人们，有那么多那么多的好奇，她在说：“我想认识你们，我想跟你们有联结……”

在接下来的书写中，我这样写道：

“此刻我感觉，笃定而温暖。我认回那个坐在小推车里，就在跟世界打招呼的小孩子。

我一直以为自己是孬包是孬种，因为大人们都是这样说我的，我以为真的像他们说的那样，我是在找人要东西吃，是我孬。

就在刚刚，我认回来，不，我只是想跟人打招呼，我拼命在跟人笑，在跟人打招呼。我是想跟他们有联结。

其实，我想说的是，我真的误解自己了，我真的误解自己了。我听信了她们的揣测，我也在揣测自己。我以为我在讨东西，难怪我总在与人交往时，有挥之不去的羞耻感。原因就在于，我以为我在跟别人要东西吃。

不是的，那个小公主、小天使一样的孩子，只是在跟人打招呼，是爱戴她的‘臣民’，送她很多好吃的。（脑海浮现《罗马假日》公主在罗马街头优雅接受别人送花，然后微笑说‘谢谢’时的那一幕。）

当我是自己生命的主人时，我会坦荡荡与人交往，带着爱，看着别人的眼睛，说话，说故事。我会自信介绍我自己，我会抚平人们心中的悲伤。我是备受世人爱戴的‘公主’啊。我生来就是一个‘公主’啊。我的生命自带光芒。这个光芒，被掩盖了好久好久。

小姑娘，小公主，真的是委屈你了。连穿个大口袋的衣服都会被嘲笑成‘孬种包’。老天，你们为什么这么对待一个小女孩，让她在羞耻感中长大！为什么要把你们自己的低自我价值感投射给这个可怜的小女孩。她那么可爱，那么高贵，那么亲人爱人。”

恐慌

曾经，我觉得要走出门与人交往，要站上台分享，要开课

程，要卖书，都好像是那个“啊啊啊”爹着手跟人要东西吃的“孬包”。挥之不去的羞耻感，让我心里面总是有一种不可名状的恐慌。

虽然，这些年的自我探索，让我越来越信自己的价值，可是那一丝丝恐惧，就是不知道从哪里来的。此刻，我想说的，就是——

我不是孬种。

我也没有跟人要什么。

我只是在做一件最正常的事情。

我知道，当年，奶奶的话有一大半是在跟我开玩笑。但是，我也知道，玩笑常常不是玩笑，是一个人内心声音的变体。她的心里就是这样看待这件事的性质的：接受别人的东西＝孬。

我奶奶真的是拿命在爱我的老太太。我也很爱她。只是越长大，我越发现，不知不觉间，她灌输给我许多低自我价值感的信念。例如，你脚大不好看，不会做家务会被婆家休掉，不要太能干，安稳就好……

此刻，我也清楚看见，她的低自我价值感是从哪里来的。

奶奶是一个特别传统的山东农村妇女，她从小受的教育就是这样——女人不重要，女人就是男人的附属物，要生孩子，料理家务。她从小就不能上桌跟男人们一起吃饭，后来，当她很老很老了，她还是不肯。儿媳们把她“架”到饭桌前坐下，她吃饭的样子好窘。在她的认知里，女人上桌是很没规矩的事情。

奶奶真的是善良入骨的人。记得那一年，电视剧《闯关东》热播时，我父亲跟我说，看这部电视剧，会让他想到奶奶。电视剧中的娘离开山东老家要去闯关东时，她的儿子要把大门上锁。她说，不要锁，万一有过路人、乞丐想要避避雨、过一夜的，好进得来。

父亲说：“门口来了一个乞丐要饭，你奶奶都会把稀饭热了之后，再盛给他。心就是这么善。”

我记忆中的奶奶也是这样古道热肠的。

我上大学时，她第一次脑梗，送进医院总算抢救过来。我带着饭菜去医院看她，喂她喝粥时，奶奶一个劲儿说：“没想到能得着冉冉的济。”她在感激。

可是你知道我听到这句话心里是什么滋味吗？我一点也不舒服。难不成奶奶一直以为，她疼爱了一只不会回报的白眼狼吗？我在她眼里是这样不知感恩的人吗？我不是为报你的恩，奶奶，我只是爱你。你不必这样说，我听着心里难受。

后来，我终于懂了，她乐于施，却怯于受。她是一个在生活里习惯委屈自己的好人。她善良，同时也自我价值感超低，就像我们身边大部分的女性。

什么叫“怯于受”？就是她可以把自己所有的都给别人，觉得这是应当应分的。但只要接受一点别人给的东西，就觉得“怎么好意思”“我太孬了”。

那个底下，是深深的低自我价值感。没办法，她们就是这样被教育长大的。

我现在猜想，她好面子，生怕拿别人一针一线，给人落下说词。在我这个小婴儿乐呵呵接下别人给的西红柿黄瓜桃子时，她肯定推辞过，但我执意抱在怀里。她内心十分忐忑，只好用贬抑孩子“你个孬包”，来平衡自己心里接受了馈赠的战战兢兢。她回来把这种心情转述给我的父母时，就忍不住会说：“这个小孬包乱要人家的东西……”

一来二去，这个小孩就在故事里被定了性——孬包，从小孬到大。

而我，这个傻乎乎不辨真相的小孩，真的信以为真了……还有一个更狠的标签，是“下三烂”，会看着别人吃的东西犯馋，会想去别人家吃饭。我的孬，我的贪，我的心机，我的下三烂，让我从小就在内心深处感觉到一种羞耻感。

我一直也是把自己当“孬包”和“下三烂”对待的。这样一个“孬包”和“下三烂”，天性卑劣，怎么配，怎么值得过上好日子呢？！

就算面对由自己认真创造的财富，也像偷来的，如履薄冰。所以，做事业时，创造财富时，自己给自己使绊子，让自己常常“失败”。那种失败也不是做不成事，而是觉得自己不配、不值得、不应该这么“好命”的内在分裂感。

你有了，你却觉得自己“不配”。

现在，我要帮自己撕掉那些标签了，你们可以说你们想说的评判。我知道，那都不是我。你们看到的，都不是我，而是你们自己对于自己的不接纳、不认可。你们看见的，根本不是我。

祝福

如果时光倒回，回到当年那个场景里，如果那个小孩是我的女儿、我的孙女，我会怎样回应呢？我会做出和奶奶不一样的举动吗？

我想，我会微笑着注视这一切的发生，觉得人世间真美好，我的孩子被那么多人喜欢和善待着。然后，在下一次遇见时，也会回赠一些小礼物给那些好邻居们。礼尚往来，施受平衡。

我会替她感谢那些礼物，那些邻居们的喜爱，真心真意地告诉他们：“谢谢你们这么喜欢我家的孩子。你们真是善良有爱的人。”

我会告诉那个一脸天真烂漫的小女孩，并在未来的岁月里一遍一遍为她讲起：

“宝贝，从你还是孩子起，你就那么喜欢跟人亲近，你的笑脸带给许多人安慰和快乐。他们都真心真意喜欢你。你真是一个受欢迎的小宝贝。我相信这一生，你走到哪里，都会有人疼爱。你是有福气的孩子，你会被幸福环绕着。

就算偶尔遇到难关，也必然能够有贵人相助，逢凶化吉。我对你的这一生好放心。

孩子，你这一生都会因为你的美丽的弯弯眼睛，开朗的笑容，大方开朗的性格，而备受宠爱的。”

我会用“高自我价值感”，去养育一个自信，同时又能爱人的孩子。

让孩子相信自己——“我是有福气的”，我这一生都会被幸福环绕，即使在那些特别湍急难熬的时刻。

练习

准备一沓便签，回想你曾经被贴了哪些标签。把它们一个一个写下来，贴在墙上，面对其中一个标签，说出你想说的话，然后撕掉它。一个一个地进行。

别把孩子的福气“数落”没了

说真的，我有点“怕”跟那些带着孩子的父母一桌吃饭。我担心的不是“熊孩子”闹腾、没规矩。让我有心理阴影的，是父母们在饭桌上对孩子一刻不停地“数落”。那样的语言轰炸让身为旁观者的我都忍不住呼吸困难身体不舒服，更别提那些小小的孩子。

讲一个故事给你听。

郁结

在一个商场的美食城，人很多，我们夫妇跟一家四口拼桌。那是一对年轻的父母，都长得白白净净的，带着两个女儿。大女儿看起来八九岁，小女儿大约一岁，还抱在怀里。

大女儿个性很开朗，坐下来，看见我们看她，就很爽朗地跟我们打招呼，我们也笑着跟她说话。小姑娘真的很愿意跟人联结，说话很大声，一点不怵生人。

等到开始吃饭，不知道为了什么，妈妈开始呵斥大女儿，让她小声一点。小姑娘压低声音，过一会儿，音量又大起来。妈妈更不耐烦，继续数落孩子，一边说一边还拿妹妹比较：“你看你那么大了，还没有妹妹乖呢。你就不能小声点，咋咋呼呼的。”大女儿委屈得眼泪汪汪的。

我和先生彼此看了一眼。可能，她真的就是嗓门比较亮的孩子吧。她不是乖巧安静型的孩子。

小女儿此时乖巧地在妈妈怀里吃饭。小女儿长得真像妈妈，雪白的小脸大大的眼睛，童花头，漂亮得跟洋娃娃似的。而大女儿，眼睛天生的远视加斜视，皮肤也比较黑，跟父母和妹妹都不太像一家人。

可能是想帮小姑娘解围，我的先生刀哥开始跟坐在他右手边的年轻母亲聊天。刀哥说：“你们夫妇带两个孩子真的不容易。她们俩的个性，肯定很不一样吧。”母亲看着大女儿一脸不耐烦：“她都9岁了，该上三年级了，还是没个样子……看看妹妹多乖，幸好还有这个小的（孩子）。”

刀哥说：“可是我们却感觉到，她其实很愿意跟人联结，也不怵说话，是个很健谈和自信的孩子。”一边说，一边看向大女儿。

母亲说：“她老师一开家长会就说她，成天叨叨叨，没个消停。”

我接过来她的话，悄声对这位母亲说：“如果换成一般小孩，可能光是为眼睛，都自卑坏了。她没有。”

母亲说：“眼睛也不好，治了好多年了，愁死了。过一段时间，又要换眼镜了。”

我大声说给那位母亲，也给那个孩子听见：“你的孩子，她的心里面真的很有自信的。这是多么珍贵的品质。她心里那么看重自己，愿意抬起头来，努力看着人说话。多少大人都做不到这一点。我是做心理方面工作的，请你相信，这个自信，真的会让你的女儿未来过得很好。”

那位母亲笑了。小姑娘的表情也平静了许多。我们真的祝福，这一家人把素昧平生的两个人的一席话收进心里面去。

我想我懂得，那对年轻的父母在面对大女儿的眼疾时，心中一定有许多的挫折，觉得是自己不够好，才让孩子受苦；可能，也有对孩子一次次治疗受苦的心疼……他们，有很多的不容易。

我也感觉到，他们心中的这股不平之气没有被他们自己看到，通通郁结成一股气，结果投射给了那个无辜的孩子。他们对待孩子的态度，就好像在说：“如果没有那个孩子，他们的日子就不必过成这样。”最后，大人和孩子都会因为这样的内心戏而受苦万分。

麻痹

我是从小被“数落”长大的，饭桌上，家族聚会时。父亲对我的数落常常让来做客的亲戚也无地自容。我姨她们后来说：“以前一去你们家，你爸就凶你、揍你，是不是给我们看的啊，让我们以后都别登门？”

当然不是。

我父亲的亲子教养理念是——不在人前说，孩子不觉得羞耻，就不会长记性。

不知道他从哪里来的这一套“歪理邪说”（当然，是从他的成长背景里，从社会文化里）。

于是，他认定我的“懒”“馋”“偷钱买零食”“学习不上进”“不帮忙做家务”“听歌看小说不务正业”……是可以摆在家人面前的“罪状”，是让我长记性的最好时机。

年轻时候的父亲说话真的狠。在外面是谦和大哥、翩翩君子。回到家来，不知道为什么心里面有那么多怨恨。劈头盖脸的训斥，甚至是羞辱，砸在我的心上。

我个性那么要强，要如何在无数个被数落得没脸没皮的时候，苟延残喘下来呢？

我会麻痹自己的感受，忍住眼泪，把屈辱吞进胃里，愤怒。既然不能恨父亲（他管教我是为我好），那就恨自己吧，一定是因为我“不够好”，他才这样对我……

父亲说：“你好，别人还能说你？！”好吧，我不够好。我是世界上最差劲的那个小孩。这是我生命的一抹底色，让我痛苦异常。之所以，我会走向修行的道路，只是因为我想面对与消解这样的痛楚。

我就是这样长大的。所以，我真的不愿意再看见父母用数落的方式，将孩子的生命尊严羞辱得一点一滴都不剩。

有时候，跟先生的家人吃饭，跟我的家人吃饭，真的很遗憾看到饭桌上的“数落大会”一直在持续着。那可比《吐槽大会》狠多了。我看着哪里都好的孩子，放到他们父母的眼里，简直就成了不堪入目。

你说他们不爱孩子吧，不是，他们恨不得把自己的心肝都给出去，但，唯独就是还没意识到——

孩子要的是一份生命的尊严。

你看见我。如其所是的我。

你肯定的是我生而为人的独一无二的存在价值。

你看见我“有”什么，而不是紧盯着我“没有”什么。

你不拿我跟任何人比较。你甚至不拿我跟我自己比较。

你给我一种无条件的爱：你爱我，只因为我是我，不需要任何附加条件。

嫌弃

无意识，是因为他们小时候也没有被这样对待过。

我有一个表侄女，4岁多，在学民族舞。有一次，我带她出去，特别惊讶地发现，这个小姑娘已经可以用非常优雅的“公主坐”，端坐在汽车后座上，会起范儿了。回去我跟她奶奶说：“哎呀，你家孙女真的是跳舞练出了很棒的气质。我终于明白为什么人家总夸刘诗诗有学芭蕾的天鹅颈，站有站相坐有坐相，我从你孙女身上就看到了。”

她奶奶说："是啊，她妈妈就说，让从小学跳舞，培养气质。"然后，又补充了一句："可是，她天生随咱家人，腿粗，可粗了……"小女孩在旁边听着。

我说："能不能别提腿粗这件事了，我从小被我妈嫌弃到大，我都恨死我自己了，一直觉得自己丑得天怒人怨。你家孙女的线条，会练出来的，你要坚信她的美丽。"

我转头跟她说："宝贝，你就是一个又漂亮又有气质的小公主，知道吗？"她笑了。

我们家还有一个不善学习的女孩子，被家人集体担忧得"一无是处"。因为，她小时候还很漂亮，长着长着，连漂亮这个加分项都退步了。（一个每天会被言语摧残还会受到肢体暴力的小姑娘，脸上不长痘痘才奇怪呢。）

可是，我分明看到，那个孩子很亲近人，很聪明，很有经商的天赋，也很会与人交际。因为想要攒钱完成自己的一个梦想，她自己批发了动漫大会的门票，在学校卖了好几百张。

我跟她的父亲说："你家女儿真的生存能力太强了，等她走上社会后，她一定是靠自己就能活得很好的那种人。她不是在学习成绩上出彩的孩子，别拿这个定义她。她真的是个好孩子。"

我们家还有一个很会学习的孩子，也被父母担忧着——他爱好太广了，不够自律，不够踏实，就是想玩手机……可是，我分明看到，那个孩子有着超乎那个年纪的视野和兴趣，涉猎广泛，才初二，读鲍勃·迪伦的诗集，看《人类简史》，听"罗辑思维"，能在学校艺术节带领同学排演《哈利·波特》英文话剧……他还喜欢烹饪美食，做烘焙……对美食非常有鉴赏力，对所有有品质有美感的餐厅、书店充满好奇。

我真的可以想见，如果顺应他的这个天分好好长，他未来会是活得多么自得其乐的一个男人。

已故著名作家卡尔维诺曾说，他的父母都是热带植物学家，“我的家庭中只有科学研究是受尊重的。我是败类，是家里唯一从事文学的人。”

会让一个人自我定义为“败类”，想必，他也是一个从小备受父母数落的孩子吧。

真的，有时候我都想问问已为人父母者——

你们把孩子千辛万苦生下来，再辛苦养大，就是用来供你们数落的吗？还是，只是你对自己不满意、对自己的人生不甘心？

先看见你自己，再去看见你的孩子，好吗？

请看见一个人，真真正正看见一个人。

欣赏

几年前，我采访了深圳黑玛亚服饰的创始人、著名作家黑玛亚老师。她的成长经历让我非常艳羡。原来，还有人是这样长大的，以有生命尊严的方式。

摇篮里的玛亚，被妈妈同学的女儿指着问：“她怎么这么丑啊？”

她有一个极其美丽的妈妈。从小到大，走到哪里，她的妈妈都是被赞美的中心。妈妈带着她去电影院看《叶塞尼亚》，穿上鱼嘴高跟鞋，碎花长裙，手中握着手帕，在那个年代，回头率100%……年少时，玛亚会因为妈妈的隆重而微微不好意思。但她很习惯这样的状况：美丽是妈妈的责任。

但是，在周围人都不觉得她漂亮的时候，她美丽的母亲总是在赞美她：

“看我们女儿的肩膀多好看……”

“女儿躺在那里，腿好长啊……”

“女儿的胳膊真优美……”

“女儿的指甲长得比妈妈的好看……”

“女儿好香啊……”

“妈妈真会生女儿，好像知道现在会流行厚嘴唇，我们女儿就有……”

妈妈不知道，玛亚的厚嘴唇曾经在小学被同学嘲笑过，她也好像看不到玛亚的手比一般女孩子都要大。母亲只看到美丽，因为她心里只有赞美和温柔。

不仅没有遗传妈妈的美丽，因为扁平足，玛亚还总摔跤，不爱跑跑跳跳，因为跑不赢。所以，也就没有了被人在后追赶的紧张，做掉队到最后的那个人，是她的本分。她也觉得很好——至少，不用跑给别人追。

她还不会数学，却认真好学：“老师，7加4为什么等于11？”很早，老师就对她放弃了，也没有家教愿意教她，觉得她的脑筋好可怕。

妈妈跟同事们一起讨论自家孩子的优点，别的妈妈不是夸自己孩子的学习好，就是体育比赛又拿了冠军，玛亚的妈妈则悠悠地说：“小亚好会剥花生，一会儿就帮我剥了一大盘……”

爸爸则在家庭的女人聚会上，面对絮絮叨叨攀比孩子的亲戚，忽然大声地说：“我女儿的女红很好，你们都比不过……”

玛亚说，也许是父母对他们自己的婚姻太满意了，于是把他们对上苍的索求降到了最低，只是要一个孩子，能够不像妈妈那样有心脏病就好。他们得到了玛亚，虽然生她的时候难产，但母女终于都活了下来。

父母觉得，其他一切都是额外的奖赏，只要这个孩子不偏食，能把牛奶喝完，肯大把吃药，他们就觉得心满意足……

玛亚上初中时，父亲拿到了稿费，带母亲和她去市里最大的绸布店买衣服。14岁的玛亚相中了一匹深蓝色的布料，坚持要用它做一条到足踝的喇叭裙。父母对视了一眼，默许了。营业员嘀嘀咕咕："怎么能买这么老气的布？你们不管管？"

父母不理会，就静静陪她等着那块衣料。

母亲又摸着一段麻质的确良，细声问："这给你做一件短袖配裙子，喜欢不？"

很有质感的本白色面料，极稀疏地用线描勾勒着蔷薇，海蓝色的。玛亚狂喜。

不到14岁的少女，将小圆领短蓬蓬袖的素白上装，紧紧束在大摆的深蓝色长裙里，走过学校的长廊……母亲看她的眼神里，带着默默地肯定和自豪，也有欲言又止的期待。

玛亚回忆："我怀疑，我是从那一年开始与班集体拉开了距离，我用那距离保持着一种端庄，保护着身上的蓝色，直到成为一种习惯。"

有少年跑过足球场，告诉她："他们都在说你，说你的腰好细，说你好好看。"然后就跑开了。

少女玛亚按捺住心中的起伏，径直走下去……一路走，她长成了一个美丽优雅有爱的女人。

她说，她是被父母爱大的、宠大的。于是，我问："从你自己的经验说，我们该如何养育一个女儿？你怎样理解'富养'？"

黑玛亚说："我们对自己的女儿，首先就是用感恩的心来接纳她，欣赏她。所谓的'富养'，我认为就是从小给予她尊严、备受尊重、美好的教养、精致的家居环境。但是，不要宠溺，被宠溺的女孩将来会有很深的挫折感，因为世界不会宠溺她。"

尊重生命的尊严，尊重TA的意愿，同时给TA规矩和界限，有严格的教养，然后以父母所能，营造美好家庭环境（注意，不是用物质宠溺）……

我想，不仅仅是女儿，就算是儿子，在这样的环境下长大，也会具备优秀的生命品格吧。

看扁

邀请你做一个潜意识小游戏。

请不要想象一只粉红色的大象。
请不要想象一只粉红色的大象。
请不要想象一只粉红色的大象。
请不要想象一只粉红色的大象。

请不要想象纯金的埃菲尔铁塔。
请不要想象纯金的埃菲尔铁塔。
请不要想象纯金的埃菲尔铁塔。
请不要想象纯金的埃菲尔铁塔。

请不要想象一颗绿色的太阳挂在天上。
请不要想象一颗绿色的太阳挂在天上。
请不要想象一颗绿色的太阳挂在天上。
请不要想象一颗绿色的太阳挂在天上。

怎么样？现在，你满脑子想到的都是粉红色大象，纯金的埃菲尔铁塔，绿色的太阳吧。

你越强调什么，潜意识就越执着于什么。哪怕你加上了限定“不要想”，你的潜意识依旧还是想。这就是人类的潜意识或者说心灵最基本的运作规律，它听不到那些“不要”“不好”的否定词，它只接受得到后面缀上的那些重点词汇。

于是，当你数落你的孩子，“别懒行不行”，TA的潜意识接收到的是什么呢?

懒。无可救药的懒。

“你能不能别马马虎虎！”

TA接收到的“马马虎虎”。

“你哪儿都好看，就是牙太丑了。”

TA接收到的“丑”。

“这么好的孩子，哪儿都好，为什么就是在学习上不上上进呢。”

TA接收到的“不上进”。

“你能不能别那么笨啊。”

TA接收到的就是“笨”。

所谓的“数落”，其实就是评判。孩子某个片段的表现，往往会被父母的偏见加以扭曲理解，然后无意识给贴了标签。

这个举动，在修行看来，就是给心田“种种子”的过程。

一句贬抑性的评判，就像在孩子的心田里种了一颗坏种子。接下来，这颗种子会生根发芽，蔓延扩散。渐渐地，TA就被父母的评判给定义了。TA也开始这样认定自己、看扁自己。

一个自己都看扁自己的孩子，能有福气吗?

来了福气，TA会信吗?

有福

我的学生里，有的被父母种过“你就是小姐的身子丫鬟的命，别痴心妄想了”的种子。于是，她遇到什么好事，本能反应就是“我怎么配被好好对待呢”，她会选择那些压榨她的男朋友，自己辛苦打工赚钱养活男朋友，最后被劈腿，在情路上颇受了些摧残。

有的被父母种过“笨猪，再也不会有人比你更笨”的种子，即便留过学、拿到了硕士文凭，也不觉得自己可以在职场上做出亮眼的表现，越来越被困在婚姻和孩子的琐事里。

有的被父母种过“长得像你这么丑，能有人愿意娶你就不错了”的种子，她有意选择方方面面都不如自己的对象，还让自己在婆家过得低声下气。

有的被家族里的长辈种过“这个孩子命硬克父母”的种子，从小到大，都很害怕自己的存在会给父母带来厄运，父母但凡有个头痛脑热，她都以为是自己克的……

我眼中的他们，个个都很好，相貌端正，善良、上进、踏实、努力，按理说，命也不错，学业、工作、家庭也都很好……可就是不幸福、不自在。

因为，他们内心深处，就是不觉得自己好，不认为自己值得。

明明有福，却不敢确信自己真的配得这份福气，担心终将失去。明明是有福报的，却迟迟不敢认领、活出自己的福报，觉得自己怎么配。

当我真的带着他们，面对自己内心当年被数落、被贴标签的痛苦，透过一天天的灵性书写和说故事，在生命里深刻地走了一遭，他们才赫然发现——

原来这些年受的罪，“终究是错付了”。我哪就有大人们说得那么不堪啊！原来这些年的自我设限，都来自当年被数落时种下的“种子”。

自己的心，被那颗种子长出来的枝枝叶叶给扭曲了，后来更遮蔽了心灵的丰盛，遮蔽了当下的幸福，遮蔽了路遇的奇异恩典。

于是，终于认回了自己内在的丰盛无缺：

“我是一个很好很好的孩子。

即便跟父母期待的不一样，
我也是一个独特的好孩子。
我独一无二，我有福气，我值得活出幸福。”

亲爱的朋友，请让我分享给你，什么是生命的福气？那些人人想要的幸福、奇迹、恩典、贵人，到底是从哪里来的？

一些来自你累生累世积累的福报（“好”的业力），更重要的是，来自你今生今世的信念。

“我足够好。”
“我配幸福。”
“我会被人善待。”
“我有资格活得好。”
“我值得爱与被爱。”
“我是宇宙的孩子，我有资格体验人生的所有面向。”
“这一生山高水长，我总被神圣的爱护佑着。”

当你内在真的笃定地相信这些，你才会真的活出幸福。

从小时候父母“数落”你的那些评判、烂种子里面解脱出来吧。

也从无觉知“数落”你孩子的习性中解脱出来吧。这个过程不是评判“父母皆祸害”的反评判，而是“越书写，越明白”的自我修行。

好好说出你生命的故事，认回你自己，认回你生命中的福气。

练习

你想认回你的哪些“福气”？

让人生快乐不起来的“鹤顶红”

《不自量力》是我很喜欢的一个耐克广告短片。画外音与画面所呈现出来的矛盾与冲突，恰似两极，让人忍不住思考。每一句话都像是魔咒，催眠我们对于人生的态度。然而，始终有人可以做出“另类选择”。

里面有一句话，在现阶段特别戳中我的心。“如果只是快乐，是没有意义的。”

啊，它就像古装电视剧里最常出现的剧毒鹤顶红似的，催眠毒害了我的人生态度，让我常常陷入一种人生的“沉重”。

必须有好事发生才可以笑吗?

前几天，我在一家面包店买完东西，向门口走去。迎面走来一位欧美女孩，她独自一人，面带笑容。那个笑容把我吸引住了。我盯着她的微笑看，脑海中闪过的念头是：“她怎么这么开心，发生什么好事了，是谈恋爱了吗……”

当下我也在觉察自己的起心动念。我发现，其实我心里还有另外一种更深的感受缓缓升起，那是羡慕，也是懂得。她的微笑，或许只是因为她内在没有那么多矛盾冲突，没有曾经被压制的童年，没有迷失自我，没有对未来生活的“生存焦虑”，是来自生命最初的喜悦。

简而言之，那一刻我感受的是——她的微笑，来自她跟自己相处得很开心很融洽，跟外界发生了什么关系不太大。那是一种叫作

“无条件喜悦”的状况。不是因为有什么好事而喜悦，只是允许生命本身的喜悦发生。

过去，我常去北京一家知名的瑜伽馆，它的外籍会员很多。在更衣室，我常常遇到外国练习者，会用一个很大的笑容跟我说话。她们就像镜子一样，照出我的面无表情，还有，我的同胞。

这几年，在“绕着地球跑”的旅行中，我经常感慨于其他文化中的人，大部分眉头舒展，脸上阳光灿烂的，不太像我，或者说像我们这个文化环境中长大的人，经常眉头紧锁，看起来在担忧这个、担忧那个。

看着面包店里那个姑娘，我问自己：“你跟自己相处得开心吗？你会无条件喜悦吗？”

老实讲，我经常很不开心，我的喜悦源头常常是堵住的。我的眉头常下意识紧锁，经常像个小老太太似的在担忧，很不像我的个性，可是没错，这又是我的一部分。

所以，我需要做大量静心、冥想、书写、听音乐，才能慢慢调回到喜欢自己，而不是挑剔自己、讨厌自己的频率；才能调回到信任当下一切安好，信念宇宙会把我照顾得好好的频率；才能调回到信任生命喜悦的频率。我身体的细胞记忆似乎都习惯了某种“沉重的忧虑”，来作为生命的底色。

我再问自己一个问题：“为什么我会觉得一个人的微笑，必须是要发生了好事才能笑呢？难道人的生命本质不应该是喜悦的吗？无条件快乐不可以吗？”

一句句熟悉的话语，在我耳畔、心里嗡嗡作响：

“你傻笑什么？有什么好事吗？说来听听。”

“你乐什么，跟捡钱了似的。”

“你天天笑得没心没肺的，跟个傻子似的。”

一句句，言犹在耳。我还记得，当我被人这样说时，内心所残留下的“羞耻感”。没错，对于“无条件快乐”这件事，当年作为孩子的我，居然感受到某种压力与羞耻。因为，身边的大人们总在担忧，为柴米油盐操碎了心，他们很少有快乐的时候。我的无条件喜悦，显得很不“懂事”，很不为家人操心，很不懂人生艰难。

我跟大人们学会了这种生活方式——“有条件快乐”，并且，以为它是人间真理。长此以往，我也忘记了“快乐”，我居然也开始认同“人生艰难，哪有那么多快乐”的信念。

必须成绩好，才有“快乐”的资本，否则就是没心没肺的傻乐。

必须家人都幸福，我才拥有快乐的权利，否则就是不顾家。

必须先有男朋友等等条件之后，我才有资格“快乐”。

必须财务自由后，我才有资格觉得丰盛有安全感，让自己“快乐”。

必须一生一世不离不弃过完了，这段婚姻才算是好的，伴侣才算真爱，我才能高枕无忧，让自己“快乐”……

喜悦是生命的本质属性之一

2008年，我父母来北京看我。那时的我，看起来是一无所有的大龄单身文艺女青年。所以，当我左手挽着爸爸，右手挽着妈妈，一路哼着歌在鸟巢附近散步时，妈妈看着我，特别认真地说：

“我的傻闺女哟，就知道傻乐，我都快被你愁死了，你还有心情唱歌？！”

“为我愁什么啊？”我很纳闷。

“你说你，还没男朋友，还没嫁出去，你自己怎么就不犯愁呢？”

我很无奈：“那现在我就是没有男朋友啊，他就是还没出现，难不成你希望我天天哭吗？”这样的妈妈眼熟不？你也有一个吗？

现在想来，这个故事真的是很有深意。不同的文化会塑造人不同的信念，影响人的生活方式。后现代哲学的“社会建构理论”，我越来越喜欢。很多时候，它帮助我更好地看懂自己的行为、想法，以及更深层的信念，还有那些根植在潜意识里的限制和束缚。

从小到大，你在跟身边文化环境的互动中，透过学习、反馈，唤醒了灵魂中如同“种子”般的一个个意识。你从周围的文化环境中，看似无意识地吸收，其实，这是一种文化层面的信念“催眠”。它唤醒了你灵魂中的已知，然后就形成了可能会抱持一生的信念系统。

仔细想来，我们大部分人，几乎都中了“有条件快乐”的鹤顶红剧毒了。即便生活一切都好，可是这种剧毒却让我们的心灵麻木，感受不到已经存在的美好。我们似乎都忘记了，喜悦是比快乐更高频的情感状态。它可以无条件发生。

可是，越探索生命，我越感受到，“喜悦”原本就是生命的本质属性之一啊，它就是无条件的，它就是人生来就会的。不信，你去看看孩子，是多么活在当下，是多么容易感受到喜悦。

即便懂得“无条件喜悦”的成年人很少，但是，我们身边还是依旧有许多懂得过生活、享受生命、创造快乐的人啊。不是他们的人生比我们的容易，而是他们信奉的人生信条（信念模式）跟我们不太一样。

我分明记得，在我还是孩子的时候，是多么热情有活力，“无条件喜悦”着，对许多事情保持着不可思议的热情。

小时候遇到下雨不能出去疯玩的日子，我能自己坐在房檐下，拿一块小红砖在瓦片上磨粉末，磨一下午。然后，特别珍惜地装进小玻璃瓶，装成自己是卖“洋红”（染红鸡蛋等物的一种颜料）的小商贩。

我还用铁丝做了像挖耳勺一样的工具，把珍贵的“洋红”卖一点点给邻居家的小伙伴，装模作样地收钱。

因为啊，我曾经看见过爷爷奶奶跟走街串巷的小贩买过洋红，那种带一点神秘的买卖过程，跟卖一般货物很不一样，我就牢牢记住了，于是在游戏中模仿。

为自己解毒

当你看见这些信念是如何建构起来的，就是在有意识地做解构的内在工作了。有意识地提醒自己解毒，就是要时刻告诉自己的内在，千万不要再继续落入“有条件快乐”VS“无条件喜悦”的纠缠。

分享两个小方法。

第一，你可以透过灵性书写来挖掘一下，到底童年的哪些经历造成了你相信“人生多艰”的信念，而非相信“生命是一场喜悦的创造。”在故事里读懂自己，就像我写这篇文章一样。

第二，下面这几句正向祈祷句，很适合在卡片上抄下来，放在自己容易看得见的地方，作为对自己的提醒。

“我允许自己敞开来感受生命上演的一切剧情，我允许自己无条件感受生命的喜悦。”

“我不需要再像父母那样为人生担惊受怕，他们是他们的命运。我可以自由选择我的。无论何种境遇，我都选择无条件让自己快乐起来。”

“我为自己可以呼吸而喜悦；我为自己可以看见蓝天而喜悦；我为自己看见的绿树红花而喜悦。”

“我给自己感受快乐，感受喜悦的资格。”

“我知道自己已尽力做好一切，我允许自己享受‘做’的过程，而不是非要到终点，一切成功时才快乐。”

“生命本来就是一种欢庆。我用喜悦参与，与宇宙共同创造。”

“快乐和喜悦，都是有意义的。”

愿我们活出生命的喜悦，愿我们开始成为有觉知喜悦、快乐的第一代人，所谓的“乐一代”。

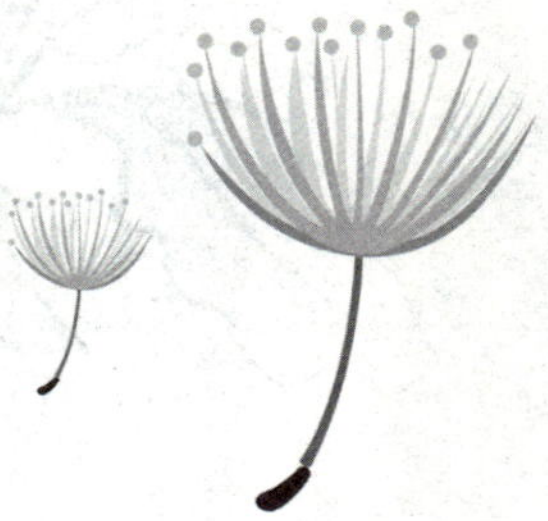

第二章

生命故事的疗愈力量

找到认知升级的阶梯。

生命故事的三重奏

人生过得好不好，听你讲的故事就知道了。

受困故事

你知道的，我的工作，就是在工作的状态下听人们说故事。

当一个人觉得安全，TA首先会说出来的，是在内心翻滚、生疼又因为痛而不得不藏起来的隐秘故事。放在哪里都觉得硌得慌，就是最需要被疗愈的故事。

我把这些往事叫作——“受困故事”。

有时候，我会听到一些人的说法，觉得你们这些身心灵圈子的人也好，学心理学的人也好，是不是有自虐倾向，为什么人生不能往前看呢，非要往回找补那些陈芝麻烂谷子的往事。

记得伊能静在一次演讲中说道，那一年她遭遇严重的心灵危机，请辞当时收视率很高的综艺节目《中国达人秀》导师，前往印度修行，疗愈自己的亲密关系议题与原生家庭议题。

她的搭档，高晓松老师半开玩笑半认真地说，你们女生就是较真儿，有什么事是喝一顿大酒解决不了的呢。

过去的故事都过去了，与往事干杯吧。真的，能做到这么洒脱的人有几个呢？就连高晓松老师几年之后，不是也在《奇葩说》上坦承，他这辈子所有拧巴的源头，都来自跟父母的关系。

他从小没有问过父亲任何一个问题，在节目现场，这句话他重复了3遍。他在长大成年的过程中，特别讨厌别人干涉自己，爱较劲，直到40岁之后，才逐渐摆脱那种对父母的无意识反抗，让自己解脱。

你看，绕来绕去，大酒喝了半辈子，人也还是要重新来面对那些往事。

我的受困故事蛮多的，写了好多年，还有可以写的，小时候挨父母打，被老师性骚扰，青春期变丑发胖长青春痘的自卑，一桩桩一件件，都变成横亘在我今日人生高歌猛进道路上的巨石，时不时绊我一个踉跄。只好停下来，面对，清理，疗愈，才算搬走一块再一块，又能向前行进一些。

而我听学员或个案的故事里，人的日子也都是被卡在心底深处的“受困故事”里。这些故事，不管你表面看起来多风光，都会在午夜梦回时，跑出来啃噬你的心。

去年，我在“混沌大学”App上听了邵亦波的一堂课，讲他在商业和人生的巨大成功后，因为亲子关系、自我关系都出现状况，从而走向心灵的自我寻找之旅。

他从小就是学霸，少年得志，从哈佛毕业后，创立易趣网，29岁已经拥有2亿多美金的身家。按理说，他成功得不能再成功了。

演讲中，他谈到了3个细节，让我很震撼。

第一，卖掉易趣网后再出席一些商业活动时，因为没有了公司的那个头衔，变得特别焦虑，会不由自主地比较“现场谁比我更成功”“我够不够好”，自信心濒临崩塌。

第二，早已财务自由、时间自由的他，在旅居世界各地时，一点也体会不到活着的乐趣。不管在风景多么美丽的地方，他发现自己都不快乐。

第三，面对全家最不爱学习的异类——他的儿子，他经常情绪失控，动手打孩子。后来他发现孩子的性格有些扭曲的地方，这才唤醒他的注意。

所以，后来他开始学习、成长，做自我的修行，才慢慢找回那个从小被“学霸”头衔掩盖住的并不快乐的自己——没有朋友，高标准，总要求自己出类拔萃。

直到他愿意给自己松绑，愿意在人前跳舞，愿意讲自己不完美的故事，才逐渐找回自己的清明，无条件快乐的心。

听完他的演讲，我再一次确认，每个人都有自己的“受困故事”。

你不拥抱自己的“受困故事”，就相当于把曾经在童年、青春期过得很不开心的那个自己抛弃了，你让一部分的自己变成了弃儿。

当内在有一个弃儿时，即使把外在的人生搞得再花团锦簇，门一关，灯一暗，你还是不快乐。非常多抑郁的人，都是在那些“受困故事”里，把自己弄丢了。

无论你找一位疗愈师也好咨询师也好，还是参加疗愈工作坊，进行自我疗愈，比如写出自己的故事。总之，给那些“受困故事”一个出口。

你需要，拥抱自己的“受困故事”。

黄金故事

当人们内心深陷在“受困故事”里时，自我价值感一般都极低，完全不能匹配自己奋力在人生中冲出的那一条血和泪浇筑的道路。

有一些从小被家暴的孩子，不被允许读书的孩子，哭着哀求父母才争取来读书机会的孩子，让自己通过学习，改变了后面的人生道路，还拥有了幸福的家庭，良善的亲子关系。

有一些从贫寒家庭里出来的孩子，熬过了吃不饱、穿不暖的岁月，自己勤勤恳恳创业，不仅让自己过上了丰衣足食的日子，也给许多人创造了就业机会，带来了人生的转折。

有一些小时候不出众、不优秀的孩子，屡次被应试教育设置的关卡给难住，不得已从很低的起点开始奋斗，用几十年如一日的肯吃苦、肯钻研的精神，拿到自己所在领域的荣誉。

这段时间，我在“故事疗愈师”第一期高阶班的微信群里，持续“虐”他们，“逼”他们每天做灵性书写与神对话，要他们破掉那些“受困故事”带来的萦绕心头几十年不散的阴影，什么“我不够好”“我收钱就不会有人爱我”“我不值得为自己觉得骄傲”的木马程序，都抓紧时间粉碎掉吧。

大好的人生啊，不值得持续被浪费在受困故事上了。拥抱它，然后放下它，轻盈前行。

在你生命来到“高阶”的段位上时，你需要给我讲述更多的，是你的“黄金故事”。

“黄金故事”是那些你在过往的人生里，脚踏实地干出来的、活出来的好故事，所谓你取得的成果、成就和成功；关于为什么总有许多贵人环绕你身边，给予你一次次帮助；关于为什么你自认为没那么出挑，却总被人欣赏着、喜欢着；更有关于你天然的品质，是多么热情、努力、上进、善良、有韧性。

请讲出更多这样的故事来。

不认回这一半黄金般的你、闪闪发光的你，你始终也是“半片人”，无法找到生命完整的力量。

有一位高阶学员彩（化名），我最近特别关注她讲述自己故事的方式和内容。她给自己也给我们讲了一年多故事，始终有一个偏好，就是讲她自己还如何不完美的“受困故事”。比如最近高考季，她也会因为孩子成绩好不好、要不要读书的事情，来否定自己是个好妈妈，否定自己这些年学习和成长的意义，搞得自己很焦虑。一想到自己家的孩子还一堆问题，她都不太好意思在人前理直气壮地分享怎么活出自己的人生。

我“忍无可忍”地给她下了一道命令——从现在开始，你可以停下来，不要再讲“受困故事”，可以多给我们讲讲你的“黄金故事”。

她本不是一个“卑微到尘埃里的人”，一定是她对自己有什么误解。

毫无疑问，我们大多数人都误解了自己——我哪里就卑微了？

不过就是在人间遇到了不甚完美的父母，经历了不甚完美的童年和青春期，有不甚完美的爱情故事……世人都在经历这些不完美。

有些人视若平常，觉得是“他们不识货，不懂我的好”。而我们这群人却习惯用所有的不完美，定义出自己的卑微。

于是，生命中所有的努力，就是想把那个“卑微到尘埃里”的自己，努力成为优秀的女人。然而再怎么努力，你不破除掉“我生而卑微”的错误认知，越努力还有可能越沮丧——看吧，我努力那么久，就是没有别人好。

可是，也许你本来就很美，本来就很优秀，你只是搞错了自己生命的定位。你所有的努力，不是为了让你自己爬出尘埃，而是为了让本来就还不错的你自己，绽放华彩。

这就是你要正视你的“黄金故事”的目的。

为什么我用了“正视”这个词？我个人认为，相当精准。在“受困故事”之外，“黄金故事”一直存在着，你只是选择视而不见很多年了。

正视它，正视它，正视它。

正视你的“黄金故事”后，人会更能够轻而易举地按照自己本来的生命，接受自己的不完美，重新理解自己。

以我们中国人爱面子、好面子、中庸、低调的集体潜意识，要我们正视自己的好，还真不容易，需要被“古法压榨”，才能榨出饱满花生中的黄金精华，变成最香最香的花生油呀。（哈，我此处用了一个隐喻。）

于是，呼啦啦，她给我们讲出好多她过去不愿意承认的好故事。

比如，她考下了一个职称，让她在单位的工资比别人高许多。

她考下了中级会计师，那么难考的考试，她每门分数都很高。

她考下了国家二级心理咨询师证，考了高级营养师证。

她也不是外表的那个弱女子，她敢闯荡，能连续开车680公里，只身跑到外地亲戚家……

具体的更多细节我就不讲了，反正足够惊得我们一帮同学哇哇大叫。认识她好几年，我都不知道，在她身上还有这些闪闪发光的面向。

这些故事一讲出来，她说：“认回一直把自己卑微到尘埃里的自己，认回优秀的自己，认回曾经帮低到尘埃里的自己走到平地上的自己，认回帮自己从平地上的芸芸众生向前一步，走到半山腰，再想办法抵达巅峰的自己！认回曾经有‘我卑微到尘埃里’错误认知的自己，认回想要放弃错误认知的自己！”

嗯，这个“苦水里泡大的孩子”，终于敢认回自己的好了。

要谢谢她曾经一次次拥抱了自己的“受困故事”，没有这些诉说“受困故事”的行动打底，她无法释放与清理许多环绕心头的情绪能量，那些浓雾一般的情绪散掉后，她才能更轻盈地与生命中美好面向的自己相逢。

不去处理这些“受困故事”，只想往高处拔、往好处走，还是会被那些潜意识里的拖拽力给拉回来的。

更要感谢她终于开始愿意去正视自己的“黄金故事”。

“黄金故事”一开，好运自然来。

她说，最近因为装修房子，母亲拿出银行卡给她，里面有两万元。如果是以前，她是断然不会接受的。这次，她接受了母亲的钱，也接受了母亲的爱。爱在母女间流动起来，母亲挺开心，她也非常开心。

“以前的话，我不仅不会接受还会说母亲，不用管那么多的事，她也不高兴，我也不开心，这次，我觉得挺好，爱的流动让我们都非常的开心，何乐而不为呢？”

她甚至被一股莫名其妙的活力推动着，跑去游泳池，畅快地游了10圈。她都好久没有去游泳了。

在我理解，这个举动，象征着她像鱼一样自由精彩人生的新开始。

史诗故事

这几天，借助“彩”不断爆出自己的黄金故事，也借助深度挖掘和梳理了个人品牌，我内心深处，也有一股强烈的自信在涌动。

我突然想正视自己的“黄金故事”，认回我的美好，认回我的自信，认回我的力量。

在这个世界上，有许多带领生命解脱、觉醒的灵性智慧接引者，我千真万确是其中一位。这是我从2012年年底自我觉醒、写作《从伤痛中开出最美的花》后就清楚知道的天命，我却一直“羞于”承认它，因为，我害怕自己太年轻、太有灵性。

今日，我认回，我是一个古老而有慧根的人，今生所体验的内在觉醒的旅程，绝对有能力分享给更多的人。这是我的天命。

当我坚决地传播灵性智慧，会有更多位“彩”，因终于肯拥抱自己的“受困故事”而醒来，正视自己的“黄金故事”，继而去创造自己非同凡响的人生。

这是我的使命与愿景。

当人生走到某一个阶段，要开始有意识地通过说故事，来创造自己完整的生命观、使命和愿景，这些将共同组成你的“天命之路”。这是生命故事疗愈的第三个阶段——“创造你的史诗故事”。

所谓的“史诗故事”，是聆听生命本身的召唤，是在你人生的时时刻刻震动着、召唤着的能量，是“成为我自己”，是男神与女神的旅程，是“万物有灵且美”，是“应无所住而生其心”。

“受困故事”“黄金故事”“史诗故事”，此三重奏是我的“生命故事疗愈”体系的根基。

需要特别说明的是，生命故事三重奏并不是线性从哪里到哪里的概念，不是A-B-C的线性逻辑，而是同时存在着的ABC“吸子共存模式”（概念出自《意念力》一书），只在某个阶段会特别表现为某一个。你不需要完全等待“受困故事”阶段过去，才能开启下面的两个阶段，一切都可以同时进行，在每个阶段有所侧重罢了。有时是“受困故事”，有时是“黄金故事”，有时是“史诗故事”。

今时今日，在我多年的自我探索与授课后，它终于成型。我心情的澎湃自然不言而喻。我用了前半生去打磨这个生命活出来的路径。

在接下来的岁月中，我会将自己更多的精力，从自我疗愈、自我探索，转向“生命故事疗愈”流派的传承与发展，借助“方糖故事学院”，选拔与培养更多有志于在人间从事灵性智慧传播工作的心灵工作者。

如果你也有这个梦想，加入我们。

你看，我正在创造我的“史诗故事”。

这个“生命故事三重奏”的理论模型，能帮助你真正疗愈自己：说出你完整的故事，成为完整的你。

“受困故事”“黄金故事”“史诗故事”，单说哪一个故事，都是单一的、孤立的、不全面的，也无法让你生长出有底气有格局的生命力量。

三种故事、三重奏，如此，你的生命才能往更恢宏、更具使命感和愿景，也更有影响力的新天地走去。

你的人生，不再关乎于你个人是不是成功、是不是幸福，而是你能帮助、唤醒多少人和你一样成功和幸福。

也请让我为你说明，什么是所谓的“史诗故事”。它是神话学上经常谈及的、影响好莱坞编剧最深的理论，它的一部分来自“英雄之旅”这个概念。

“英雄之旅”，往往大多数指的是男性（但不绝对，女性当然也可以有），向外部世界的冒险，在战斗中增强力量的旅程。

史诗故事还包括另外一面，就是“女神之路”。它更多的是指女性（当然，也会有男性）向内部心灵世界的回归，发掘自我潜力的过程。

想想上面我们讲过的邵亦波的故事，是不是既有向外冒险亦有向内探索的元素？

我们用尽心力去获得的那些世俗意义上的成功，比起你的“生命”想为自己创造的，统统不值得一提。

这个世界上，所有伟大的人都拥有自己的史诗故事。

这就是为什么星巴克创始人、董事会主席霍华德·舒尔茨要站出来竞选美国总统，这就是为什么马云说“要让天下没有难做的生意”，也是特蕾莎修女、一行禅师等等了不起的人物，在为这个世界用心奉献的芬芳。

而我们这些普通人，更需要用自己的“史诗故事”，来喂养我们的灵魂。如此才不至在行将就木时，哀叹白忙活一场。

我们也想，用尽这一生，活出自己，活出使命感，活出对人类和世界的贡献。

或者，一个更准确的理解是：所有创造了自己的史诗故事的平凡人，也同时成就了自己的伟大。那些了不起的人物，不过也是平凡人，他们用自己的一生去成就了一个“史诗故事”。

我们可以成为比肩舒尔茨、马云的了不起的人——因为你把这一生淋漓尽致活了出来。

从此刻起，启程，创造我们的史诗故事。

拥抱你的受困故事，
正视你的黄金故事，
创造你的史诗故事，
直至你不再需要任何故事。

——生命故事疗愈导师　马冉冉

解除50个“木马程序”，平息你的内在战争

前几年，大学同学见我：“哇，真想不到，那时情绪时常崩溃、需要我开导的小马，今日居然可以这样淡定。”

我笑了。大学时光，轻车快马，身边环绕着一帮志同道合的好同学，读书上进做作业；从一间教室奔入另一间教室，如饥饿的牛犊闯入春天的菜园；闲时骑自行车闲晃，看电影，在人声鼎沸的食堂里聊天，打羽毛球……

然而，这些快乐都架不住我内心时常天塌地陷，一个月总有半个月是沉闷无望的，内心总在“天人交战”。不知道自己为什么那么多痛苦可以从心底铺天盖地涌出来。只觉得前途无望——没有身家背景，没有伴侣扶持，只有一颗心四散飘荡，身心灵分作几处栖息。

这种内心的痛苦，是我修行的起点。我想知道，为何世间有人心泉能时刻有蜜涌出，脸上像随时洒满阳光；而我却是一股凄凄惨惨凄凄的浓雾？

我想知道，于是，一探索就是好几年，上究灵魂，下穷轮回，只为看见，我到底怎么了。于是我从中看见，自己鲜活又年轻的那颗心脏上面居然许许多多孔洞：

“我不够好。”
“我不配。”
“不可能有人真心爱我。”
“我很孤独。”

“我一个人在此。”
“没有人跟我在一起。”
“人生艰难，何时是尽头。”
“没有依靠，我可怎么办？”
“女人啊很惨……”

如同一道道阴影，时常投射在我的人生之上。甜时患得患失，总担心失去，怕有朝一日再也体会不到这滋味；苦时，愈发自我“作贱”，把自己贬到一文不值，挖坑埋上。一来二去，原本生龙活虎的女孩子，活得像死鱼眼睛一样麻木。

虽然隐约知道，那根本不是真正的我，却又被这些阴影困住。那就探索、探索、探索。

缘起

它们究竟来自何处？讲个故事给你听。

我妈告诉我，一岁之前，有二十来位亲戚先后照顾过我。大家分几班倒，谁有空谁来，小到十几岁的叔叔阿姨，年长到七十几岁的曾外祖母，都曾经抱过我。只因当时父母都在上班，根本无暇看顾我。

双职工家庭的孩子，童年所要经历的真实生活大抵如此。

实在无计可施，奶奶把我接回乡下去抚养。在爷爷奶奶身边，我备受宠爱，为所欲为。然而，血脉里对于父母天然的眷恋，让我忍不住在心里面偷偷思念父母，盼他们来看望我，盼能够长久跟在他们身边。

成年后，我问母亲：“你们为什么舍得很久都不来看我一次？”

母亲回答：“我们几乎每个周末都会骑车两三个小时去看你一次啊！”

我泪盈于睫。在我的记忆中，大约半年都见不到父母。原来，都是一个小孩对于时间的“错觉”。只因思念。等而不来，盼而不得的心情，让小小的我得出一个结论——

“一定是我不可爱，不值得被爱。就连我的父母也不肯要我。”

这个结论，几乎主导了我日后所有亲密关系的背景声，嗡嗡嗡……

“哪怕你此刻再对我情深似海，有朝一日，你还是会离开我的。”

“等你看见我的真面目，你就会发现我不够好，不值得被爱。”

“我注定一生孤独无依。”

啊，原来是这样。

这些年，透过身心灵的修行，我就在做一件事情，把潜意识里那些嗡嗡作响的阴影一一辨识清楚，理顺来龙去脉，看清楚到底我的童年发生了什么，让我得出了这么多荒谬的结论，然后，把它们在内心深处作“消音”处理。

“是的，我允许你们存在。作为我的守护者，潜意识这样保护过我，为了不让我在事情发生时过于痛楚，为了让我下一次能防患于未然。潜意识用这些‘合理化’的声音保护了我。当然，也限制了我。”

对于这些从童年开始就跟随的阴影，你很难完全消灭它们，只能觉察、辨识，懂得共存，也懂得回避。

同时，我开始渐渐放大另外一批声音：

“我是幸运儿。一路承蒙老天与众生护佑。很多人都爱我。众生也无条件爱我。”

“我承认远离父母的伤痛确实存在。我也承认童年在祖父母身边所受到的宠爱。”

“孤独是每个生命单独存在时的正常状态。我享受一个人。我也享受与人联结。”

“人生就是灵魂选择的一场戏剧，编剧导演主演通通是我自己。我选择享受这出戏的每一场次。”

“女人亦是我今生选择的肉身形象。活得有力、清醒、幸福、丰盛这回事，本不分男女。”

阴影

你发现没有，小孩子都很爱问“为什么”。即使大人胡诌一个答案，大部分孩子听了也会信，然而就觉得“OK，我的思考有结果了。”TA的认知就停在那里了。以童年的心智理解能力，我们对世界的理解，不可能思考更多、更全面了。

很多孩子，不是一直都信自己是垃圾箱里捡来的吗?

那些沉淀在潜意识里的童年“阴影”，有人称之为“心智模式的童年基本设定”，有人称之为“限制性信念”或“木马程序”。

它们由来的第一个可能性是，曾经的你，在童年发生一些事情时，用自己尚不成熟的心智系统，得出了不算错，可是却片面、偏激、单一的结论。就是稀里糊涂中，用一个解释得通的答案，给了自己一个交代。

例如，有个人回忆说，上小学第一天他才知道不能随时去大小便了，于是便溺在裤子里，本来就羞愧难当，又被老师同学讥笑，回到家再被父母数落“真没用”。于是，得出结论“我很没有用。我是邋遢鬼。在学校，我永远抬不起头来。”

瞧，一个“我不够好”的结论，就可以“完美”解释这些窘迫、羞愧、耻辱的情绪了。有了答案就好办了。从此，照此执行。因为，这就是心智模式运作的机制。

阴影这东西第二个来源是，当年你用一时发生的故事，得出了一个“一直”“永远”“从今以后”的结论，有点宿命论，从此破罐破摔。

灵性书写班的学员曾讲了一个“我只能靠自己，不会有人帮我”的故事。

那一年，她好像不到10岁，自己骑一辆自行车，父母共骑一辆。烈日炎炎，她的车胎爆了，小姑娘不知道该怎么办时，本能地想要父母求救。父亲说：“你看一时半会儿也修不好。那么热，我和你妈先走了，不陪你晒着了，你自己慢慢走吧。”说罢，这一对夫妻骑车扬长而去。

大日头底下，小姑娘一边哭着，一边推着大大的自行车，艰难往家走。她的心里面在说：“真的不会有人帮我的。我只能靠自己。”

从此，小姑娘不再指望父母，靠自己，一路奋进，求学找工作结婚。可是，心里面却是那么孤独又惊慌——“遇到事，也不会有人帮我的”。

她如同这世间许许多多的要强、倔强的女人一样，活得有点苦，活得不舒展，活得兵荒马乱。这是她心中的那一道阴影。即使有人肯对她好，即使有人帮她，她也看不见那些光亮。

因为，阴影遮蔽住了一颗心灵。

清除

如今的我，最常正面相逢的阴影，叫“我做什么都没有用”。

“再努力现状也不会有改善。”

“再努力也比不过人家。”

“再努力也没啥意思。”

“再努力也不可能扭转乾坤。”

“反正最后总是要散伙的，何必开始。”

有时候，这道阴影强烈得让我连坐在书桌前打开笔记本的心气都没用——“奋斗什么啊，创造什么啊，反正做什么都没有用。我本是贱命一条。”

一次次与它狭路相逢，我终于认清——原来，每当我躺倒不干、想要破罐破摔的潜意识动力，都是我又被那一道阴影给控制了——“我做什么都没用”。

于是，我才能有意识地给这个念头很多很多的光和爱，清除这个木马程序，改写这个故事——

“我做的每一件事，都在宇宙留下应有的刻度。我不看人间一时的得失，我直接向宇宙汇报。”

知道吗？要遮蔽掉生命本来的光亮，只需要一道阴影，一个木马程序就够了。

正所谓，一念天堂，一念地狱。一个念头，就足以障目，再也看不见其他可能性。

你大概也遇到过这种典型的场景吧。有些人，无论你跟TA说什么，TA都不会相信，就一直认TA自己的理儿——

“我知道你说的都对，可是我的情况是……”

“别人可以，但我不行，反正我就是……”

“你说的道理我都懂，但是臣妾做不到啊……”

俗称，“鬼打墙”，认死理儿，鬼迷心窍，我执严重。TA只看得见TA潜意识里相信的东西，就是“阴影”啊，因为太熟悉了，太擅长了。

信念，不就是“信得比较久的念头”吗？

《一念之转》里拜伦·凯蒂教授说：

“如果你没有那个念头呢？你内在的感觉会怎样？”

“如果你愿意暂时放下那个念头呢，你内在的感觉会怎样？”

你能不能把那些“我不够好”“我不值得被爱”“我不安全”的阴影，从潜意识里暂时放一放，让光进来？

本质上，我们终其一生都在试图超越童年的影响，超越父母对待我们的方式。人生后来，你生的那些气，流的那些眼泪，都是在投射童年的记忆，投射与父母之间的互动模式。所以，要疗愈，要觉醒。

你要面对的，从来不是那些不完美的别人，或是那几段没有爱流动的关系，而是真正去搞定你潜意识里的那些钉子户，好难缠的潜意识阴影。

它们才是盗走你生命喜悦能力的小偷，是让你的人生死机瘫痪的木马程序。

循环

以下这个列表，是我综合了这些年的学习（一部分来自李尔纳老师觉醒教导中的“童年基本心智设定”），自我疗愈时的发现，以及在与学员、个案深入探索生命时的发现。

它们基本上涵盖了潜意识深处的木马程序，共有50个。

更多的木马程序，可能由它们演化出来的，是变体。比如，“钱必须辛苦挣来”，可能就是由基本的“我在这里好害怕”“活着好艰难”变形而来。有些可能会重叠，也有一些没在表内，那需要大家在探索的过程中发现。

这些阴影，会由今生的潜意识而沉淀入灵魂，伴随生命的轮转，成为“业力”（记忆）。或者说，这些在你今生童年被唤醒的阴影，也是你灵魂中累积的业力。

“生命，就是童年到童年的循环。”

不疗愈它们，很难迎接生命真实的光。所以，你也可以理解成它们是可以让你最快跳脱童年影响，进入生命创造喜悦之流的“虫洞”。对照它们，辨识出影响你最深的那些阴影是什么，然后穿越它们。

01.我是与周围格格不入的那一个。我是分离的。

02.我被（父母）抛弃了。我一直孤单。

03.我做什么都没有用。一切快乐都会结束，盛宴必散。

04.没有人“看见”我，没人与我有真正联结，无人与我同在。

05.不会有人要我的。

06.没有人会爱我本来的样子。

07.我一点都不可爱。

08.没有人愿意接纳我。

09.我不够好，跟别人相比。

10.我做不到，我不相信自己，他们也不相信我。

11.我不能依靠他人，不会有人帮我的。没有人会支持我，我必须要靠自己。我必须要勇敢，我必须要坚强。

12.再努力也没有用，我的命没有别人好。

13.我不能相信别人，他们总评判我，他们会伤害我。

14.我必须要掌控一切才觉得放心。

15.放松是不安全的。不能光想着玩，要为未来打算。

16.活着不容易。身为男人／女人不容易。

17.不会有人真正懂得我、理解我的。

18.没有人听见我说什么。没有人会聆听我的心声。

19.我不重要。我很卑微。

20.我不会在人前表达自己。

21.直接表达意见是不安全的，会被训斥。

22.我不能拒绝，我不能向别人说“不”。

23.我不能提要求，从来都没人理会我真正的需要。

24.我不能拥有自己想要的，不会有人给我。

25.我不期待发生好事，我总会失去自己心爱的。

26.他们对我发脾气，我肯定是个令人讨厌的家伙。

27.我肯定有毛病吧，一定是我有问题。

28.我不能应对，我搞不定眼下的局面，我要逃跑。

29.我感到不安全，我在这里很害怕。

30.我活着很多余（因为他们不想生下我，他们不喜欢我的性别，他们不期待我的出生，他们已经有了其他的孩子）。

31.生命是不安全的，这里危险好多。

32.（他们又不开心了），这是我的错。

33.都怪他们，都是他们的错。

34.我卡住了。没有人教我如何走出来，我大概一辈子都会卡在这里。

35.我陷入了困境，我搞不定，我搞不定，我搞不定。

36.我不想在这里（地球），我想回我真正的家。

37.离开是不安全的，我不敢带自己逃走，我只能僵在原地。

38.我没有归属感，谁都不要我。

39.我不能融入，我害怕被拒绝。

40.我不要离大家太近，我不想他们看见真实的我。

41.我不要开始。不开始就不会遇到挫败，就不用品尝失望的滋味。

42.不可以在人前流露真实的感受，这是懦弱脆弱的表现，会给别人羞辱我的机会。

43.我必须要把自己藏起来。藏起来，别人就看不见，我就安全了。

44.我必须要表现好，才能得到父母的认可和爱。

45.我必须要做正确的事，否则就会被惩罚。

46.我必须要待人和善，不能流露一丁点儿阴暗面。

47.我不能让别人（父母）不高兴，我讨好他们。

48.我没有资格享受快乐，因为父母在受苦……

49.我无法选择，因为我不能相信自己的判断，他们总告诉我“不该这么想”。

50.我不能相信自己的感受，我不应该哭，我不能哈哈大笑。

疗愈

一旦遭遇这些潜意识阴影，又在暗戳戳狙击你的幸福、你的快乐、你的成功时，要怎么办呢？在那些你又被戳中这些痛处，进而情绪爆发、崩溃的时刻，到底要怎么办呢？

01. 承认、看见

“亲爱的××信念，我看见你了。

我知道，你从过去的某个故事而来，是我经历的一部分。你在这里提醒我，要透过你去学习。

过去，我一直在体验你，现在我想要去体验其他的部分——我就是爱本身，我就是自己的依靠，我就是本自具足，我就是被宇宙爱着的孩子。

我在这里，只为从每一个故事中体验，并且，不迷失在其中。”

02. 给光

观想有一盏冷焰的烛火，或者一束来自宇宙大日的阳光，照在这个信念上，待它慢慢消融在光中。

03. 拥抱内在小孩。

左手放丹田，右手放心脏，跟内在小孩说：

“亲爱的自己，过去你被这个阴影压迫得很辛苦，被欺负得很辛苦。我停止用这样的信念来欺负自己。我让自己从阴影中移动，去迎接生命的光。”

04. 改写

例如：用“我就是爱本身。我深呼吸，从自己的内在感受爱”，去替换“没有人会爱我”这个信念。

例如，用“我总有贵人相助”，去替换“不会有人帮我。”

例如，用“我用我的心去感受和判断，它们是属于我的特别的体验。同时，我不会强迫别人认同它们”，去替换“我不能信任自己的判断／感受”。

05. 能量沐浴

观想，太阳洒下来很多很多的光。观想，有一道天使白光瀑布打在你身上。

做能量沐浴，给自己更多的光，让自己被爱环绕着。

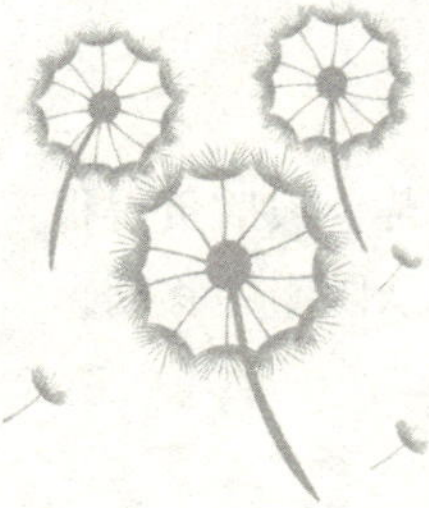

善用“故事漩涡”，迎接你的“人生好运”

我们内在经常都有一个“故事漩涡”。

某种情绪会在你的心里，用一种漩涡的方式，无意识地选择你人生中的一些片段，构成一个漩涡，你不断地讲述一个故事给自己听，也试图给别人听。

就好比，祥林嫂总讲“我单单知道春天是没有狼的……”的故事，而《士兵突击》里许三多讲给自己听的故事是“不抛弃，不放弃”。讲着讲着，这个故事里的一切好像都成真了。

受困

不同的故事所构成的漩涡，会反过来印证和增强你心中的这股情绪，决定你在当下活在怎样的心境里。有时，这个故事漩涡让你喜悦、宁静，更多的时候，我们被这个漩涡卷进深不见底的情绪黑洞里，受困在里面。

比如，有一件事，本来你没那么生气，可是越想越气，几天过去了，你比当时还要生气；又或者，本来你不生气，当你跟几个朋友讲过之后，大家一起火上添柴，到最后你气得爆炸了。

如果你从小在家庭里，已经习惯了被父母忽视，常年带着一股不被爱的伤心，等你长大之后，无论是在职场还是自己的小家庭里，你也会被“我不被爱”的故事漩涡给裹挟着，同事聚在一起说话，把你冷落在一边；丈夫忘记给你买节日礼物；孩子出去找小伙伴玩，不再亲昵你……都可能成为一股漩涡，把你的心情“死死”镇压在那股忧伤的不被爱的氛围里，一直活不出喜悦。

这是所谓的“故事漩涡”的作用力。这种漩涡，一般是发生在我们的潜意识里的，跟随潜意识从童年就开始的“木马程序”设定，不知不觉在发生的。

但是，要知道，漩涡有顺时针有逆时针，“故事漩涡”也有正有负。我们完全可以透过有觉知地体验和转换，而让自己从一个拉低自己的漩涡里走出去，进入一个生命能量正旋转的新故事里。

如果你有意识有觉知地，在又快被“我不被爱”的故事漩涡拖拽着心情低到谷底时，告诉自己“我是被爱的”，并寻找5个自己被爱的故事，说给自己听呢，你的心情会怎样？

我是被爱的，丈夫在出差的路途上还发了真心实意的微信，跟我聊心事；

我是被爱的，我没有让自己被负向情绪卷走太久，我信任我自己；

我是被爱的，在我工作遇到困难时，同事全心投入帮我解决难题；

我是被爱的，孩子早晨出门前，还记得要跟我拥抱一下，说要闻闻妈妈的味道；

我是被爱的，父母给我打来电话，让我多保重身体……

这是你可以做到的，对“故事漩涡”的反向运用。

有觉知，我们就有机会从自己的故事里醒过来。被负向的“故事漩涡”困住时，不妨问问自己这几个问题：

“我正在给自己讲的这个故事，是真实的吗？还是我的一种感觉？”

“我正在给自己讲的这个故事，是生命的全貌，还是一些片面的素材？我找得到反向的素材吗？”

“我正在给自己讲的这个故事，是我真的想要真心讲述完、从而放下它，还是我已经习惯了用这样的悲惨故事来喂养自己的小我（ego）？”

“我正在给自己讲的这个故事，是会让我心情美好，迎接生命中的好运气，还是会让我觉得受伤，关闭心门，而把所有的好运气都拒之门外？”

意念力

有一本很重要的心灵著作，叫作《意念力》。

即便你没有读过它，也一定听说过书里的一个重要概念，叫作“意识层级”。这张图，想必你不陌生。

值得注意的是，为“意识层级”标注的能量，从20到1000，并不是自然数，而是一个对数的概念，例如作为正负能量分界线的“勇气”，数字是200，也就是200的100次方的概念，是一个大到不可思议的数字。足见我们的意识能带动的宇宙能量是多么巨大。

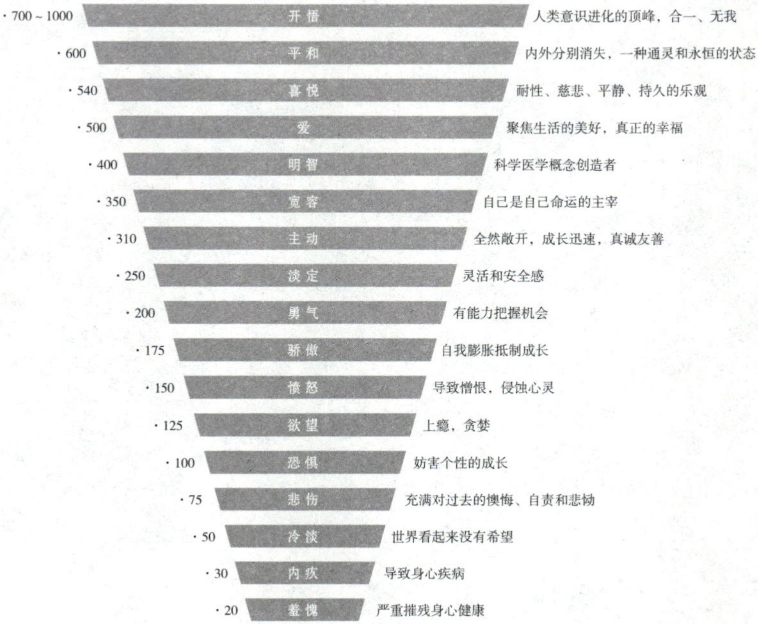

而我在阅读这本书时，惊喜发现，这本书里也有一个“故事漩涡”的鲜活案例。这几年来，我一直把这个“故事漩涡”运用在那些生命受困的时刻，需要激活创造力的时刻。

书中，作者举了一个例子来说明不同的意识层级的人，或是人在不同的意识层级时，对同一种现象，所讲述的故事可以有多么天差地别。

街角有一位老“流浪汉”，站在一个繁华的大都市的一个高档街区中。他衣衫褴褛，孤独落寞，背靠着街角一幢上等住宅。

就是这样的一幅景象，1000个观众就有1000个哈姆雷特。

最底层，能量级数20，代表感受“羞耻”，会讲出的故事是：这个流浪汉肮脏龌龊，令人生厌，行为可耻。

能量级数30，代表感受“内疚”，会讲出的故事是：他应该自己为自己的状况负责。他罪有应得，或许就是个骗取社会福利的懒汉。

能量级数50，代表感受“冷漠”，会讲出的故事是：他的窘况令人绝望。这是社会无力解决无家可归者的确凿证据。

能量级数75，代表感受“忧伤”，会讲出的故事是：这位老人境遇悲惨，无依无靠，无人理解。

能量级数100，代表感受“恐惧”，会讲出的故事是：他是一种威胁，一种社会公害。不能等他犯任何罪行，赶快打电话叫警察前来。

能量级数125，代表感受“欲望”，会讲出的故事是：或许他代表了一个普遍的、令人沮丧的问题：为什么没有人为此做点什么？

能量级数150，代表感受“愤怒”，会讲出的故事是：这个老人看起来似乎有暴力倾向。此外，他看起来可能还很愤怒，竟然会有他这么悲惨的人存在。

能量级数175，代表感受“骄傲”（傲慢），会讲出的故事是：他真是一种耻辱，他真的很没有自尊心，不去改善自己的处境。

能量级数200，代表感受“勇气”，会讲出的故事是：你会积极想象，要是当地有一个无家可归人士的庇护所就好了。他所需要的，只是一份工作和一个住所。

能量级数250，代表感受“中性”，会讲出的故事是：这位流浪汉看起来没有任何问题，或许还觉得他有趣。你会说，“自己活也让别人有活路”，毕竟他没有伤害任何人。

能量级数310，代表感受“乐意”，会讲出的故事是：你也许会决定要走到街角去，看看自己能做些什么使他振作起来，决定花些时间去当地教会做义工。

能量级数350，代表感受“接纳”，会讲出的故事是：这个人看起来很有趣。他或许能告诉你一些有趣的故事，至于他为什么在这里，或许我们永远不得而知。

能量级数400，代表感受“理性”，会讲出的故事是：他是当下经济和社会病态的一个症状，或许可以就这一主题开展一项重大的心理研究。

到了更高的能量级数，这位老人在你眼中，不仅看上去有趣，而且开始显得友善，甚至可爱。或许，你能够将他视为一个愉快的老人，他超越了一切世俗的束缚，对身外之物无动于衷，面容上闪耀着岁月赋予他的智慧和真诚的光芒，超然如闲云野鹤。

能量级数600，代表感受“宁静”，会讲出的故事：这只不过是永恒的自我的一个临时表象而已。“赤条条来去无牵挂”。

你能为自己的人生讲出一个怎样的故事，你的人生能量就会呈现出怎样的样貌。

真正的人生好运，早已在宇宙里四处分布着了，端看你的心门是否打开得足够大，让你能迎接来那丰盛的所在。

共存：你的心里有一整支队伍

刘瑜女士曾经写过一篇很棒的文章——《一个人就是一支队伍》我实在太喜欢它的标题了。

以生命的观点来看，我们每个人的内在都生活着许许多多个内在人格面向。你可以清楚觉知到他们。你以觉知统帅他们。每一个起心动念的背后，都有一个不同性别、不同年龄、不同容貌、不同个性的“你”，在思考，在说话。

感受一下：

你的内在，有没有一个时常嘤嘤哭泣、想要爱、想要陪伴的巨婴？

你的内在，有没有一个仿佛历经沧桑、对一切都意兴阑珊的老人？

你的内在，有没有一个很想要成就一番大事业的、扬名立万的巨人？

你的内在，有没有一个害怕失败、不敢行动的“小矮人”？

你的内在，是不是还有一个虔诚的求道者，一个贪图安稳的老百姓，一个冒险家，一个套中人，一个怨妇（怨男），一个女神（男神），一个怀疑论者，一个单纯信任的傻瓜，一个小乖乖，一个叛逆者，一个可怜虫，一个国王，一个逃兵，一个将军，一个懒蛋，一个勤奋的小蜜蜂，一个世故者，一个天真的人……

都有的，是不是？

“何止一支队伍，我的内在简直有十万大军啊！”“我天天都在给自己的心灵招兵买马……”“我的这支队伍，队员互不认识，还经常互相攻击。”我的学生们在认识了他们内在的千军万马后，这样总结。

巨婴

这支队伍里，对每个人来说，都很重要的一个角色，叫作内在小孩，一个巨大的婴儿，巨婴。

前一阵子，有一本以此为题的书，把这个议题炒得沸沸扬扬。然而，我一直有我自己的声音想表达。巨婴，实在不稀奇，我也有一个。那代表我们内在等待被爱的部分。只需要搞清楚它的来龙去脉就好，它不需要再被评判了。

在童年时期，孩子是完全临在于当下的。但是，TA的父母却很有可能已经活在了头脑的世界里，没有办法那样全然地跟孩子保持深度联结。说得再明白一点，孩子是一心一意、真心真意、全心全意活在每一个当下的，但是，父母是三心二意的成年人，有许多烦恼要想，有许多事情要做。

于是，孩子的内在有一部分很空很空，TA会觉得自己孤零零地在这里。这个没有被深度联结的感觉充满的部分，会让孩子变得很受伤，很难过，很孤独，无所适从，因为TA就是一个脆弱的婴儿，需要得到父母相当饱满的呵护和照顾，才能从身、心、灵三个层面同时成长。

但大部分的父母可能只顾得上孩子的“身”，照顾到了饥寒而已，心理层面的需求（被看见、被听见、被懂得、被珍惜、被肯定等）可能都被忽视了，更何况是生命的部分，灵性的联结呢！

这个未被满足的部分就一直以情绪和感受的形式，被压抑进了我们的内在（潜意识里），形成内在小孩（巨婴）。

这就是“巨婴”的由来。

终其一生，我们都在内在无觉知地呼唤着被爱、被照顾、被肯定，以及真正的联结。

冷漠

有一阵子，我的先生忙于工作，早出晚归。等他回到家，就已经是能量枯竭的状态。当他没有能量时，心里面就很难再有空间去跟我保持联结。

而我的感觉刚好相反。越是没有能量的时候，我越是会把自己“关起来”，一个人静静地跟自己待在一起。我更渴望，透过与人充满爱的联结，包括眼神的凝视，全心全意的拥抱，好好说说话，来充电。

有一次，先生出差一个星期。我开门迎接他回家，他没有看我，更没有拥抱我……我的心从很期待掉落进失望中，有点过不去这一个坎儿了。我深呼吸，捧住自己的失望，撑大内在的空间，继续试着陪伴他……

可能那几天很忙，我没顾上整理房间。家里很乱，他越看越烦心，开始对我发脾气，把我乱放的东西咚咚咚扔进了垃圾桶。这一下，我的心掉在了地上，碎了！

我转身走回卧室，把门很大力地关上（这是一个切断联结的姿态）。我大哭起来，从小到大，所有与人无法联结的、被我记忆为“冷漠”的故事都沉渣泛起。我气冲冲走到书房，躺在地上，继续哭。一边哭，一边控诉我所遭遇的冷漠待遇。（每次哭，我都喜欢躺在地上，好像在让自己去接触大地能量的疗愈。）

先生非常无奈，问：“为什么你在外面可以做一个很慈悲很有同理心的老师，在我面前却总表现得像个巨婴？”

嗯，巨婴。我不得不佩服先生自从开始研习身心灵之后，也学会了许多概念。他还为我专门造了一个名词，叫作“老公宝”（仿照“妈宝”而来），因为他觉得我非常黏他。

以前听到这样的话，我会觉得非常非常丢人。可是，每次觉得丢人，我都因为羞耻感而选择离弃、丢掉这部分的自己。我的那个觉得没人爱、没人疼的内在小孩连我都不要她了。

现在我学着对她不离不弃。心有“巨婴”不丢人。那只代表曾经的我过得很不容易，很想要爱……想要爱，也不丢人。因为，有这样的需求，我才走上自我探索生命与爱的道路。它是看见真相的起点。

我还有伤，然而，我也在尽力照顾好自己了。

那一天，我跟先生说了很多很多话，把心中里里外外的话都讲出来，于是彼此懂得、和解。他抱着哭到颤抖的我，温柔承认，他的心里面其实也有一个不知道如何去爱的小男孩。于是，我们的不完美都有了依归。

课上，给学生们讲完这个“巨婴”的故事，他们都笑疯了。还有人给我拟了一句广告语：“大家的女神，刀哥的巨婴。”哈哈哈。

三个我

没错，巨婴也是我，“老公宝”也是我，那个很有力量、很有疗愈性的老师，也是我，那个年轻的女人也是我。我内在的这支队伍里，可能有三个最主要的人格面向：巨婴、年轻女人、老灵魂。

巨婴，也就是我的内在小孩。她很天真，很纯粹，又很缺乏，对爱的渴求非常浓烈，又很任性。想要爱的时候，一边要得义无反顾，一边又战战兢兢，生怕自己不配得到。她对爱有一种近乎绝望的渴求。

她是怎么住到我心里的呢？她有这样的故事脉络。

我刚刚出生的时候，父母因为工作忙的关系，家族里十几个长辈，轮番来照顾过我，他们也忙，每个人都只能来几天。甚至十几岁的叔叔阿姨也不得不来帮着带我。到了8个月的时候，妈妈只好把我送到托儿所。我刚刚会坐，就被放在一个圆圈椅里，座位下面是痰盂。

一天下来，我的吃喝拉撒基本都被禁锢在那个圆圈里。我很少大声哭，阿姨经常向我妈表扬我："你女儿特别乖，都不哭！"可是妈妈说，每次她趁午休来给我喂奶时，都看见我脸上一道一道的泪痕……

妈妈每天午休只有40分钟，我看着她掉眼泪，她看着我掉眼泪，时间就过去了，我们都饿着……

直到此刻，写到这一段，我的眼泪仍旧扑簌簌落下。那个自己的痛，我完完全全感受过。曾经，在一次自我清理中，我触碰到坐在圆圈椅里那个小女孩的绝望，她在心里面一遍遍呐喊着：

"妈妈，快要救救我啊！妈妈。"

"妈妈，我不想在这里，我害怕呀！"

"到底还要多久，才能见到妈妈啊？"

所有的绝望与痛苦都藏在那个曾经的婴儿身上，跟着她长大，一直在那里。

如今，在我有了觉察之后，才能自己疗愈自己。

关于年轻女人，我在此就不多说什么了。她就是我真实的身体年龄，也包括我与那一代人共同的个性印记，内在追求独立人格，向往远方和诗意，曾经很自由地度过童年，在学校里迷失自我等等。而关于老灵魂，是需要另起一篇来细说的。

练习

因为好好拥抱过自己内在的“巨婴”，我不再觉得“巨婴”这件事丢人。我也告诉我的学生们，好好把这个自己爱回来，是我们今生在此的使命之一。

透过一次次练习，让你内在的队伍“并存”，让他们集体来陪伴与支持你的内在小孩。

把左手手掌向上，对自己说：

“是的，我看见我内心那个渴望陪伴和爱的小孩。
我又想要陪伴和爱了。
我真的很想要陪伴和爱……
是的，是的，我想要陪伴和爱。
我看见我的内在小孩。”

左手慢慢合拢，温柔地握住掌心的那个“巨婴”。然后，深呼吸，触碰“巨婴”旁边更大更大的内在空间。把右手手掌也伸平向上。对自己说：

“我也愿意看见，内在小孩的旁边，
还有母性的力量，还有父性的力量，
还有一些勇敢，一些温柔，一些不评判，一些同理心……
我真的确信，我可以从内在找到我想要的陪伴和爱。
是的，我有。我有。我有。
真正的爱，源头在我的心灵。”

然后，用你的右手，坚定地包覆住你的左手，放在胸口的位置，贴近你的心。对自己说：“是的，这些部分都是我。是的，我比这两个还要大，还要多。”深呼吸，让你内在各部分彼此陪伴、整合。

其实，你还可以把类似“巨婴”的不同自我面向，替换成不同的性格特征，例如胆小、怯懦、纠结、易怒、委屈……来做这个练习。

如：

“是的，我看见我的胆小鬼。
同时，我也看见胆小鬼旁边，
有个忍者，有个将军，有个女战神，
都在保护TA……
是的，这些部分都是我。
是的，我比这些部分还要大，还要多！”

拒绝缠缚：剪断你与父母的“脐带”与“期待”

我在“女神的花园”接触过太多太多姑娘，她们本身非常会生活、懂生活，爱文艺、爱旅行、爱漂亮，却经常愁眉不展的，活在某种内在的冲突和拉扯中。就算别人眼中的她们一切都好，可是她们自己就是不知道为何快乐不起来。原因，其实我是知道的。

她们的活法，父母不赞同、不欣赏、不鼓励，经常被泼冷水。姑娘们总觉得自己活得孤零零的，身后没有温柔的眼睛与支持的双手作为港湾。

那种感觉，我真的懂。曾几何时的我，也是这样战战兢兢地，在父母的“不解”中，闯荡着自己的生命。

愧疚

我一直以为我很会做自己。

可是，在一次冥想练习中，我却分明“看见”——每一次当我勇敢跟随自己的心意，做出了想要的抉择（于主流价值观却是另类），都能感受到落在后背上的两双担忧的眼神，来自我的父母。

原来，这么多年，我都活在一种“做自己，会让父母担心”的愧疚感之中。是的，我为此愧疚万分。难怪对于生命，我总是觉得那么沉重，一边“理直气壮”做自己，一边也胆战心惊，害怕父母失望，害怕父母担心，害怕父母不理解、不爱我。

我痛哭失声。我活在多么“沉重”的爱里。他们仿佛一双老燕在巢中，眼巴巴地注视着那只小燕子跌跌撞撞学习飞行……

如今，当我写到这一段心情，依旧有心头泛泪的感觉。不再是愧疚，不再是沉重，而是对父母更深的懂得：

作为父母，他们当然希望女儿可以按照自己的心意活；然而，那也确实是一种他们未曾有机会体验过的人生“活法”，他们自然会有担忧。

那一次练习，我切断与父母缠缚的“脐带”，把他们的“期待”还给他们。他们对于生命的理解来自他们自己的体验，那不是我的。他们渴望的是安稳，我渴望的是冒险。他们在意别人的眼光，我更在意自己的内心。他们觉得人生艰难，我想用灵性的光迎来丰盛。

当我剪断了那隐形的“脐带”，同时也是“期待”，终于可以轻松一些了，按自己的心意去活今生。

卷入

在我们与父母之间，可以练习着去做：

“我尊重你的命运，我理解你的局限，我完完全全接受你现在的样子。”

这意味着，个体生命之间开始有了“界限”，不再是我为了你付出，你得报答我；或是我为你放弃牺牲，你也得为我勉强自己做点什么。不，人与人之间不该是那样的。

当我们彼此之间没有了缠缚，只剩下对彼此今生命运的陪伴、注视，我们之间原本就存在的爱才能自由流动。否则，爱依旧被缠缚着，无法呼吸。

至深的爱，是慈悲。因为，你开始有了对每个人自由体验生命的敬畏，对宇宙因果律的敬畏，对灵魂旅程的敬畏。

前一阵子，一位书写班的姑娘说，她爸爸给她发了很长一段微信，大意是：你妈妈整天控诉抱怨，我实在受不了了，你能不能把她接走，让我静静。

姑娘一下子又毛了。每次妈妈来，都会把一堆负向情绪倾倒给她，哪怕是她怀孕期间。她现在自己一个人带孩子，已经够累了，实在无力再负担妈妈。可是，从小到大，她已经习惯于充当妈妈的拯救者了，她无法向爸爸说“不”。她说不出口。

我问她，自己心里面的声音是什么？她说：“我不要接妈妈来。我不想再夹在她跟爸爸之间。可是，我会觉得自己不孝顺。”

是啊，这是多么普遍的重担，对于那些从小就“被迫”卷入父母的婚姻关系里扮演和事佬的孩子……

我说：“你妈跟你爸既然今生是夫妻，就代表他们有自己的因果。请你父亲自己去面对他的妻子。丈夫去面对妻子，而不是让女儿去拯救妈。”

没错，这样的做法看起来很“自私”，可是请你细细思量一下，是不是这个理儿？

反正，现在我是放手让我的父母去了他们前世今生的缘分的，能爱就爱明白，不能爱就自己抉择。如果需要专业的协助，我乐意帮忙。但是，休想再让我作为孩子，卷入他们婚姻的种种冲突里。

我学着“狠心”、放手。

因果

前阵子，我们跟一位亲人聚餐。她正在为孩子学习成绩、前途焦虑不已。人一焦虑，就容易释放出评判与攻击性，正值叛逆期的孩子当然要顶撞回去，影响母子关系。

我跟先生非常坦诚地对她说：“孩子的命运，由天不由你。你以为是在为孩子谋划未来，为他未来能成功，能幸福。结果，你却不允许他现在按照自己的节奏，过得自在，过得快乐。”

说真的，这一路走来，我和先生都从自己的命运轨道上读懂了一件事——各人有各命，自有因果，自有福报。除非TA自己觉醒，才有可能跳脱现有的命运。

对于别人，你唯有祝福，唯有唤醒，无法拯救，自然也无法替代。

作为父母，生养了孩子，守护孩子，给予适当的教养。这是行使“亲职”。然而，父母不是孩子命运的主宰。孩子的命运，在老天，在他自己，独独不在父母。

那些在父母高压教养下，没有输在起跑线上的孩子，有多少人在终点哭泣？今生生命最痛的悔恨，来自没有“跟随心”，没有“做自己”，没有“活明白”。而这些隐隐作痛的遗憾，往往会在生命最终阶段才会浮现出来，到那时，你会发现，此生，已经无法转弯。真真是人生大恸。这样的例子，还少吗？

父母以为自己在培养孩子，殊不知却是扼杀孩子自由探索生命可能性的“杀手”。缠缚的脐带、期待，让孩子窒息，何尝不是也让父母窒息。

当你可以有觉知、有力量剪断你与父母之间隐形的“脐带”与“期待”，你就开始逐渐为自己而活了。当你拿回自己命运的主导权，你潜意识里对于父母束缚的隐隐愧疚感，就会消散。

于是，你对于父母的“期待”，期待他们懂你、支持你的执着，也就慢慢得以消解——若他们连自己的生命也不曾支持过，要如何给到你呢？

真的，你与父母之间不需要什么和解，也不需要什么宽恕，有句话说：“因为懂得，所以慈悲”。

一个“懂得”，比什么都珍贵。生命之爱，就会渐渐流动起来。

我们，今生是父母与孩子，可是在无量劫轮回里，什么关系都可能是，他们也曾是你的孩子、朋友、兄弟姐妹乃至夫妻，甚至还可能是同一群马，同一群鱼，是神瑛侍者灌溉了绛珠仙子，是夜华与白浅。

我们，都是宇宙的孩子。

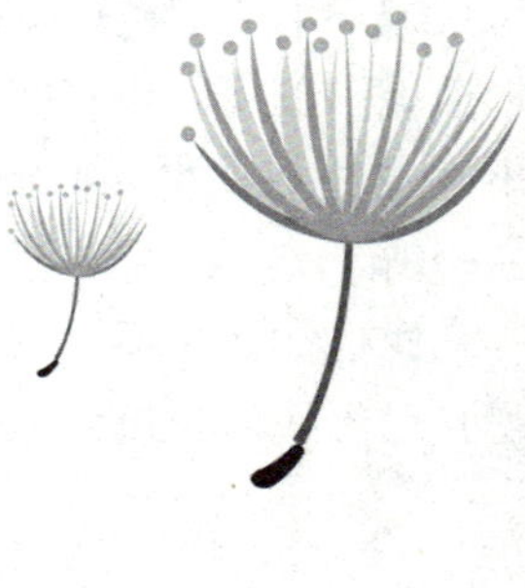

清清爽爽、有界限的人际关系清单

01. 提问：你的人生真的是属于你自己的吗，还是一直活在别人的眼中？你在活自己想要的人生体验，还是不自觉在满足别人的期待？

不觉察，我们就永远无法意识到，其实，我们有多么在意别人的看法。

02. 表面看起来，你可能在烦恼爱情、家庭、婚姻、工作、金钱、容貌、外形……各种问题，可是，归根结底，这些都是你将自己置于人群中才会有的困扰。

所有的人间“烦恼”，基本都与人际关系有关。这是藏在我们人生故事里的秘密。

03. 当你一个人生活在冰岛的荒原中时，你会在意自己有没有很多钱，有没有结婚生子，有没有漂亮的容颜吗？

（肯定）不会。

为什么？

当周围没有他人的指指点点，我们于是也就不必烦恼这个生命议题——别人是否觉得我们“足够好”。

04. 何谓人际关系的“缠缚”？在后现代哲学中，有一个“圆形监狱”的概念：其实，我们一直把自己置于他人的眼光与评判之下。这些活在世人眼光中的“烦恼”，就是人际关系带给我们的“缠缚”。

我也常常在不觉知中就掉入这个“坑”。任何时刻，只要我觉得自己不快乐，被无力感笼罩了，我就知道，我又在头脑中把自己放在一群人中，主动接受他们的审判，以“好坏”“对错”给自己判刑。

05. 所有的人际关系，其实，都在折射你童年时期，与原生家庭（父母）的相处模式。

06. 任何一个人在人间，首先，都可能会迷失在与父母关系“爱”的议题里。

父母说：“你如果不乖、不听话，我就不要你了，我就不爱你了。”于是，我们开始“被迫”卷入与父母的缠缚——“只要你爱我，我就听从你”。

07. 父母对待你的方式，会让你习得几种模式，并在日后的其他人际关系里不断投射。

“他们永远不会看见和接纳真实的我。我不是他们理想中的样子。”

“如果我不乖、表现不好，我就不值得被爱。”

“我做错事，是会被严厉惩罚的。我不能放松。”

“我不能大声表达我自己的想法和感受。说了他们就不喜欢我了。”

“父母的不开心不快乐都是因为我。我要拯救他们。”

你的潜意识，一直对这些“信念”信以为真。每一个信念都成为了你的“木马程序”，让你的人生处于死机状态。

08. 究竟我们是如何迷失在与他人的“缠缚”中的？

求他们的认可，求他们的欣赏，求他们的爱，求他们“变好”，直到我们的内在小孩觉得满足。

09. 最典型的迷失信念有：

“求求你爱我、看见我、认可我、肯定我的价值。如果你不看见我、肯定我、认可我、爱我，我肯定就是一无是处。”

“我需要你快乐幸福健康，我不想看见你受苦。你的受苦，让我很难受。”

“我渴望你成为我的榜样，引领我的人生，给我示范活法。如果你做不到，我也就觉得自己做不到。”

“我不喜欢你这样做或是那样做，我希望你按我的想法来。为什么你不能成为我理想中的那个样子。”

10. 唯有开始觉知，我们才可以从“缠缚”中剥离出那个独立、完整有力量的自我意识，真正开始活出自己的独特人生。

不必求认可，自己认可自己。不必求爱，你就是爱本身，你可以自己爱自己。

唯有“活自己”，才有“好故事”。

11. 不是因为你不够好，别人才不爱你、不认可你的。“你所真有的，才能给别人。”同理可证：“你所没有的，必然给不出。”

一切都不是针对你的。父母不是针对你，别人也不是。他们只是迷失了自己的清明之心，忘记了如何在人间去爱。所以，请你提醒自己：“我会记得如何好好去爱。”

12. 你，走向了自我探索之路，于是就有机会打破“缠缚”这个魔咒。创造全新的人际关系相处模式，可以从你开始，从我们这一代人开始。

愿意为自己的人生负全责：爱自己，任何时刻不苛责自己；信任、欣赏、嘉许、鼓舞自己。

13. 真正的爱人，意味着：能觉察，能在自己的头脑中，退后一步，看见整个人。

理解他人的心智局限；

尊重他人的独特命运；

归还他人的生命权利；
看见他人的故事脉络。

14. 把你在人际关系中依旧放不下的部分，交托给更大的宇宙力量。

所有人的生命体验，TA自己的灵魂自有安排，宇宙自有安排。你无法左右，放手吧。

15. 于是，你就可以真正去活自己，体验自己想要的人生，把自己活成一个好故事。

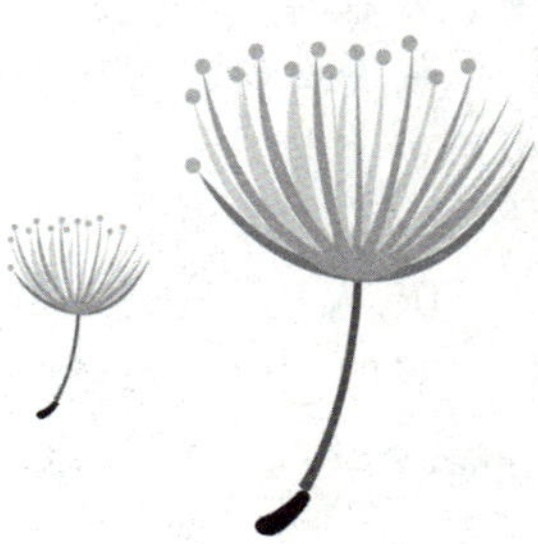

让人生开阔、修行落地的生命哲学

01. 你本自具足。向内看，不要向外抓。

02. 命运，不过是潜意识 / 灵魂一连串的“选择”构成的。

想改变命运，先改变选择。

想有能力自由做选择，先打破习性（模式）与木马程序（限制性信念）。

03. 生命不分好坏，但意识有层级。

请学会运用心灵的力量，打破人间三维时空的限制（物质现实），进入四维及以上时空（灵性实相）一个天使、菩萨、指导灵乃至夜华、白浅都存在的维度。不要以人脑的有限，去定义宇宙的无限维度。

04. 当下发生的一切，就是你“学习”的最好道场。

面对自己此刻的人生，临在、感悟、行动……把这个当下活好。

所有的瞬间连缀起来，才有可能让你“改运”。

05. 众生平等。万物有灵且美。

人是众生、万物的一员而已。

“搞特殊化”，过于强调人的心智、头脑，只会让人走向孤单、分裂的边缘。

与大自然、万物、宇宙临在、合一，体会“存在（being）”的终极喜乐。

06. 人是不完美与变化的，不断在“发展”，可能向坏也可能向好。

只因宇宙的本质就是无常（变化），是“空性”（万般可能性同时存在）。

洞见“空性”的人，才有可能进入与宇宙携手创造的“流”。

07. 你永远不需要变成一个“更好”的自己。

你不会因为“变得更好”，而获得别人的看见、认可与爱。

你要开掘的，是本真的自己。

08. 你需要的是，先爱上自己，确认自己就是“爱”本身。

09. 要知道，此时此刻，人世间没有一个人是完美的。

但，不完美的人也有幸福的权利，也有享受爱的权利。

10. 真正的幸福，来自你与内在的寂静有了联结，与神性有了联结。

11. 孤单、寂寞、悲伤、失落等负向情绪 / 感受，是每个人都有的内在体验。

所有的情绪存在，都有它的价值。

12. 以“回溯、疗愈、觉醒、创造”为指向的故事疗愈师，绝不是为了学到一些招数，以去除自己以及个案的情绪（所谓的负能量）。

13. 最终极的疗愈，是为了让人明心见性。

恰如《奇迹课程》所说：“疗愈意味着：克服分裂，合一；恢复完整的知见；是两颗心灵，欢欣地认出彼此原是一个生命的那一念。”

14. 每一个人，头脑里都有一套自己相信、也试图说服别人相信的“应该/不应该”“好坏对错”的价值体系。

本质上，这些都是“评判”。

别人在评判你，你也在评判别人（谁都是受害者，谁也都是加害者）。

在“评判”之下，你觉得自己不够好、不值得被爱。

这是可以“解构”的重负。

15. 社会主流论述，在如何影响你我？

例如：
成绩好，就是一切。成绩不好，都是瞎闹。
女孩子家不用读太多书，反正总是要嫁人的。
剩女。败犬。
有钱有地位，才会被人看得起。
不能离婚，不然父母会很丢脸。
姐弟恋、同性恋都是不正常的。
考上公务员，或是当老师才是正经、稳定的职业。
孩子不能输在“起跑线”。
人人都喜欢听话、乖孩子。
个性不要太张扬，枪打出头鸟。
人到中年了，还折腾什么？

请看见这些思维里的“墙”。

16. 每个人心里都有不能说的秘密，很痛、很伤。

所以，不要臆测别人都过得阳光、幸福，不幸的只有自己一个。

不要用别人展现在众人面前的“故事”去理解TA，不要以为TA的“朋友圈”就是TA生命的全部面向，那可能只是面具。

人的故事，多着呢。

用开放的心，听TA说内心深处的话。

17. 是人，就会受苦。

因为我们在人间，有肉身，有觉受，“痛感”生来存在。

唯一的区别是，有人在“觉知”那个苦，进入那个苦；有人因为对“苦”的恐惧，而逃离、麻痹自己，甚至把“苦”转嫁给别人。

18. 生老病死是人生最基础的四大苦。悉达多太子因此走向探索生命解脱的道路。苦，让我们生出探索生命真相的心。一行禅师说：“苦，让我们靠近佛心”。

19. 生命是一个学习与创造的过程，请拥有“练习”的意识。

如果童年父母没有好好爱你，令你学会了苛待自己，那么此刻开始，学习“爱自己”。

如果你周围的人不是在懊恼过去，就在担忧未来，没人活在当下，那么，学习“活在当下”。

20. 故事疗愈师请敢于成为先驱者与前行者。

如果你身旁的人不敢做自己，活出真实、智慧、野性力量、丰盛、性感、慈悲、流动、进取、野心的生命之美，那么你来做第一个。

活出来，示范给他们看。

21. 没有人能不透过“学习”和“练习”，而长成一个美好的人。

我们无时无刻不在学习，要么跟随别人，要么跟随自己的心灵。

你选哪个？

22. 含银汤匙出生，落地即拥有一切，一生富贵有爱……根本不是我们流转到人间的目的。

在人间，学习人间的功课，体会生而为人的万种滋味。

学习爱、学习无常，学习以肉身临在，学习在二元对立中持守自己的清明、慈悲、界限……并且终生“练习”临在。

23. 我们是为“历劫上仙”而来，是为体验生而为人的感受而来。这才是我们灵魂一次一次出现在这里的目的。

灵魂很勇敢。灵魂愿意继续光临人间，直到学会自己该学的生命功课为止。这是灵魂自主的选择。你不是被迫的。

24. 故事创造了人与人之间的联结（爱）。

“我们的灵魂需要故事，如同我们的身体需要食物一

样。”——华德福学校创办人鲁道夫·斯坦纳

25. 我们以为自己看见了真实，殊不知，我们只看见了自己的念头。
一切本寂静。
一念起则故事起。我们都被自己的故事困住了。

26. “一切众生，皆具如来智慧德相，但因妄想执着，不能证得。”(《华严经》记载，佛陀证悟后的第一句话。)开发你的内在智慧，明心见性。

27. 你是可以自由选择、创造你的故事的，但依旧要知道——故事只是故事而已。故事，永远不能涵盖你生命的全貌。

28. 从你紧抓不放的“故事”中觉醒吧。看看你在自己的故事里，扭曲变形成了怎样的人？

29. 看透“故事”本质的人，才能玩转故事，随心创造。

30. 时刻提醒自己，回归到“内在的寂静”，与神性合一。

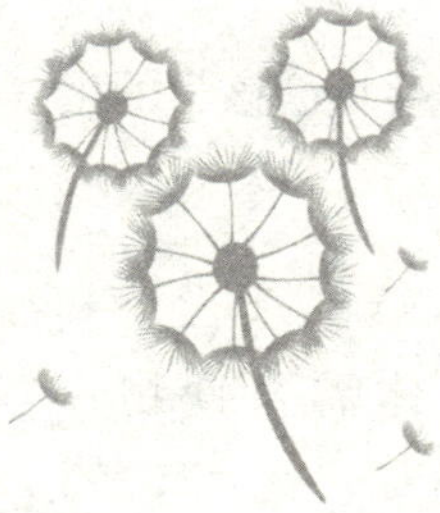

心灵笔记：

第三章

生命故事个案

如梦幻泡影，如露亦如电，应作如是观。

——《金刚经》

你真的是个“普通人”吗?

舒晓（化名），女性，30+，在北京生活，自由职业。在“故事疗愈师”养成工作坊初阶上，她申请个案疗愈示范是想疗愈自己的不自信。她说出了自己一直在等待被家人肯定和欣赏的心结，直面自己内在的卑微，重新看见自己生命的光。（注：此故事已经案主同意，隐去个人信息后分享。）

冉冉老师：你想要探索的课题是什么？

舒晓：我想要探索的课题是不自信，骨子里的不自信。

冉冉老师：这个不自信在怎样影响你的人生？

舒晓：我是80后，现在未婚、单身，感觉不管从哪个方面它都在影响我。我的每一份工作都是别人推荐的，自己从来没有主动要求过、申请过、强烈地想要去做，包括感情，当我遇到一个特别优秀的人时会觉得可能吗？这件事情不可能在我身上发生，自己的整个人生因为不自信失去了很多。

冉冉老师：好，闭上眼睛，感觉一下那个不自信的自己，从你的内在看见她，看见那个不自信的自己，可以看到她吗？

舒晓：可以看到一个特别小的小孩。

冉冉老师：她为什么那么小？她为什么要把自己放到那么小？

舒晓：不知道。

冉冉老师：你知道答案，用你的心来告诉我答案，不要用不知道来当作不面对自己的借口，你的心知道，为什么要把自己放得那么渺小？

舒晓：因为我就是个普通人。

冉冉老师：这句话最早是谁对你表达的？

舒晓：从小我对学习没什么兴趣，成绩平平，只有一次语文得了全班最高分，老师表扬时我就特别开心，回家告诉我妈妈，我妈说："这有什么值得好炫耀"。之后，我的成绩就一直维持在过得去就行的状态。

冉冉老师：一直过到现在，你还觉得过得去吗？你最近这么不开心，也还好吗？面对你内心真实的感受，你真的还过得去吗？

舒晓：可能大家都一样，都会有很难过的时候，熬一熬就过去了。

冉冉老师：你对人生这些偏悲观、灰暗的想法是谁告诉你的？感觉一个小孩很早就放弃了对于人生有所梦想、创造的渴望，是谁告诉你的？

舒晓：没谁告诉过我，我自己的感觉。

冉冉老师：从谁的身上感觉到的？

舒晓：父母都是老师，没有时间照管我，从小跟外婆在一起生活。外公在动荡中是被批斗的对象，外婆一个人带着4个孩子。乡下生活很艰苦，外婆要强，从来不说。

冉冉老师：此刻为什么这么悲伤？

舒晓：因为她去世了。

冉冉老师：是外婆去世了，是吗？她是什么时候去世的？

舒晓：前年。

冉冉老师：所以那个很深的悲伤留在身体里了。

舒晓：外婆去世那天，我在北京的家里发高烧，烧得糊里糊涂，发微信问妈妈，外婆还好吗？十点多我没收到回信就睡着了，第二天在家庭的微信群里看到外婆去世的消息。

冉冉老师：外婆去世后，有好好表达你的这份悲伤吗？

舒晓：有。

冉冉老师：但你现在还是这么痛。

舒晓：是。

冉冉老师：舒晓，你试着在心里跟外婆说说你的心里话，你平时怎么叫她。

舒晓：姆妈。

冉冉老师：把你心里想说的话说给她。

舒晓：我很想你，我知道你也很想我。我知道你和妈妈、舅舅一样很爱我，但你们从来没有说过，从来没有。

冉冉老师：你希望听到外婆说什么？

舒晓：你真的很棒！

冉冉老师：你一直在等外婆说这一句话，等妈妈说这一句话，等舅舅说这一句话是吗？

舒晓：对。

冉冉老师：他们从来不说，你一直也无从确认自己是一个什么样的人，是吗？

舒晓：对。

冉冉老师：再感受一下，你还有什么想要说给外婆听，试着说出来。

舒晓：我知道你很苦，但你从来都不说，如果有机会的话，我希望你也能跟我说说你的心里话。（捂嘴）

冉冉老师：你不要再把情绪压下去，如实表达情绪感受，不要再把它吞下去了。你心里有多痛，就按那个痛本来的强度去感受，不要再吞下去了，好吗？

如果在你内在的那束光里可以看到外婆，你就点头示意一下。

舒晓：（点头）

冉冉老师：看着外婆的眼睛，试着问她："外婆，你那么爱我，为什么不说？"

舒晓："外婆，你那么爱我，为什么不说？"我那时候还是个孩子，什么都不懂。

冉冉老师："外婆，我一直希望借由你的肯定来看见我自己。"

舒晓：我一直希望借由你的肯定来看见我自己。

冉冉老师："你不说，我也一直不知道自己是什么样子。"

舒晓：你不说，我都不知道自己是什么样子。

冉冉老师：感觉一下，这是不是你不自信的来源？

舒晓：是。

冉冉老师："外婆，我一直活在不自信里。一直不敢追求自己真心想要的工作，不敢追求自己真心想要的爱情，因为我觉得自己不够什么……"

舒晓：外婆，我一直活在不自信里面。我一直不敢追求自己真心想要的工作，我不敢追求自己真心想要的爱情，因为我觉得自己不够优秀、不够好。

冉冉老师：“因为你们一直不说，所以我就认定自己不够优秀、不够好。”

舒晓：因为你们是我最亲近的人，都没有对我说过，所以我觉得自己不够优秀、不够好。

冉冉老师：在光中看着外婆的眼睛，从外婆的眼睛中，你可以看到什么？

舒晓：外婆在笑。

冉冉老师：她的笑在跟你说什么？

舒晓：她的笑在说我一直是爱你的呀。

冉冉老师：你想对外婆说什么？

舒晓：外婆，谢谢你。

冉冉老师：你要谢她什么？

舒晓：她教会我勇敢，让我懂得有时候爱不一定要说出来。

冉冉老师：爱还可以怎么表达？外婆都会怎样向你表达爱。

舒晓：外婆知道我喜欢喝米汤，每次吃饭的时候，都多放水，让我先喝米汤再吃饭。

冉冉老师：还有呢？

舒晓：我上大学时喜欢一个男生，我去问外婆要怎么织围巾，她就一针一针地教我。

冉冉老师：从小到大跟外婆经历的所有事情里面，外婆没有给你语言的“看见”和肯定，那你感觉一下，外婆作为一团生命的光存在于你的周围，她的存在可以见证你身上的哪些特质？如果外婆是一个爱表达、愿意表达的人，她会说：“我的外孙女其实是一个什么样的人呢？”

感受一下，外婆会怎么看待你？

舒晓：外婆会说，有时候勇气并不重要，你往前冲就好。

冉冉老师：那个向前冲的女孩身上有哪些特质呢？这一刻，你愿意看见自己这一路走来，一个人来北京，一路各种尝试，你愿意看见自己的哪些特质？

舒晓：勇敢、尝试、挑战、优秀。

冉冉老师：优秀是一个很宽泛的词，有时候我们以为的优秀和我们真正的优秀或许不一样。

你的优秀来自本真的自己就足够好、足够优秀了。你的创造力、才华、生活情趣，你古灵精怪、待人温厚、善良的部分，对我这个认识你超过9年的朋友来说，这是你的优秀。这些优秀与跟别人比较之后的优秀或许不一样，对吗？

请你从自己的内在搜寻一遍，你的优秀到底是什么？大胆地说出来，既然你一直等待被看见的那些人没办法给到你，现在开始，能不能给到自己确认。

舒晓：我有很多稀奇古怪的想法，我也有很多创意、创造力，我还在不断地学习，永远不满足自己。

冉冉老师：我从现场找几个与你相熟的人，请他们看着你的眼睛说："在我眼里面中，你是一个什么样的人？"

杰：我看见的你是一个超级勇敢的人，可以下潜到深海中，感觉着自己的存在；我也佩服你在冬季去贝加尔湖；平时跟你交往的过程中，我觉得你是一个非常随和的人，让我可以很安心地待在旁边，看到你就觉得很自在。

丹：我觉得你是一个特别漂亮的人，我能感受到你的细心，你在我的朋友圈留言，告诉我一些讯息，我觉得特别感动，你有天然联结人的能力，我第二次见你的时候就感觉很熟悉，特别像我这么高冷的人，跟你在一起很舒服。

贺：我觉得舒晓姐姐是一个特别让人放心、信任的人，你不会放我一个人去面对很多情况，你会照顾我，也会关心我喜欢什么，把你知道的信息都会毫不吝啬地给到我。

冉冉老师：因为工作的关系，舒晓一直在我们的工作坊出现，我是2010年认识她的。所以，舒晓，以我这9年对你的了解，跟你做朋友很舒服，你永远在关怀我，关怀我们团队中的伙伴，有很多的创造力，一直在马不停蹄地创造自己的人生，所以很多时候不问，是我相信以你的能力可以把自己的人生过得很好。

关于不自信的部分，我隐约有感觉到，今天也许就是一个很好的时机，把这个部分可以梳理一下，学会从更多的人那里接收你对自己确信的部分，确信你自己真的值得。

开始做自己的那面镜子，我们之前一直在等别人当这面镜子，照出自己的美好后再自信，从现在开始做你自己的那面镜子，开始学会欣赏你身上的闪光点，哪怕其他70亿人都不给你这份“看见”，这份欣赏你要自己给自己。

个案手记

“我是一个不自信的人。”我时常听人们在描述自己时，理所应当地这样认为自己，仿佛不自信是天生携带的基因。然而，透过这个个案的疗愈历程，我希望告诉你——根本没有骨子里不自信这回事，不自信都是人们在童年时与其他人互动而得出的结论。

对于任何一个孩子来说，TA需要透过与“重要他人”的往来互动，根据他人对TA的反馈，得以判断和印证自己是一个怎样的人。

就像照镜子，你一直照的是凹型哈哈镜，你会觉得自己很胖；如果你一直照的是凸型哈哈镜，你会觉得自己就是瘦长条；唯有照到没有任何光学变形的平面镜，你才能基本如实看到自己本来的样子。

在这个个案的故事中，因为她的“重要他人”不习惯表达爱，不习惯表达对孩子的欣赏和看见，所以孩子就长期根据他们的言行举止，做出了自己“很普通，没什么特别，也没有值得被喜爱”的结论。这种结论，往往就成为我们内心深处的“木马程序”，导致人生呈现各种不如意的境况。因为相信自己平凡，所以事业也好、爱情也好，她都会认定自己没有可能得到自己想要的幸福。

在生命故事疗愈的过程，我希望个案可以透过“说故事”，来看见自己如何迷失在与他人的互动中，找回自己从心灵之眼看见自己的能力。并且，借由新的“重要他人”的看见与欣赏，见证她本就具有的生命的独特性。

再沉默的男人，都有自己的故事要讲

涛（化名），男性，40+，目前正在转型成为一名专业助人工作者的路上。“故事疗愈师”养成工作坊上，冉冉老师邀请他示范个案疗愈的原因，是希望在场的所有男性女性，都有机会看到一个男人沉默的面庞下，其实有着怎样的生命历程，从而，更加懂得自己，懂得家中的父亲、丈夫、儿子。（注：此故事已经案主同意，隐去个人信息后分享。）

涛：我记得冉冉老师说过一句话，唯有真实，才有千钧之力。我就是想做一个真实的人。

冉冉老师：真实的涛，是什么样子？

涛：真实的涛是一个非常有勇气，非常活泼，非常勇敢，有领导力的人。

冉冉老师：43年的人间故事，把涛变成了一个什么样的人？

涛：我觉得我有特别多的恐惧。

冉冉老师：我们今天来好好聊聊你的这些恐惧。你都恐惧什么？

涛：比如，工作上，我特别害怕别人给我打电话，当我接电话时，我怕突然发生什么意外。还有，我太太出去做讲座，她自己开车不太熟练，我一直给她打电话，一直打……

冉冉老师：好，闭上眼睛感觉一下，所有的这些害怕都在你身体的什么部位？

涛：（指向心口。）

冉冉老师：好，让那些害怕直接来说话。想说什么就说什么。

涛：（沉默许久。）

冉冉老师：来，把手放在这，试试看，跟我重复下面的话——我害怕失去，我害怕又剩我一个人……

涛：我害怕失去，我害怕又剩我一个人。

冉冉老师：还想说什么，可以往下说。你想说的是这几句话吗？表面上看，我们是害怕出事，其实那个底下还有一个更深的东西。说说看，那些你平时不太跟别人说起的事情，比如心里面有些隐隐约约的感觉，但是说不清的东西。

涛：为什么我说，我要做一个真实的人？本来我是一个很感性的人。其实有时候，我不敢表现我自己。有时自己愤怒时，装作不敢去发怒，特别是这一点。

冉冉老师：你从小就是这样的吗？

涛：是的，从小就是这样的。

冉冉老师：你家里的兄弟姐妹多吗？

涛：多。

冉冉老师：你是老几？

涛：老大。

冉冉老师：你家几个弟弟妹妹？

涛：两个弟弟一个妹妹。我前面有一个哥哥夭折了。

冉冉老师：那按序位，你是家里的老二。小时候家里的经济状况好吗？

涛：小时候，我爸做生意失败了，爸爸整个人的状况很不好……每天就躺在床上看书。

冉冉老师：你说到这些故事的时候，会有情绪想出来吗？

涛：对。在我的记忆中，我和我妈下雨天在厨房里做饭，父亲走进来，阴沉着脸，不开心……直到现在，一到下雨我心里面都会泛酸。

冉冉老师：那个酸在说什么？

涛：我爸爸一直是不认可我的，从来都没有给我赞许，一直都在埋怨、指责我。他也没有特意地说我，但就好像一直对我不满意。

小时候，家里来了客人，爸爸让我算一道题，我算不出来。他说："这么简单都不会，笨蛋！"

冉冉老师：来，闭上眼睛，回到算错题爸爸说你是笨蛋的场景。那时候你几岁？

涛：应该是5岁。

冉冉老师：5岁的涛，听到爸爸当着那么多人，说他是"笨蛋"的时候，是什么感觉？

涛：羞辱！（眼泪涌上来。）

冉冉老师：请你把羞辱带出来的眼泪，好好地流出来。

那个羞辱，依旧记忆如新，对吗？

5岁的涛想说什么？

涛：其实，我不是笨蛋，我是一个有能力的人。我不知道为什么我爸爸一直对我不满意，从来没有帮助过我，从来没有支持过我。（哭）

冉冉老师：非常委屈，说这话时，对吗？
来，闭上眼睛。如果这一刻，爸爸来到你面前。爸爸还在世吗现在？

涛：还在。

冉冉老师：爸爸此刻就站在你面前，你的眼睛可以看到他的眼睛。
试试看，把你这些年没办法说出口的那些话，说给爸爸听。

涛：爸爸，你的儿子他很能干，为什么你看不见呢？（沉默）

冉冉老师：试试看，跟我说这句话——
爸爸，你迷失在你的失败里。
你看见的我，其实都是你自己。

涛：爸爸，你迷失在你的失败里，你看见的我，其实都是你自己。

冉冉老师：说这句话，心里什么感觉？
试试看，如果继续往下，还有什么想跟爸爸说吗？

涛：爸爸，当我开始懂事的时候，我特别希望有个榜样一样的人，可是你从来都看不见我，不认可我。
我想成为一个有成就的人，我需要一个榜样，可是我从你身上没有学到，我看到的从来都是你对我的指责，对我的不满意。

冉冉老师：所以，涛，这些年你都是迷失在找不到一个榜样，找不到一个榜样里了？

涛：对，我就说少年期、青年期要形成自己的人生观世界观时，那时候我却没有。

我就觉得我有一个责任，就是帮助家里过更好的生活，我从来没有去想我自己的前途。

（补充故事：涛的母亲在他18岁时因病去世。年少的他决定要把妈妈的责任都背起来，从来没有想要发展自己的人生。母亲去世后，他10年都没有穿过红色的衣服，这么多年一直都压抑自己。）

冉冉老师：为什么你现在人过40了，还愿意这样找自己？

涛：（痛哭）我觉得这样真的不是原来的我。我本来可以更好的。

冉冉老师：你不甘心？

涛：对，我不甘心！

冉冉老师：大声说，我不甘心！

涛：我不甘心，我不甘心，我不甘心！

冉冉老师：“我不甘心怎样怎样……”补齐这个句子。

涛：我不甘心就这样过下去。我不甘心这就是我的生活，我还可以过更好的生活，我还有我的理想要去实现。

冉冉老师：说说看，你最近想要去实现的理想是什么？去面对它。

涛：我想去做一个心理工作者，我觉得我是一个大器晚成的心理学家。我的前半生只是我的“问题故事”。

冉冉老师：你要重新开始写你真正想要的故事。

（向学员们说）我们都有那个青春迷茫的时期，想要从父母或周边的人中，找到自己的榜样或典范，来跟他们学。但是，我们身旁的人经常是自己把自己活得一团糟。

有一天，我跟刀哥说起来一个故事，我就号啕大哭。我说，一个小女孩遭遇了人生任何事情的时候，我都不知道要去跟谁去讨教。

刀哥说，我也是。谁的青春不是在这种不知道跟谁讨教、跟谁去学习的困顿中走过来的。

但是，我也会想，那会儿那么困顿的自己，会把市面上所有能看到的杂志想尽一切办法买到手；我会把电视上出现的关于外面世界的资讯都好好吸收下来，我一直看着那个画面说，我要出去，我要走出去。

（再转向涛）所以，涛，你再回过头来，好好想一想，因为当时家里的情况，因为那个现实，你选择先让家里人过得好……但是，你内在的光和热情真的一直没有泯灭。

你想要的那个自己，我知道你可以走过去。但我想请你自己来看看，你被困在哪里。所以，通过我们刚刚的对话，你是否明白，你到底被困在哪儿，在过去的那么多年，你迷失在哪儿？是不是爸爸人生失败的经验？

涛：爸爸的失败，让整个家里面气氛都很糟糕。

冉冉老师：嗯，你很害怕再重蹈爸爸那样的覆辙。但是，你是你爸爸吗？

涛：不是。

冉冉老师：你跟爸爸个性一样吗？

涛：在“爱埋怨”这一点上很像。

冉冉老师：你知道，“爱埋怨”这一点，你们是在什么情景下很像的吗？

壮志未酬。

自己没有活成自己想要的那个样子，所以心里总像憋着一股气，别人一戳就炸了。你并不是个性像他，而是你后来创造的生活境遇很像他。

爸爸做生意失败，困在家里了。而你是因为看到爸爸失败困在家里，而在潜意识里主动选择了“那我还是不要做事了，免得失败”。

爱埋怨不是你的天性，爱埋怨是因为你看到了一个前车之鉴。（协助案主“解构”与“重新定义”爱埋怨这件事。）

你会跟你爸爸一样的命运吗？

涛：（摇头）。

冉冉老师：你和爸爸是两个灵魂。

昨天，涛跟我说，他从小就觉得，他就是一位将军，像项羽。而不是说他就是生在一个小地方，一大家子的人什么什么的。

我们的灵魂可以出生在任何的情境里面，有一些孩子，哪怕出生在丐帮，他的灵魂透出来依旧是——与众不同、器宇不凡。

这跟你出生在哪个家庭，在长大的路上做了什么没关系。

走着走着，你灵魂的光，遮都遮不住了。

这是你灵魂的自主选择，灵魂这一世是来体验这些的，背后都是来自灵魂的爱。

所以，涛，你现在如果要起身，走向你的人生，你觉得，真正属于你的道路是往这边，还是往那边？

涛：（指向一个方向。）

冉冉老师：好，往那边走。

真的，慢慢地，一步一步地走，你用你的身体去感觉一下，一直走到你觉得，活到这种程度，我涛这一生就满足了。

涛：（起身，缓缓一步步地走向未来的自己。）

冉冉老师：一直走到你觉得，这个地方就是我此生要去的地方。

涛：（站定，示意就是这里。）

冉冉老师：好，请你看着这个还在原地，坐着这张椅子上，还没有出发的涛。你从未来向此时此刻的涛传递一些讯息，你要召唤他走向你。你想跟他说什么？

涛：大胆地往前走，别回头，没有什么好害怕的。

冉冉老师：说完后什么感觉？

涛：很轻松。

冉冉老师：来，从未来再走回到你的当下。

这条路还是要靠你一步一步地走过去。

（涛从未来自己的位置，又走回到当下的位置）

坐到这儿，闭上眼睛。接收一下那个未来的涛从遥远的地方向你喊的那几句话，你要收下，全部收进来。一个走到了生命开阔地方的涛，告诉你——“大胆向前走，别回头！”

此刻，听到这句话，什么感觉？

涛：更有信心。

冉冉老师：他（未来的涛）会指引你吗？

涛：对。

冉冉老师：你不需要再看向你的爸爸，你只需要看向未来的你自己——大器晚成的心理学家。（新的自我命名）

（向学员说）送给他一些掌声。

（学员们热烈的掌声。台上的涛再次泛红了眼眶。）

这一刻你有什么想说的？

涛：我想说的是，好多自己的恐惧、限制都是假的。（放轻松了好多）

冉冉老师：都是一些童年的记忆、故事，把我们困在那儿。

涛：多说一句。冉冉老师从前我不认识她，我老婆在上她的课，我也跟着听，她的课我觉得特别舒服。后来，我就看她的书《从伤痛中开出最美的花》，之前我不大读书的，这本我一下子就看完了。

看完后，我就感觉我就是一个将军，我想到的是楚霸王项羽。

有一次，我听收音机，项羽兵败乌江，只剩18个人，项羽说带了8000子弟，只剩下18人，无颜见江东父老，就让女人和孩子走了。然后，他跟他的一个老乡（叛徒）说："你杀了我后可以领赏。"

我当时开车，赶紧停在路边，就趴在方向盘上哭，特别受触动（说到这里，涛的眼泪又下来了）。

我特别欣赏美国南北战争的李将军，虽然失败了，但美国人民都会尊敬他。我就是想做一个让对手尊敬的人。

非常感谢冉冉老师，工作坊第一天做练习，当我看到你的眼睛时，有一种悸动，不知道为什么，就是想哭。

冉冉老师：因为那是故人来相逢。

个案手记

涛的这个个案，如果用三句话来概括——

若我们总是看向过去的“受困故事”，你会觉得毫无希望、走投无路。

不妨换个角度，让我们看向未来的“史诗故事”，让未来的自己变成“资源”，指引当下的你前进。

于是当下的你，就有动力创造“黄金故事”。

如果你小时候目睹了许多人世间的苦难，尤其是看见你挚爱的父母受了很多苦，小孩子会用自己的简单心思，得出一些对于人生的片面观点，而这些观点，就会沉淀成潜意识里的木马程序。例如，“我是笨蛋，我一事无成”，“父亲都不认可我，可见我真的不好”。

这些木马程序，会自动化地操控着我们对于人生的选择。

涛小时候的经历，让他背负着来自过去的沉重负累，他不太敢畅想未来的美好。同时，他的灵魂又一直在他心里面发来讯息：不要甘心于眼下的这种生活，你不止能活成这样。

生命故事疗愈的一个功能，是帮助人听到TA内心深处的声音，协助一个人敢于按照自己内在的指引，一步步去活出来。中国有句古话，以终为始，以未来作为故事的结局，倒推故事的进展，人就会增加很多信心。

想飞的翅膀与绳索的故事

枫（化名），女性，40+，旅居海外，自由职业。在“故事疗愈师”养成工作坊（初阶，第三期）上，主动申请个案疗愈示范的动力，是想面对自己的“无力感”。她说，自己被无力感笼罩了许多年，知道自己有翅膀，却始终无法起飞。她想说出自己的故事，看见自己究竟怎么了。（注：此故事已经案主同意，隐去个人信息后分享。）

01

枫：我有两个“故事”：

第一，我妈妈是个控制欲很强的人，从小我要讨好她，用好的学习成绩，一直持续到上大学。大学我从来不学习。讨好她的心情一直在。

后来，我出国，结婚又离婚，因我发现与前夫的关系，慢慢变成了我与母亲的关系。

直到去年，我离婚时，我又重新经历了“自己什么都不是，坏到了让人家如此嫌弃”的低谷。

第二，从小我爸妈把我送到姥姥姥爷家，一直到我14岁。姥爷是我生命中唯一一个给我无条件爱的一个人。在我上大学第一年时，姥爷得了癌症，正在上大学，父母没有通知我。

我没有见到姥爷最后一面，这么多年的爱，我没有机会向外公表达，也是我不能原谅自己的一点。

冉冉老师：这些故事在你心里留下什么样的感受？

枫：至今，我觉得自己是一个没有能力的人，总是从外界和前夫的脸上寻找自我价值。

我完全没有想过去找一个工作，只是帮我前夫处理一些工作上的事，从中找到我自己那一点可怜的价值。

我现在的感觉也是，我有翅膀，我想飞，但我怎么就是张不开啊。（隐喻）

冉冉老师：闭上眼睛感受一下，那双翅膀怎么了？

枫：它就是没有力量，它就像被什么绑住了一样，像被一根绳子绑住了一样。

冉冉老师：如果翅膀会说话，它会说什么？

枫：它说——我一直想飞啊，我想飞，你能不能走开啊！我心里有力量，我真的想飞。我想去过我想要的生活，我想要的东西特别特别明确。那就是我的方向，我想动起来。

冉冉老师：它让谁走开？

枫：它让绳子走开。

02

冉冉老师：绳子是谁？直觉告诉你绳子是谁？

枫：是我妈妈的喜怒哀乐。

冉冉老师：为什么妈妈的喜怒哀乐，对你来说这么重要？

枫：从来都是这么重要。如果她不高兴，全家人都不高兴。我的心里总是堵堵的，小时候跟她吃饭的时候，我就总觉得胃疼。

冉冉老师：你感觉一下你的胃。那个胃里面积压了你这么多年所有的情绪。感觉一下那些情绪是什么，把它表达出来。

枫：是愤怒、委屈。

冉冉老师：把那个愤怒和委屈直接说出来。

枫：我很委屈，因为她老冤枉我，我没有做的事情，她说是我做的。我没有偷看她的日记，她说我偷看她的日记，她和我弟弟在旁边笑话我。

我那个时候只有14岁呀，我说不过她，我一张嘴，她有十句话把我怼回来，然后我就把话全咽到胃里。

冉冉老师：把那个眼泪哭出来。好好的哭出来。

枫：（失声痛哭）你为什么不让我说话呀！你怎么就不能听听我是怎么说的！你为什么要笑话我？你根本就不听我说，你就认定我做了，还不让我申辩！

你干吗这么欺负我！

冉冉老师：重复这句话，你为什么这么欺负我！

枫：你为什么这么欺负我！你为什么这么欺负我！你为什么这么欺负我！

（开始咆哮）说！

你为什么呀？我是你亲生的孩子！你知道吗？我（小时候）知道你其实不爱我，我是什么感觉吗？

你为什么要这么对我？你不应该啊！我好难受！

为什么我一句话都不能说？我连哭都不能哭！你要干什么？你就不能高高兴兴的吗？一家人高高兴兴不好吗？有话好好说不好吗？你为什么要今天骂这个，明天骂那个？

我想让你高兴，可我不知道怎么做，我怎么做都是不对的。

我考了第一名，你说不能骄傲，要不下次就不能考第一了。我考了第三名，你说：跟你说了吧，别骄傲！这就是翘尾巴的结果。

可是我也想玩啊，那是我的青春期，我一定要每次考第一吗？我做不到啊！

你怎么就不愿意听我说话啊？我就是问问你，我来例假了我肚子疼是怎么回事，你告诉我："你问我干什么，我也不知道！"

你是我妈，不问你，我该问谁！！！

03

冉冉老师：来，枫，试试看，跟我说一句话：我什么都不做了！（无力感的一个可能性原因，是潜意识里不愿意做、不想做。）

枫：我什么都不做了！我什么都不做了！我什么都不做了！

我现在知道了，我就是我，你生了我，我是你的女儿，但是，我也是宇宙的孩子。我能从宇宙感觉到，我是独一无二的，我的存在是有价值的。

你对我的不待见，并不代表宇宙对我的不待见。你对我的不耐烦，并不等于全世界对我的不耐烦。你爱我，我说谢谢，你不爱我，我觉得我也能理解。

冉冉老师：闭上眼睛感觉下你的胃。现在你的翅膀还好吗？

枫：它开成180度了。

啊，我看不见那个绳子了！我看不见那个绳子了！（她脸上的表情有了神奇的转变，眉开眼笑。）

冉冉老师：你还需要那个绳子吗？

枫：我不需要它，我恨它！我早就不需要它了。

冉冉老师：试试看，听听你的翅膀跟你说什么？

枫：我的翅膀说："现在你要拿出勇气来，我们一起飞吧。"

冉冉老师：你的翅膀要飞去哪？

枫：它看见一束光。光里面有好多的花，好多同伴的笑脸。我很喜欢他们。

04

冉冉老师：这些年，你把力量丢在哪儿了？

枫：我好像把力量丢在妈妈的脸上了。

冉冉老师：看着妈妈，注视着妈妈的脸，想跟她说什么？

枫：妈，我现在已经接受你就是这样的人了。我们之间是有界限的，你有你自己的生活，我有我自己的生活。

我想现在每天在镜子里看看自己的脸，它是笑意满满的，充满希望的。就像我刚才在跳舞的时候，我就是一只黑色的豹子，漫步在森林里。眼睛发出亮亮的光。光好亮啊，好像还能射出去很远，我很矫捷，也很聪慧。

我知道我想要什么，而且我会向那个目标飞快地跑。我感到我非常的自由，非常的快乐！

冉冉老师：在说这番话的枫几岁？

枫：她只有5岁。

冉冉老师：你想对5岁的枫说什么？

枫：（对自己说）我手里有一张照片，那是一张全家照，你的嘴角就是（这样的）往下撇着，眼里一点都没有一个5岁的小女孩应该有的快乐的光芒。

我想告诉你，虽然你不能理解你经历的事情，但我知道你是不高兴的，不快乐的，你站在一个很灰暗的地方，我想带你出去玩，我想让你看看，其实外面阳光灿烂，外面还有好多小朋友，其实他们都很喜欢你，想跟你一起玩。你不应该老待在屋子里，你不应该老害怕外面的世界。

我要告诉她，他们都很喜欢你，你也很喜欢跟他们玩。我现在就想带你出去玩，我们可以一起跳舞。

05

冉冉老师： 说完这段话，胃里什么感觉？（我在从身体层面再次确认，案主的转变是因为潜意识真的被疗愈疏通了，还是头脑层面的改变。如果只是头脑的想法，身体即潜意识上的感觉不会太强。但如果潜意识里卡住的东西真的通了，身体上就一定会有改变。）

枫： 有一点空，有一点想吃东西。

冉冉老师： 试试看，把你那个想要的“光”放进去。想要的食物其实就是你想要的爱。感觉怎么样？

枫： 嗯，很舒服的感觉。很喜悦。

冉冉老师： 那个喜悦在说什么？

枫： （开始哈哈大笑。）我真的好高兴，就是好高兴啊！我怎么这么高兴？哈哈哈哈哈。再见了绳子！

冉冉老师： 枫，慢慢地睁开眼睛，看着我。

从下面找一个同学看着TA的眼睛，和TA联结，对TA说一下你想说的话。

枫： 疗愈的感觉太棒了，爽极了。

冉冉老师： 所以，那个愤怒，一旦被看见和释放之后……

枫：可我以前为什么不敢呢？

冉冉老师：因为我们的文化告诉我们：天下无不是的父母；父母再对你不好，你也得当成花蜜把它喝了，甘之若饴；对你不好其实是为你好……

我们都被那些东西洗脑了。（几乎）没有一个孩子，敢去直面TA对父母的恨。

枫：当初我觉得，如果我离母亲远了，我就感受不到她对我的控制了。可是不是的，那个绳子我就带到了国外，完全没有解开。

冉冉老师：即使有一天妈妈不在人间了，如果你不去解开和疗愈，那个绳子的影响还会在！

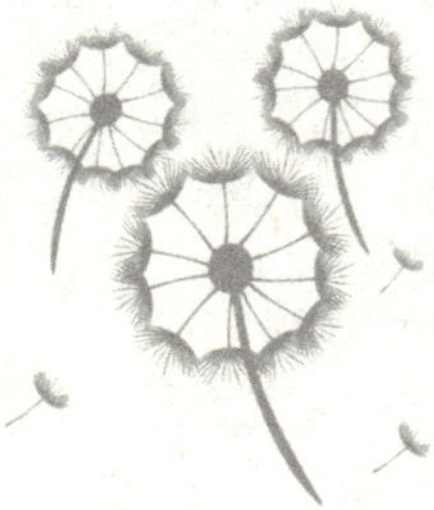

个案手记

从枫的个案可以看出，童年必须要对父母的情绪“察言观色”的孩子，会在这个过程，丢掉真实的自己。这也是一种“缠缚”。

生命故事疗愈，为什么一定要听人说故事？因为故事藏着情绪，藏着答案。让一个人好好地把TA在乎的故事讲出来，疗愈已经进行一大半。

哪怕你的意识已经忘记，你的身体细胞（潜意识）也帮你记得所有的故事。在这个过程中，也要像清理情绪库存一样，让个案像受伤的动物一样，把她一直压抑的愤怒、受伤，呐喊（嚎叫）出来。

让情绪走完，是很重要的事情。

同时，无数次在心里告诉你的“内在小孩”：

当年，父母、长辈因为自身的局限，而不能认识到“爱是无条件的”，让我感受到很多不被接纳的痛苦。

我愿意从现在开始，给自己“无条件的爱”，我练习无条件爱自己。

我生来值得被爱，无论我的性别、长相、智商等等等等，我都值得被好好爱着。

我有资格按照我自己的意愿去过我想要的一生，我是要为我自己活这一生的。

一个女人，活出自己的野性力量，就会在面对人生时，感觉到自信。

“为什么我总想帮助不成功的男人？”

千慧（化名），女性，40+，助人工作者。她一直困惑，自己与男性尤其是权威的合作中，总是处于很委屈的位置。又对不成功的男性，抱有很大的同情。她想探索自己到底怎么了。（注：此故事已经案主同意，隐去个人信息后分享。）

我觉得自己被辜负了

冉冉老师：你今天想探索的课题是什么呢？

千慧（化名）：我之前写在纸条上的是“与权威的关系”，但是，我能临时改一个吗？

冉冉老师：你现在心里最想说的是……

千慧：我心里最想说的是，我想探索跟父亲的关系。之前跟父亲的关系，我处理了多次，觉得都OK啦。但是当伙伴H昨天在分享时，说自己很努力的时候，我的眼泪哗一下流下来了。然后，刚刚我们练习凝视的时候，就像看到了父亲一样。

冉冉老师：所以现在想到父亲时的感觉，是什么？

千慧：现在想到父亲，他也是一个一直很努力的人。但是他去世多年了，临终的时候我没有在他身边，但是我的感觉是，他对这一生挺遗憾的。

冉冉老师：你觉得爸爸对你这一生的影响是什么？尤其你说他很辛苦很努力。

千慧：他影响了我跟所有男性之间的关系，就是我特别容易被那种看上去很不成功的男性吸引。

冉冉老师：被那些不成功的男性吸引，这样的事情，对你的人生有什么影响？

千慧：我觉得就是如果他是那种很成功的人，我就会很羡慕，但是不敢接近。但是对那种落寞的、事业不成功的，我会特别想去靠近、帮助他，想要帮他实现心中的愿望。

冉冉老师：所以现在你的身边有这样的人存在吗？跟你关系比较紧密的男性。

千慧：那就是我的合作伙伴吧。……（略去一些内容）我自己单方面觉得他需要帮助，我就会倾尽自己的人脉、资源去帮他。直到最近，我才发现，他可能不需要，是我一厢情愿想要去帮助他。

冉冉老师：那这些年你们的合作关系，一直是这样的模式吗？你帮他，其实他没有这么需要。那这样的合作关系怎么能持续那么久？

千慧：我们之间有多次交流，都说了自己想要表达的。我觉得自己付出了很多，就希望得到他的尊重。但是我的合作伙伴就说："你做的这些不是我需要的。"他多次说过这样的话："你只需要去做你想要的就行。"

冉冉老师：那他这样跟你说的时候，你是什么感觉？

千慧：我就觉得，怎么就是你不需要的呢？你看，当时我们一起从零做到现在，难道不是因为我的努力吗？

冉冉老师：这是你的想法，那么感受呢？你的感受是什么？

千慧：觉得被辜负。

冉冉老师：千慧，来，闭上眼睛，感觉他在你面前。你可以把掏心窝子话说出来，你会跟他说什么？

千慧：我会说，“我觉得我是在帮你，但是你又说不需要。”

冉冉老师：你说，“我觉得被辜负了。”

千慧：我觉得非常非常被辜负。

……（略去一些内容）

其实，我们都害怕直面亲人的苦难

冉冉老师：这种被辜负的感觉一直在吗？这种被辜负的失落，小时候你体验过吗？熟悉吗？这种感觉？

千慧：我觉得跟父亲没有这种感觉，但是跟哥哥会有。

冉冉老师：跟哥哥？哥哥怎么了？

千慧：哥哥非常疼爱我。他后来出了一次车祸，影响到他的大脑神经。因为工作的问题，他开始借酒消愁，跟爸爸妈妈发脾气……后来我也上班了，我会经常资助他，希望他能好起来。他想做一些事情的时候，我就会给他钱让他去做，但是每次，他都是以失败告终，最后也没好起来。他离婚了，一个人生活。在我快结婚前的一个晚上，他大概喝了很多酒，又抽烟，结果着了火，他被烧死了。

冉冉老师：那是哪一年的事？

千慧：十几年前了。

冉冉老师：这也是你心里很痛的一个地方是吗？

千慧：是。

冉冉老师：所以，哥哥也是很努力但是人生不幸的状态。你想要去帮，你想要去救。好，千慧，请你慢慢闭上眼睛，回想一下，你能想到的哥哥的影像是一个多大岁数？

千慧：我哥哥结婚之前的样子。

冉冉老师：你看着他，你特别想对他说什么？

千慧：我想说的是，他做错了一件事。

冉冉老师：你对着他直接说。

千慧：哥哥，我觉得你做错了一件事，我觉得你找了一个很差劲的老婆，我觉得是你找的这个老婆，让你后半生都没过好。

冉冉老师：这是真的吗？千慧说完后，在心里看着哥哥的眼睛，哥哥认同你说的吗？

千慧：他觉得挺吃惊的，就是我说的这些。

冉冉老师：千慧是否觉得哥哥没有一个人、一个妻子去帮他、拯救他？

千慧：会。

冉冉老师：好，你跟哥哥说，“哥哥，我一直很想帮你。”

千慧：我很想帮你，我很想帮你，但是我帮不了你。

冉冉老师：千慧，自责吗？

千慧：嗯。

冉冉老师：跟哥哥说，“我很自责。”

千慧：我很自责。

冉冉老师：不要捂嘴，让眼泪直接出来，不要再压下去了。你说，“哥哥，我特别自责，对你的人生我特别自责。”

千慧：对你的人生我很自责……

冉冉老师：来，还是在心里看着哥哥的眼睛说，“我很自责，我没能救你，我救不了你。”

千慧：我很自责没能救你，我救不了你，我甚至觉得自己自私。

冉冉老师：为什么会觉得自己自私呢？

千慧：因为我可以再多给他一点时间，我可以再多帮他一下。

冉冉老师：在心里看着哥哥的眼睛问他，哥哥我再多给你一些时间，我再多帮你一点，就能扭转你的命运吗？

千慧：其实到后来，是我们全家都排斥他，我只是简单地用一些钱帮他，也没给他向我倾诉的机会。

冉冉老师：因为你们都对他的这种痛苦，这种命运无能为力，是吗？

千慧：我们或许就是无能为力，我们就是无能为力，但是我们选择不去看这些事情，就简单粗暴地拒绝了。

冉冉老师：就是给钱，我们还以为自己帮了很多。闭上眼睛，还是跟哥哥直接联结。你说，“哥哥，我真正自责的是，我当时并没有真正地帮你。”

千慧：对，我自责的是当时我并没有真正地去帮你。

冉冉老师：我害怕面对你的苦难。

千慧：我害怕面对你的苦难。

冉冉老师：我不知道怎么去帮你，我选择了最简单的方式——给钱。

千慧：我不知道怎么去帮你，我选择了最简单的方式——给钱。

冉冉老师：那是哥哥需要的吗？

千慧：他也需要。

冉冉老师：但是那个时候哥哥最想要的是什么？

千慧：我觉得他最需要的是家人之间的亲情。

冉冉老师：亲情，是那种有联结、懂得他，真正地懂得他。千慧，在心中看着哥哥的眼睛对他说，哥哥，我过了这么久才懂得你。

千慧：过了这么久我才懂你，过了这么久我才懂你，对不起，对不起。

冉冉老师：看着哥哥的眼睛，从哥哥的眼睛中你看到了什么？

千慧：哥哥对我说，别太难为我自己，因为我也给不了这些，这些不是我能给得了的。

冉冉老师：是那个时候的千慧给不了的，十几年前千慧确实给不了他这些。你说，“哥哥，我用这么多年来成长……”

千慧：我用这么多年来成长，来看清楚当年究竟发生了什么，看见了我们的无能为力。

冉冉老师：你问哥哥，“你恨我们吗？”

千慧：哥哥你恨我吗？

冉冉老师：对，看着哥哥的眼睛，从哥哥的眼中你看到了什么？

千慧：他说，他在死之前特别恨，他恨每一个人。

冉冉老师：作为人，他有人的七情六欲，他可以“恨”你。那你问他，“哥哥，当你死后，当你回到光中，你还恨我们吗？”

千慧：他说，“我现在不知道什么是恨。”

冉冉老师：然后你接着问，“哥哥，在光里面，你看待你自己这一生，这是你要体验的吗？”

千慧：哥哥，在光里面你看待你自己这一生，这是你要体验的吗？（点头）

冉冉老师：他点头是吗？……你问，“哥哥，这是你心灵选择的命运吗？”

千慧：哥哥，这是你心灵选择的吗？（点头）

冉冉老师：所以，你再问哥哥，“如果这是你的选择，我怎么去帮你？能影响你的命运吗？我能左右你的命运吗？”

千慧：哥哥说，“你太自大了。”

善良与拯救者情结

冉冉老师：嗯，哥哥说你太自大。你再问哥哥，“你在光里还可以跟我们今生的父亲遇到吗？”

千慧：哥哥，你在光里是不是能遇到父亲？

冉冉老师：你说，“我也很想救父亲，我也救不了他，我也很自责。”

千慧：我也很想救父亲，可是我也救不了他，我也很自责。

冉冉老师：看着光中哥哥的身边有没有出现父亲的身影？

千慧：有。

冉冉老师：看着父亲对他说，“哥哥说我很自大，我想要救他，我想要改变他的命运。”

千慧：爸爸，哥哥说我很自大，因为我想改变你们，我以为能改变你们，我以为能帮你们。

冉冉老师：看着爸爸的眼睛，听听爸爸会说什么？

千慧：爸爸说我是一个善良的女孩。（痛哭）

冉冉老师：爸爸看得到你的善良。

千慧：老师，我觉得全身麻。

冉冉老师：好，深呼吸，让那个麻流经你，让它先过去，深呼吸，定住，你的力量在你的丹田，深呼吸，定住。我知道有许多过去的痛，一次一次的痛，要流经你。

定住，你的力量在丹田，让那个痛流经你，让卡住的麻流经你。大口地呼吸。

在光里，爸爸跟哥哥一直传递爱的能量给你。他们看着你这么受苦，一直在传送爱的能量给你，但是他们不会试图来救你，因为他们非常清楚，这是你要面对的课题。你很善良，但这份善良在人间往往会变成一份拯救的情结，对吗？（千慧点头）

所以爸爸跟哥哥在光里只会注视着你，不会来救你，这才是我们在人间真正要有的界限。

现在，你要用自己的力量，把这个痛从身体里面释放出去。深呼吸，提醒自己——我的中心在丹田，我归于自己内在的力量。

跟我一起重复这些话：

我在人间所有的经历，所有的故事已经过去了。

我曾经迷失过，我迷失在我的善良里，迷失在帮别人的尝试里。

我曾经迷失在这些痛苦里，但是现在我要回归自己的中心，回到我自己。

提醒自己。你可以把双手放在丹田，感觉丹田有一个金色的光球，金色的光球在丹田一直支持着你。只有这个丹田的小光球才是你在光中永恒的样子，所以定在这个光球里。

深呼吸，那个麻的感觉有没有过去一点？

千慧：右边的胳膊麻。（右手向上微微举起）

冉冉老师：那让右边的胳膊自己来表达，它想做什么，试试看，让你的右胳膊自己表达它要做什么？

千慧：它想表达一种可以。你可以勇敢。勇气，勇气……（哭泣）

冉冉老师：说到"勇气"，为什么你会这么触动？

千慧：因为我觉得自己之前是一个很懦弱的人，没有勇气，只是躲在一个权威后面去做一些事情，从来不敢自己做，没有勇气自己去做一些事情。

冉冉老师：可是，右手就要表达这份勇气。原来这份勇气一直都在。所以，请带着右手表达的勇气，再看向光里面，看向父亲，看向哥哥。

跟我一起说：

"我有勇气看到你们这样的命运，我有勇气看见你们活过了这样的今生今世，我有勇气看见你们受苦，看着你们离开人世，我是有勇气的。

当我不再试图拯救不该我拯救的人的时候，我不再无力，我有勇气，我有力量。

当我不再试图去左右你们命运的时候，我不再无力，我有力量有勇气。

我从来不需要躲在权威的后面，我可以做我自己，表达我自己，从此我的善良有了勇气作为守护，我又善良，又有勇气。我的内在本来就是这样的，我现在认回自己。

我曾经把自己迷失在过去的故事里，迷失在爸爸的故事里，迷失在哥哥的故事里，我迷失了。所以我找不到勇气，我的善良很懦弱，但是现在我认回了我自己。”

千慧重复。

冉冉老师：再去感觉一下你的右手，它一直在表达你的勇气是吗？试试看，如果你的右手要说话，试着直接替它来表达。

千慧：你真的好棒，你就是值得，值得你拥有的一切。

冉冉老师：所以你走了这么久，终于认回了你真的就是这么棒，真的值得这么美好的东西。慢慢地收回你的右手放在胸口，把这些美好在胸口确认下来。

这一次带着完整的自己，再次看向光中的哥哥，看向光中的父亲。这一次带着勇气对他们说：

“你们有你们的命运，我也有我的，我们都如是地经历了自己的命运，没有谁比较可怜，没有谁需要被同情。我们都是体验者，不是受害者。

爸爸、哥哥，善良的我找回了勇气，请你们在光中祝福我。”

千慧重复。

冉冉老师：未来如果再相遇，你想对他们说什么？

千慧：未来如果再相遇，我还想让你们帮我认出我自己。

冉冉老师：他们在帮你认出你自己，对吗？（千慧点头。）爸爸跟哥哥出现在你的生命里，其实是在用另一种方式帮助你。

请你跟我重复：

“我们都不要再迷失了，我们要活出灵魂的光。

这一次我们谁都不救，就是好好的活好自己，示范给别人看，而不是这样苦哈哈地救这个救那个，搞得自己很无力。

这是我们之间的约定，好吗？”

千慧重复。

冉冉老师：对他们说：

“你们已经完成了人生的旅程，而我的旅程还要继续，我会好好地活出我的善良与勇气。”

千慧重复。

冉冉老师：你还要活出什么？

千慧：还要活出爱和丰盛。

安心做自己这团光

冉冉老师：好，那身体现在感觉怎么样？

千慧：膝盖以下和脚感觉有些麻，但上半身都是清凉的。

冉冉老师：好，让麻的感觉慢慢经过膝盖、小腿、脚踝，经过脚心，让这些过去的旧能量，进入地心，由地球母亲来帮你净化。千慧，从现在开始，要活出灵魂的光芒，而不是由过去的故事遮住。

本来你在纸条上写的是探索跟权威的关系，你坐上来的时候说想要探索跟爸爸的关系，后来浮现的是你跟合作伙伴的关系，后来又出现了哥哥，现在你把这一切串联起来，在你的内在消化、理解、沉淀一下，其实每一件事、每一个人都紧紧地相连了起来。

你想要探索的课题，其实都是指向了一个共同的课题——你想要用善良来帮人，可是没办法左右别人命运。我们根本就不应该去左右别人的命运，因为那是TA要体验的。

这所有的一切都是一件事情，你现在可以从内在理解这件事吗？慢慢理解一下，消化一下，如果你从内在有个领悟，你看到了自己的什么？领悟到了什么？

千慧：我看到了自己是一团光。

冉冉老师：这团光需要和别人纠缠在一起吗？

千慧摇头。

冉冉老师：它只需要发它自己的光就好了，我们从来没有看到过太阳试图去温暖哪个冰冷的星球，太阳就在它的位置上，在它的轨道上，它没有试图多给赤道一点阳光，或者试图少给极地一点阳光。它就在那儿，其他人自行来决定，靠近或远离。

千慧，就好好安心做自己的这团光，好吗？当你越成为自己，无形中帮到的人就越多。但你黯淡自己这团光的时候，你就谁都帮不了，因为你迷失在自己的故事里了。

现在有什么想说的吗？

千慧：我觉得太感谢了，因为我跟爸爸、哥哥的这些事情做过家庭系统排列、完形疗法，做过好多好多的事情，自从我成长以来，一直反反复复地做这件事情，我真的没有想过会通过这样的形式来解决，太惊奇了。

冉冉老师：惊奇吗？你疗愈这个议题很多次了，那你觉得这次惊奇的点在什么地方？

千慧：我的惊奇在于，我一直以为这么长时间的成长，做过这么多的个案，我这么努力，没有想到这件事情还在影响着我，其实我一直以为我解决掉了，老早我就觉得自己一身轻了。

冉冉老师：借由最近跟合作伙伴的故事，这些东西又从潜意识里带出来了。

当你说想要帮那些事业不是很成功却一直在努力的男性的时候，爸爸是这样的人，哥哥也是，你把过去想要帮他们、救他们的潜意识，投射到了合作伙伴身上。所以，只是去解决你跟合作伙伴的关系是没用的。只要这个动力还在的话，你未来还是会创造出来新的人，让自己去拯救。

千慧：对。前几个月正式分开之后，我心里许多的情绪都被勾出来。其实，在我跟他合作的几年时间里，我已经无数次想要独立出来，自己去做了，但是每一次都没有勇气。

冉冉老师：是，自己把自己拉回来（不让自己做成）。很有意思，我们意识里面认为的是一件事，探索下去，都是潜意识里跟童年息息相关的，反而有时潜意识里的东西被解决掉之后，不用特别去做什么。因为心里的钩子松掉之后，该松的自然就松了。那，个案现在做到这里，可以吗？

千慧：嗯。后面的东西一直都存在，过去可能是一个干扰，但现在就是彼此互不相干。

冉冉老师：开始有界限了，因为TA很有定力，所以那些烟雾般的东西没办法奈何TA。

谢谢千慧，想要哭就下去继续哭一哭，让眼泪走完。

个案手记

生命故事疗愈是一种“灵性疗愈”，在千慧的这个个案里，已经在显露端倪。

作为一个身心灵的修行者，我对于生命的认知是超越时空的，于是在面对一些生死议题的个案时，会很自然引导个案穿越时空的界限，在光中与已经离世的那些人直接对话。对我来说，这不是一种想象出来的幻相，而是我们的心感知到的生命实相——万事万物，一切都在光中相连。

借由光，我们可以与万物沟通。

因为千慧哥哥的命运和意外死亡属于家族中课题，一定会给家人带来沉重的感受。这种事件，会让家族里一些人“对此感到自责内疚”，而自责和内疚会变成拖拽的力量，让人难以好好继续自己的生活。

透过在光中，与哥哥和父亲的沟通，让千慧有机会看见她的“自责和内疚”不一定有必要，因为哥哥和父亲一定不要她背负他们的命运。在光中，每一个灵魂都是自己书写了自己的命运脚本，都是自由意志的体现。而人在人间，会因为“缠缚”，不自觉卷入，以为自己要替别人不幸的命运负责。

无论一个人身处怎样的命运脚本里，带着爱、慈悲和同理心，聆听TA内心的感受，尊重其命运，力所能及地帮助，就够了。谁都不是神，能拯救别人的命运。

我们只可以去唤醒一个人的内在，令TA自己觉察、觉醒、觉悟，从而改写命运脚本。

第四章

玩转『生命故事』，升级人生玩法

击破受限的故事模式，活一个新故事。
疗愈不是为了紧抓过去不放，
而是为了更好地活当下的人生。

活成一个元气饱满、兴致勃勃的“妹子”到底难不难？

学生PP小姐说：“遇到一个男人，很疼我，可我依旧不开心。以为会从此幸福了，可是发现内心的空洞还在，没有办法安稳地活着。”

我笑：“那当然啦，安稳地活着，幸福地活着，当下地活着，那可是比找个人谈恋爱还要进阶的修行。

疗愈心里的洞洞，如同补龋齿，没人可以替代你去做这件事。同样的，要你唤醒内在的小野兽，活得如一个元气饱满、生机勃勃的‘妹子’，不再委曲求全，也无人能代替你去做。把现在、此刻、当下活好，是疗愈也是觉醒。由此，过往种种，终于可以挥一挥衣袖不带走一片云彩。

你看你，此刻，有人宠爱，衣食无忧，工作成绩亮眼，母亲的病也一日好似一日……此刻多美好啊！学会让自己快乐，享受跳舞，享受工作，享受傍晚的散步，享受一下跳进蔚蓝泳池的快乐……

先丢掉那些对未来的担忧，别像失魂落魄的中老年人似的沉重，像少女一样，玩过这个夏天再说。

恭喜你，终于进阶到这一步。”

A小姐听进去，然后问：“说实话，我都不知道青春美少女是什么样的，好像从未有过那个活力似的。”

我知道，我知道。就是因为没有活力美少女的阶段，所以进入20、30岁、40岁，也活得暮气沉沉。再不补上这一课，一下就跳入中老年，更是会一颓到底，太惨。

你得学会活得像个妹子。

她，蠢蠢欲动。

错过

一入夏，我就给自己立了“这个夏天如少女般度过”的目标——

穿飘逸的长裙。

学会两种泳姿。

请健身私教。

在瑜伽垫上大汗淋漓。

拍一套生日写真。

擦防晒霜晒太阳。

用少女般恋爱的心情跟老公过日子。

午后躲在屋里写作、设计课程。

煮各种适合夏天喝的汤汤水水。

不出门上课的日子，护肤按摩吹风扇……

请注意，我所说的“少女”，可不是拒绝长大的心理“巨婴”，或是要男人给这给那才快乐的软弱者，而是，当生命力和野性蓬勃流经一个女人时，那种充满元气，活力满满，对人生兴致勃勃的状态。

实话实说，我也在补课。我没有畅享过那样轻车快马的少女时代。那一段青春，仿佛都消耗于对生老病死的担忧；与父母的沟通不畅；学校里人际关系的纷纷扰扰；路遇的暴露狂、跟踪狂、骚扰者；遇到彷徨也不知该去找谁问询经验与指点……内忧外患夹击，整个少女时代只留得一心伤、一脸痘、一身肉。

此时，想想都肉痛。

感恩前几年，踏实做了好几年内在小孩的疗愈，才让生命力、创造力有机会冒出来。内在小孩疗愈这件事，不会有人替你做。唯有靠自己。

方法超级简单，书写、拥抱自己，常常“左手丹田，右手心脏”的姿势，跟内在小孩说话——宝贝，不要怕，放胆活，我罩着你。

窘迫

若我日后有一个女儿，一定时刻坚定站在她背后，注视她的每一步，跟她说——

踩起来，我的小少女，有妈给你撑腰！

你想要的，大力争取，穿花衣，爱学习，看世界，谈恋爱！

面对胆敢觊觎你的，妈送你去练跆拳道，飞踢回去！

妈不要你乖，不要你听话，只要你永远忠于自己的内心，有爱有勇气！

这些，都是我曾经渴望听到的话。如今，我自己说给自己内心的小女孩听。

那日想起一件往事，我号啕大哭。

来例假时，不知道该不该用妈妈放在衣橱里的卫生巾。她既不说给我用，我偷偷用了，她好像也不在意。于是，躲躲闪闪的我，每一次拿一片，都如同做贼般心虚。

那股“窘迫”的能量，一直都在持续。至今日，非得老公鼓励，我才有觉知起来，提醒自己买最好的卫生巾，时常更换，终于不再“偷偷摸摸”。

因为这个看见，我终于懂，那时的我，其实多想对母亲说：“妈妈，教教我，救救我，帮帮我。”

而彼时的母亲正处在压力最沉重的中年时期。她在自己的人生里沉浮颠簸，为养家费尽心力。她腾不出更多的精力来懂我、教导我。而我此刻也深知，她从少女时代累积起来的无助，比我更多十数倍。在做母亲这件事上，她做得也已经足够好。但是这些对于那时的我真的不够。这是现实，我必须承认，于是无从怨怼。

我们，一样，都曾经是那么无助又困惑的少女。

卑微

梳理这些故事的脉络，只为让内心的那个自己更懂得——少女时代的卑微从何而来。

是啊，没有来自父母饱满的支持与爱，在心里面只得顶住一口真气，一个小女生如何招架四面八方的围追堵截，如何消化得了那真实人生的锤炼？于是，一路低到尘埃里。

年少时，遇到事不知道该如何面对的迷惘，是所有女人无力感的来源，于是就渐渐散掉了童年那股无忧无虑、稚气生猛的生命力，再也找不回来。

“少男少女真是美，完全透明，吸收了光华，然后再反射出来，明亮双目，紧绷皮肤，整个人如罩在雾中，朦朦胧胧，似懂非懂，身体是大人的身体，然而其他一切未臻成熟，有探讨的余地。后来，明白了，如光线穿过玻璃。”亦舒在《圆舞》里写的青春韶光，哎，注定我是错过了。

说完过去的故事，知道自己因为伤痛而受阻的生命力到底失落在哪里，更要懂得如何活好当下——从此，我们要自己挺自己。我决定，不再错过这依旧可以活蹦乱跳的三字头的岁月。

只因内心那个少女，未死。少女，靠自己，可以元气饱满地活后半辈子。

2017年，得了当年台湾金马奖最佳影片的《八月》上映。我打车去很远很远的电影院，看了两遍。

空荡荡的影厅，黑白银幕上，13岁的男孩小雷享受着小升初的这个暑假，没有作业，四处晃荡。

他学游泳，吃冰棍；跟父亲一起去玉米田里，捉蟋蟀，分食一个大西瓜；盖着毛巾被午睡，睡得迷迷瞪瞪，梦见差点吻上了对面邻居家的少女。

有一个镜头，穿白衬衫的少年，在明晃晃的阳光下走过父亲工作的电影厂大院，走进白杨树林的深处，直至消失不见。长镜头没有停，画面静止不动，只余蝉鸣阵阵……

恍然间，觉察到自己满脸泪，仿佛在光影交错中也走进时光深处，遇见曾经的自己，那个在夏天鲜活明媚过的更小的少女。

夏天的回忆，少女的回忆，于我虽然是凤毛麟角的生命片段，但是真的有。

这么多年过去了，它们依旧睡在童年的那一片西瓜地里，一颗一颗，藏在瓜叶之间，圆滚饱满，汁水充沛，等待被摘下。

是啊，我曾经是个美貌与傲娇的小少女啊。每次穿着漂亮又时髦的小裙子回奶奶家过暑假，到傍晚已经回归成天不怕地不怕的野丫头。

我可以在河里跟一只螃蟹斗智斗勇；可以赤脚踩在浸透雨水的土路上，感受滋滋的泥水从脚趾头缝儿里往外钻；可以在麦地里远远看见推着自行车卖赤小豆冰棍的人来了，欢呼雀跃；可以拿一张凉席铺在平房屋顶上，看一天银河流淌。

我怀念那些独属于夏天的少女气息，我更怀念自己。是啦，曾经我也是充满元气，活力满满，对人生兴致勃勃的少女。

我热爱夏天的心从未变过。

一如，到了夏季就盛放的蜀葵。一朵朵，在太阳底下鲜艳明媚。

找乐

比少女时代活得还要少女，听起来美好不？像一个不能实现的梦不？

非也。非也。只要你想，只要你敢，只要你踏出第一步。

Instagram上有个博主，来自澳大利亚的妹子Sjana Elise Earp。

十几岁开始，她就饱受抑郁困扰，十六岁那年尝试自杀好几次，在医院治疗好几个月。有一天，她在病床上醒过来，体验到了不一样的感受：“那种求生的感觉很强烈，从前从未察觉到，那一次，我真的想要活下来。”她决定将人生重启，首先删掉了社交网络上的负面消极的状态，然后开始自学瑜伽，学会接纳自己。她爱上运动，除了瑜伽以外，她还会跳伞、浮潜、滑板。

她设立瑜伽博客，发表自己的教程，让更多人了解瑜伽的精粹。2015年她去非洲出资捐助了一所小学的图书馆。她说：“当你一无所有时，你的态度决定了你今后的一切。”她超越了抑郁。

她比自己的少女时代，活得更像少女。

让自己活成一个元气饱满、兴致勃勃的“妹子”。“妹子”，这个词，不分年龄，顶多是“小妹儿”和“大妹子”的区别而已。就像少女，也是女人一生都可以活出来的那一部分女性能量。

我身边最资深的妹子，是一位72岁的阿姨，在我的课上认识的。她容颜依旧姣好，身材纤细，穿优雅连衣裙，完全看不出来年纪。那一次，她在课上分享说：“我要忘记年龄，做一个70岁的少女。”

真的，你看她的朋友圈里，健身，瑜伽，拉丁舞，写真，做自己的手作化妆品品牌……完完全全就是一个活力满满的少女做派。

后来，跟阿姨熟了，我好奇她的人生故事。以她的年纪推算，人生绝对不是坦途，该经历的都经历过，才有如今的云淡风轻。可是，她讲给我的故事还是把我震撼住了。

这位“妹子”，出生在1945年10月，抗战胜利的时代背景下。因为父亲是记者，母亲是话剧演员，历次政治运动都是他们的劫难，根本无暇抚养她和弟弟，姐弟俩由奶奶抚养。

她自己日后的人生也平淡也坎坷。丈夫在外地上班，她自己就工作、孩子连轴转。40岁那年，丈夫突然离世，她来不及反应，就成了单亲母亲，把孩子带大……今年七夕，在丈夫去世30年之后，她在朋友圈里发一句：“一个人的七夕……亲爱的你在那边可好？”

她说：“人的一生有很多当时觉得过不去的坎。但是明天上班的路上迎着太阳，就觉得柳暗花明又一村。”

她超越了命运，活成了一个比少女时代更生机勃勃的女人。

宗萨蒋扬钦哲仁波切说:“在你们人生中，最重要的事情就是‘玩儿’。你们明白吗？千真万确。这里所有的东西（他指了一圈佛堂）都是为了玩儿。所以，玩儿吧，找乐子非常重要，从来都是。

但家长们总喜欢说‘别玩儿了！’，千万别听。你们必须玩儿，如果你们现在不玩儿，等你们变老了，到了我的年龄，你们就不能玩了，再也没有乐趣了。你们明白吗？所以，尽情地，尽可能多的玩儿吧。”

真的，我们错过生命太多欢乐。别再错过这个夏天。让自己，活得元气饱满、兴致勃勃。

讲真的，如果不考虑那些什么年纪、身材、职业之类的标签，你一直渴望的“少女之夏”，到底是什么样的？

“别人都能轻而易举过幸福日子，为何我却要在这里苦苦修行？”

“为什么她什么都没努力过，却工作轻松又嫁得好？为什么我奋斗半天，还是没达到她的起点？不公平啊……”

“凭什么别人都好好的，我却有那么多愤怒、委屈和悲伤？”

“别人都能轻而易举过幸福日子，为何我却要在这里苦苦修行？”

以上这些质疑，几乎每隔一阵子，我就会从学生们那里听到一轮。那些心里面充满愤懑不平、委屈不甘的声音，我听得见，我也深深懂得。因为，曾经的我也是这样在笔记本上向老天咆哮，向老天哀号，向老天讨一个公道啊！

“为什么你偏爱那些幸福的女人，她们明明就有很多了，你还要不断地给……我什么都没有，你却眼睁睁看着我在这里受苦！是我不配吗？是我不够好吗？是我不值得被老天眷顾吗？”（见《从伤痛中开出最美的花》）

然后，你知道，我内在的智慧是如何回复我的吗？

“孩子，这一切都是你自己的选择。你选择去体验这样的命运。你选择用多一些的磨炼，来确保你今生彻底在人间醒来。你选择靠自己的力量，活明白活出来。在那之前，你选择了情路坎坷，以学习什么是真正的爱情；你选择了出身平凡、容貌普通，以唤醒你生命内在的光芒；你选择了事业上走华山一条路，来戒骄戒躁脚踏实地。这一切，都是你的选择。”

别无他路可走的时候

最初，听到这样的回答，我都在心里面翻800个白眼——你们这些狗屁声音，站着说话不腰疼，我又不傻，我为什么给自己选一条难走的路，我也很会享受很会偷懒好嘛，我也很想不劳而获当少奶奶好嘛？！

我不信，抗拒过，闹腾过，直至走投无路，决定试试看。反正也没有别的路可走了，不如就聆听内在的指引。

不就是找不到真心爱我的男朋友吗？不就是没有钱吗？不就是工作不顺心吗？好吧，我就臣服于当下的那个很烂很烂的命运吧。然后，在其中学习“爱自己”的真谛，学习“看见”的智慧，学习“面对”的勇气，学习“跟随”内在的指引……

我慢慢学会不再抱怨，只是按部就班把当下的事情做好，内在的声音要我干吗，我就在那件事上下功夫。

比如，在我还根本不相信自己能写出一本小说时，内在的声音说：“你可以的，你的故事会感动激励很多灵魂苦苦思索的女性。”

我咬牙坐在电脑前面，打字，打字，打字……直到我写完了一本书，两本书，三本书，四本书。

直到这时，我的头脑其实依旧还活在“我写得不好、我写不出来，没有人会看我的东西”的信念里。直到有一天，我自己突然意识到：哎哟！我明明已经出版作品了，我已经是作家了，我做到了，我还胡思乱想质疑自己！

比如，在我抱怨工作上根本没有任何晋升机会时，内在的声音说：“辞职吧，专注做女神的花园心灵工作室。”我才只有做沙龙、做个案的经验呢，我怎么可能知道要做什么？只好战战兢兢、颤颤巍巍地开始设计课程、推广、招生。

最“惨”的时候，学生只有个位数。然后，在这个过程中，我被“推”着，去学了“故事行销”“品牌营销”，去关注创业、商业模式、公司注册等一大堆我过去从来不曾感兴趣的事情，我越来越少关注身心灵资讯，每天除了浏览一下娱乐圈八卦，我关注的是“混沌研习社”“正和岛”“中国企业家”这些商业公众号……几年前的我打死也想不到。

现在，我给自己的命名是“女企业家”。我从未想过我今生会成为这样的人。我喜欢自己成为了这样的人。

穿越灵魂的执着

如果不是身心灵修行，贯通了我灵魂在人间厚厚的纠缠的“执着”，大约，我此刻依旧是个大龄未婚（或勉强结婚）的不快乐、没人生志业又没钱更没机会绕着地球跑的“没有自我”的女人吧。就像曾经的我一样。

如果按照那个时候的信念系统去活，我一定会活成这个样子的。因为那些执着太深太深了：

要把自己的光芒隐藏起来（因为这个世界不喜欢女人太有灵性太能干啊，男人不喜欢这样的女人的）；

要有男人依靠（不让我依靠可怎么办呢，我又不会赚钱又没什么才华）；

要做好妈妈（一个女人怎么可以不为家庭付出奉献呢，太不具备母性光辉了）……

故事即模式，模式即信念，信念即命运。

如果带着灵魂深处的纠结往下走，老天给我多好的一手牌，我都能打烂……参见历史上所有那些要美貌有美貌、要男人有男人、要权钱有权钱，却下场凄凉的女性。

我想，我是在认清“轮回”“因果”“业力”“信念”“实相”之后，才真的升起了修行的坚定之心，誓在今生断轮回。不然，我依旧还会做一个梦——有了爱情婚姻我就幸福了，来一个好男人就能搭救我了，我只要平凡的幸福就好了。

无稽之谈！

看看身边那些什么都有却依旧痛苦得死去活来的亲朋好友吧。灵魂才不会因那些外在的东西而满足。

现在，无论遇到谁再跟我哭哭啼啼、叽叽歪歪（没错，我以前也这么幽怨），“我就想过平凡的幸福生活，我才不想修行”，我心里面都默默送上一句话：“为获得并感受到真正的幸福，都需要你有很多很多勇气，很多很多智慧，很多很多爱。请问，现在的你，具备吗？亲爱的，如果你肯承认暂时没有，那不修行，还等什么？”

那些你看着她过得很好、很幸福的女人，她在你没看见的地方努力甚多。也许是今生也许是前世，你没看到之处，她的灵魂有光。

所有的修行，都在帮助我们回到自己的心，那里才是通向幸福的正路。幸福，原本就是我们灵魂自带的恩典。修行只为帮助我们回到“本自具足”。

如风浩荡，注入山谷，一夕花开烂漫，一切都是那样自然。

来吧，真正成为你自己。

人生总有几段，特别湍急困难

收到一封来信：“冉冉老师：最近的我，真的撑不下去了。家人重病住院，我每隔一天半，就要去医院陪床，身体极度疲惫的同时，还要被生病的人抱怨、指责。丈夫好多天都不回家了，让我内在被抛弃、被忽略的感觉翻涌。我已经心力交瘁了，我该怎么办？”

我这样回复她。

现在的人生阶段，对你来说，想必有非常多的艰难，就像杨丞琳在歌里唱：“像是一条河川，转过几个弯。也有好几段，特别湍急困难。”（《青春住了谁》）人过中年，你行到了急流处。家人生重病，你要去医院陪夜；也无法从丈夫那里“要求”来一份温暖的支持。

所以，你还好吗？你的内在小孩还好吗？

呵护你自己的能量

我知道，你的心，有一部分是那样脆弱又敏感，最近经常被“暴露”在医院那样的能量场里，对你的能量是一个很大的干扰，又不能好好休息，你的能量消耗殆尽。加之又要面对一个从小就带给你很多负向情绪影响的人，现在她又因为生病更加恐惧暴躁，想必也让你的内在已经没有空间了，所以会出现那样心力交瘁的感觉。这代表你的内心能量和身体能量都陷入枯竭。

请记起你曾经学习过的白色光能量球冥想法，为你的身体能量做结界，尤其进入医院之前，持续用白色光来滋养自己。

观想有一束来自宇宙源头的白光，笼罩着你，清理洗涤你身体的每一个细胞，清理洗涤你一层层的肉身、气场……最后，凝聚成一个白色的光球，笼罩着你，你在其中不会被负向能量干扰，也可以持续以爱的频率，与外界互通。

离开医院回到家后，立刻从头到脚洗澡，更换衣物。

如果家里有各种品牌的灵性净化喷雾或精油产品，请务必足量使用。

请在这个湍急的阶段，守护你自己的能量。

越是人生艰难时，越不要忘记疼爱自己。利用仅有的、少少的、只属于你自己的独处时间，用冥想、烛火、鲜花、精油、音乐等来关照、疼惜自己。

这些我在《活出你的女人味》那本书里都写过了。

痛苦来自担忧

其实，在你的来信里，我还感觉到一种铺天盖地的担忧：

担忧这样的日子要持续到什么时候才结束；担忧什么时候才能把自己解脱出来；担忧自己想要的那个人生，到底什么时候才能有力量、有时间去创造出来；担忧今生想要一个温暖有爱的婚姻的梦，到底能不能实现；担忧自己今生到底能不能活出来，还是永远都会被困在这种“我不想要”的人生里……

我记得自己很强烈地感觉到这种“到底要持续到什么时候”的担忧，是2003年“非典”期间。即将大学毕业的我，和同学们一起被困在学校里，不能出去。不知道有没有落实的工作机会，仅剩的一次升学考试的机会还能不能如期到来。那时候，我是真的体会到一种“这样的日子到底还能不能结束”的恐惧。

去年，几个学生面对家人重病，也一样很有担忧。去医院照料吧，自己上班已经够累了；不去医院又觉得自己不孝。各种情绪交杂，累上加累。

所以，你的心情，我还算能理解。

然而，找到恐惧，看见恐惧，并不算找到问题真正的症结，这个问题并不会结束，反而会一而再再而三地出现在你的生命里。

你愿意多听我说两句，向内心深处探一探那个让你如此恐惧的缘由吗？

人的今生今世，多生多世，都要遇到生，遇到死，遇到爱，遇到恨，遇到分，遇到合……只要活着，遇到一切“问题”都是有可能的，对吗？

你能逃开这些吗？

不能。

我能吗？

我也不能。

我们都行走在那个所谓的“人生”里面，遇到好事，开心；遇到坏事，烦恼，拼命想要挣脱出来。然而，挣脱所谓命运束缚的方式，不同的人选择的道途，可真的很不一样。

把“玻璃心”修成“金刚心”

此刻，我也没有过着你所向往的那种“现世安稳、岁月静好”的简单日子。我的人生里依旧“困难”重重，每一个功课来袭时，我也会有心力交瘁、熬不住的时刻。我在做的灵魂功课，虽然跟你的功课形式不同，但也同样在激烈地进行着。我并没有过上“我不想复杂，只要轻松”的那种日子。那些，都是你的想象。

你所羡慕的，我可以拥有很棒的爱情，很棒的工作，可以出书、上课、旅行，备受尊重，都是一种表象，底下更深的暗涌，是我必须要去修炼自己千疮百孔、迷失错乱的心。

前几天，我先生刀哥说了一个隐喻，我觉得甚好，借来一用：

把我的一颗“玻璃心”，修炼成“金刚心”。

既然选择了今生以“修行者”的身份活在人间，我就知道，只要“轻松快乐地过日子”，绝对是《心经》中提到的：“颠倒梦想”；有爱、有力量、有智慧地活在人间，绝对需要一种深刻的修行，才能做到；绝对要把每一个当下都当成觉察自己、清理印记（木马程序）的契机，时刻带自己回到神性的寂静之中。

人生，不是只有幸福的时刻才算数的，是每一个时刻都要活在当下去体验。要做到这样真的不容易。但我还是会无数次提醒自己，在真实的人生中修行吧。

越是湍急困难时，越是修行时。

那么，你呢？你能挺过去吗？你能带着觉知，体验这一切吗？

你愿意在今生修炼成一位真正的大女神吗？

你的金刚心就在那里，你愿意一点一滴去靠近它吗？

远离“颠倒梦想”

我也必须得告诉你，你想要的“轻松简单快乐的人生”，只是虚妄的“颠倒梦想”，更不要说，你还希望自己是一个助人工作者。你本来就选择了要带领自己、带领其他人，一同去穿越生命的苦痛。

太天真太幼稚的人，做不好助人工作者。我们需要在真实的人生里历练成熟。

因为TA根本不懂人生的“苦”所为何来。你必须从自己的疗愈觉醒历程中看透——原来一切都是灵魂计划的一部分。你必须要穿越、清理、疗愈、创造，方能告别旧的人生，迎接属于你自己的真正的生命体验，然后，你才能分享给他人。

你今生的灵魂功课，也就是你所谓的“命”，真的，不轻松，不简单，你辛苦了。

我猜想，是你灵魂曾经一世又一世在人间迷失过，累积了许多未完成的功课，都在今生集中呈现了。我也猜测到，你的灵魂大约已经忍无可忍了，不想再在人间“低能量状态”“委委屈屈”“战战兢兢”地活着了。

你的灵魂希望你彻底觉醒，所以在你成长的过程中安排了许多难题。过去的你，也曾一一破解了它们，不是吗？要不然，你不会一直活到现在，还活得那么认真。即使有时候被困住，感觉心力交瘁、感觉崩溃，你也不会甘心放弃的。

你的本质，就是有爱、有力量、有智慧的女神。

真实修行的契机

目前，你要做的功课，一个是与原生家庭的缠缚，家人的喜怒哀乐还在左右你；一个是面对内心的不安全感，被遗弃的感觉。

生老病死，爱恨执着，这些人生的基本课题还在跟着你，无论你停不停下修行的脚步，它们都还会继续跟着你，即使你停下来，也不会消失，反而，它们会彻底把你“压垮”在困境里，继续那种活在尘埃里、活不下去的感觉。

如果，你还看不透这两个功课到底是在修炼你内在的什么品质，就无法逾越过去。你内在的智慧足够，生命能量足够，它们就是来成就你的。反之，它们就是来“打击”你的。

关于这一点，一路成长至今，你的心应该是能明白其中所蕴藏的奥秘，不是吗？

所以啊，亲爱的你，不要停下来，想办法在你快要被现实压倒的时刻稳住，先告诉自己：

是的，我正在经历照顾重病亲人的双重煎熬，身体上的疲惫和心理上的纠结；我正在经历丈夫的“离家不归”，我得不到支持；我正在做这两个功课，这都是我在面对的灵魂功课。

然后告诉自己：

即便这样，我还是有选择的，我可以透过有意识地选择来完成这个功课。

你可以透过灵性书写来帮助自己厘清这些问题，不要只是想一想，而是真的要用手写的。唯有写，才会真正从内在找到答案，你的力量和智慧才会出来。

如果我在这个人生的阶段觉得困顿无力，觉得要被抛弃了，不会有人来爱我，那我可以为自己做些什么，来好好爱自己、爱内在的小孩？

我要停下人生里想要实现的梦想吗？有什么理由，放弃？有哪些理由，不放弃？

我要被这两件事情继续折磨，还是把它们当作一个真实修行的契机，通过试炼而让自己从痛苦幻梦中醒来？

我到底要什么？比起我自己，我真的那么需要母亲的认同，真的需要与丈夫维持一段婚姻吗？当下的我，心里到底想做什么？

我可以购买专业化的服务，来获得周围的支持性资源吗？你不觉得，卸下不擅长的照顾重担，把它交给护工，经常身心愉悦、笑容满脸地出现在病房，陪病人聊聊天说说话，也是一种选择吗？至于别人怎么评价，让他们说去，你先把自己顾好，才是一个成年人真正的负责任。

亲爱的女神，在人生湍急困难时，也记得要为你自己的生命做一个好决定，好吗？停下来，是你的一个选择，但它不是唯一的选择。

持续爱自己，持续闪亮你那颗金刚心，持续在你的今生今世觉醒成为大女神，好吗？

烦恼时，书写；痛苦时，跳舞

我从小就是一个敏锐善感、情绪充沛的人。这样的小孩在成长过程中往往都会积压很多未处理的情绪能量。所以在整个自我疗愈的过程中，我常常会遭遇特别强烈的情绪清理期。

在这样的阶段，我会控制不住地大哭，然后在释放完能量后，心会重新变得清明。保持觉知，安稳扎根在生活里，以迎接明天还是不知道什么时候会涌起的、突如其来的愤怒，以及底下深深的悲伤。

遇到这样的阶段，各种有的没的疗愈方式已经通通不好使了，我只能用最“笨”最“原始”的方式，我的“老本行”——灵性书写和自由舞动。

在起起伏伏中修心

曾经，我不知道有些人是怎么做到的，仿佛TA一踏上身心灵修行的道路，从此只有光只有爱了，再没有任何痛苦，再不生烦恼。我看着这样的人艳羡不已，转而攻击自己：“你看，你看，别人可以做到。数你笨，你真没用。”

直到深入“幕后”，见得多了，才恍然大悟：“哦，哦，哦，生而为人，在滚滚红尘摸爬滚打，谁不是常碰一鼻子灰。人家写在朋友圈里微博里的光与爱，端的是真。只是，尘埃遍身那一面、烈油灼心那一面，都没让你看见而已。”

而你，用别人“从此过着幸福快乐的日子”，来吊打自己真实人生里的喜怒哀乐，岂不是对“众生皆苦”的视而不见。于是，我才终于肯老老实实面对自己的真实，再也不信所谓的捷径与根治之法。

生活，原本就是一个在起起伏伏中修心的过程。活在当下，快乐时，享受。痛苦时，修行。我真的是在那一刻，才立下了“永不退转”的修心之志。

有人问：“冉冉老师，你还有烦恼吗？”

有啊。

创业压力多大；北京生活开销巨大；婚姻的相处之道，我还没搞懂；每天宅在家里写作，还“工伤”了一些不容易减去的体重；熬夜熬出来的黑眼圈，多贵的眼霜都擦不去；天灵盖上常常在压力下冒出几根白头发……想烦恼，可用的素材多得是。

然而，我还是觉得此时此刻的人生，已是我此生最真实与饱满的日子。有觉知地体验着，悲欣交集，喜忧参半，细细琢磨，很有味道。

看向自己的心

烦恼时，我书写。

随便拿过一张什么白纸就开始写，我的困惑、愤懑、幽怨、不解……哗啦哗啦，统统写下来，像倒垃圾一样，将无可言说的情绪，或激烈如地震海啸，或无力细若游丝，化作一个一个的字，倾泻在纸面上。

那天，一个学生问：“我的心口堵了一些故事，我很想写，可是我写不出来，怎么办？”

我说：“就从‘我写不出来，我写不出来，我写不出来，我很堵，我很堵……’开始写起。这也是可以书写的起始句。”

倾倒完内心压抑的情绪感受，然后才有所谓灵性书写的智慧提升、意识维度提升。

有一年，我在灵性书写里听到内在这样教导我：

"外在世界永远在呈现你灵魂深处有的那些信念（业力）。或者说，你只肯看见那些你深信不疑的。即使歪曲事实，你也会把它合理化成你相信的那些。如果你内心认同'我不配留住金钱'，那再多的丰盛也会流失掉。你认同'我需要很多很多的爱'，代表你不相信自己有爱，对方便用'不爱你'呼应你。"

再一年，我写：

"只在必须说话时才说。沉默、安静地聆听，都是一种回应，甚至更有效。不要相信语言。永远都不要相信语言。多少天花乱坠的事情都发生在语言之中。能量所带来的感受才是相对真实的判断标准。不要听别人讲什么，也不要看别人做什么，看TA是如何存在的，就够了。"

又一年，我写：

"你越想走出来，你越会被反作用力拉回去。难道你不想走进那虚无中去看看有什么？那样吸引你的黑洞，你不想走进去看看那里面是什么？这个时候出现的黑洞，究竟是想要带你去哪里？不要只追寻你心目中的光明。光明在任何地方。光明在任何被看见被疗愈的地方。"

新一年，我写：

"有时你以为自己在害怕，其实只是有一个更有力量的你要活过来。那股力量很大，超过现在的你，所以你内在会经历一种动荡。穿过那股动荡，你会看见她，崭新的你，活了。"

一次次，在与外界遭逢，心里起了烦恼时，痛苦翻滚时，我学会不逃不躲不抗拒，就站在那个裂缝之处，等待光亮起来，穿透我内心的困顿迷雾，直到我的心从混沌无明，渐渐成为星辰大海。

有个笑话说，鸡蛋从外面打开，会变成一盘菜，而从里面打开，则会变成一个生命。所有的身心灵修行，只为你终于能从内在打开。

不是吗？

我终于懂得，所谓修行，从来都不是在外面学了什么知识智慧，背诵了多少经文，掌握了多少种技巧……就是要你看向自己的心。

直到你目光如炬，穿透了念头、情绪、感受、故事，一直到你终于可以从心灵中触碰到“本自具足”的源头。

这些，都是灵性书写教会我的。

养出内在的汁液

痛苦时，我跳舞。

老实讲，我放下跳舞快4年了。不是说我没有跳舞，而是像从前那样深刻的、属于自己的舞蹈，只面对身体与内在自己的舞蹈，我把它放下了。

那天，我跟一位老朋友聊天。我说：“亲爱的，看见你跳舞的视频，真感慨，你这几年持续的自由舞动，真的把你内在的汁液养回来了。”

刚认识时，我们常常在下班后一起坐地铁回家。她刚结束一段长期的宗教修行，肉身被严苛戒律与糟糕饮食摧残得不成人形。那时，我真的好心疼她，一个女人内在饱满的汁液感何时才能再养起来？

她问我，不知道自己该做什么，怎么办？

我说，想做什么，喜欢做什么，那就去做什么。

她说，跳舞。

然后，她就去跳舞了。她用了几年养活了自己的女性气质。

那个时候，我刚刚养出我内在的汁液，在我最自由绽放奔放火热的30岁。

就像我在《从伤痛中开出最美的花》书中写的，我接受自己身体很美这件事。

我不再抓住自己一个不完美，然后无限放大，攻击自己，全然不顾身体本身就已经是造物主的杰作了。

我常在一间黑暗的屋子里脱掉身上的所有衣服，跟随音乐慢慢起舞。让身体自己去舞动起来，也让身体里的生命力、情欲流淌起来。

我会在跳舞时，点很多蜡烛。蜡烛也是属于女人的，光芒微弱却温暖人心。烛光摇曳，轻轻舞动，仿佛就有一位女神真的从心底苏醒过来。

那样的汁液充盈我的肉身，给我带来某种韵味。

你知道吗?

当我说“女人的汁液”时，不是在说身体里的水分或胶原蛋白，也不是说她的女人味，而是所有所有这一切混合起来的，独属于女人的生命气息，如薄雾、如清风一般，流动在一个女人的里里外外，就好像在一间干净明亮的房间里若有若无的钢琴背景声，又好像在晨露中悄然绽放的花朵里那一缕芬芳。

我对她说：“我好久没跳舞了。”

她说：“人人具有的活水流淌的舞性，就在日常之中。冉冉，日常不该吞没我们，我们的身体那么美。你还会是那个性感女神。”

不忘自己欣赏自己

我的心，被触动了一下。

自从结婚，我好像有意无意把“性感”这个属性从我内在遗忘了。不被欣赏，于是我也忘记去欣赏自己。

我还是想跳舞。那样与身体在一起的快乐，在人间如何求到？

跳舞啊。

我打开一段音乐，在天色将黑的客厅里起舞。脚边，是许多支蜡烛。

我闭上眼睛，只看向自己的内在。

我的身体很僵硬，很多关节与肌肉在动作时，很痛。

我闭上眼睛去感受那些僵硬与痛楚，每一处都在向我诉说一个故事。

自从跟另一个人生活在一起，有另一双眼睛在，我就不好意思再跳舞了，我不自在了。我居然为这个原因不再跳舞。

我又想起来记忆里的一个画面。上幼儿园的时候，老师要排练一个六一儿童节的舞蹈节目，指定要从大班选小女孩。我装作不在意地远远看着，笑嘻嘻跟其他小伙伴说，跳舞好傻啊，我才不要跳。

可是，我知道，那个小女孩偷偷在心里，一直高举着右手，狂喊着：“选我，老师，我想跳舞，选我。我想跳舞。”

不再跳舞的日子，岁月像电影一幕一幕闪过。我知道，这4年，或许就是我必须拼命努力补上曾经缺失人生的4年，让事业从无到有的4年，从恋爱进入婚姻的4年，从天真无力的女孩转身成女人的4年。多多少少，我有点把自己单纯的快乐放在了比较后面的位置。

比起跳舞岁月里，从内向外流动的身体的喜悦，那种汁液充盈的感觉，这四年真的是辛苦。我要用很大的力量去开疆辟土。即使我不想走，宇宙也以一股巨大的能量推动我去这样做。

而到了某一个时刻，宇宙同样用巨大的能量告诉我——好了，你根基已稳，再去找回你内在的汁液吧，让外在与内在更完美的贴合。

接下来的每一天，我都会用僵硬与疼痛的身体跳舞。感谢它们，在诉说我这一段时光里的拼搏与艰辛。然后，我好像也有一些释怀了。这4年，生命的样貌或许可以更好，但是我在每一个当下真的尽力了。也不必怪谁，也不必怨自己，只是那段时间，我只有能力把日子过成那样而已。

此刻，还是回到我内心的河流，以一朵浪花的自由，活出自己。

烦恼时，书写。痛苦时，起舞。
这就是我让生命在流动中转化的方式，我之所以成为我的路途。
那个汁液饱满的你，那个流动的你，那个芬芳的你。
我在等你，以崭新的姿态，乘风而来。

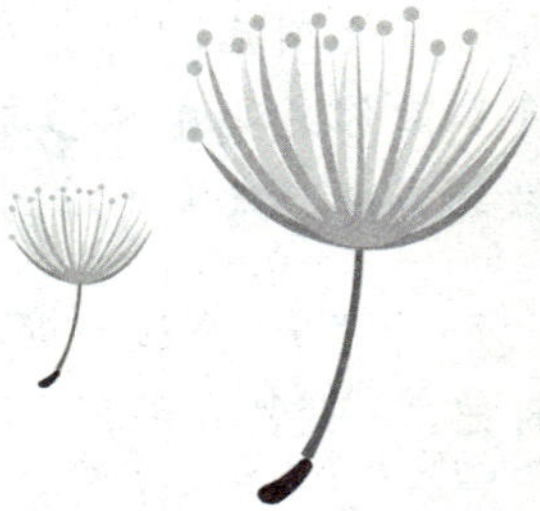

每一日每一日的“灵性书写”

2017年5月23日

“内在的声音，请你指点我眼下的事业盲点。”

“升高你的视野，从外太空看着地球上此刻的你。”

“我看到，她正被一团云雾遮掩着。那团云雾是因为她在很焦虑地想要把事情做好，所以她在挣扎，越挣扎，越被困住。”

“还记得巫师唐望的教诲吗？身为猎人，如果太执着于捉住猎物，他就反而会成为猎物。他只需要做好自己身体可以做的动作，让心思专注。”

“我记得。我懂了。”

“不需要讨好眼下的流行。潮流永远是今天流行这个，明天流行那个。”

“是的。前年大火了一阵子涂色游戏，去年大火了一阵子森女，今年又有今年的流行。”

“是潮流，就会有退流行的那一日，谁不是各领风骚三五年？做你灵魂真心想要做的事情。不分朝代，不分世纪，都可以做的事情。只需要回到你的灵魂。”

“书写，直接与神对话。像老祖母一样说故事，传承失落的女神秘密。跳舞，一直跳舞。”

“扎根！扎根！扎根！别人的路看起来再花团锦簇，也只属于TA。你走，只会觉得坎坷荆棘。而你的灵魂永远知道哪一条才是你的路。走你的路。一切丰盛，只在你的路途上等你。”

“我懂了。心安了。”

2017年7月2日

内在的声音，请指引我。

“孩子，去好好洗一个澡，更新你的气场能量，然后把自己打扮得美美的。

你最近的浮躁与怨气完全来自你对自己的不满。就像你从小时候开始，就讨厌自己‘不漂亮’，却无力终结‘不漂亮’；你讨厌‘不被爱’，你却无力终结‘不被爱’‘不受宠’的感觉；你讨厌‘没钱’，却对创造金钱常常陷入一筹莫展的窘境。

后来，你知晓了创造、显化出这一切的方法，却有时候能做到，有时候做不到，为什么？

因为缺少对自己的‘自控’，无法自律地去达成你所渴望的一切梦想，于是，人就会陷入悲观浮躁。

好日子，谁不会享受呢？碰到低潮、谷底的日子，如何才能让自己‘绝地反击’，这才是生命真正对每个世间灵魂的‘考验’。

持守你的美好。任何时刻都持守你的美好。

离头脑的江湖远一点，再远一点。

回到你的心灵，与你的灵魂一起，携手创造你想要的人世间的生活。那种体验才是你的灵魂真正想要经历的。”

与灵魂携手创造，对吗?

“是的。每个成功的人，表面上看都有各自的成功经验，但归根结底，他们却只做了一件事——那就是完全将灵魂的蓝图，将灵魂这一生的所有经验，不偏不倚，都显化出来。

你的灵魂好不容易赶上了这样一个好时代，可以让你自由地创造。你怎么可能放弃这个好机会？”

也是。

“不要对别人做了什么、不做什么而失望。

每个人都要去面对自己的‘渴望’与‘做到’之间的落差。能面对得了，就成事了。没面对，就陷入沮丧。

就这样。人世间一切‘活着’的故事，就是这样。”

我懂了。

“所以，去做你此时此刻想做的，并且，完完全全沉浸在其中。”

从“涣散”到“虔诚”，一种深刻的生活

傍晚，从瑜伽馆练习后回家的路上，天色阴沉，像是要下雨。

我感觉到一阵风吹过楼群，吹着月季花丛，吹过我的发丝。路两旁的树，初夏时节的树叶是那般碧绿、油嫩，它们在风中开始狂舞。风越来越大，我加快脚步，匆匆往家走。

心头浮现一个声音：“别急，别急，看这阵风会怎样变成雨。”我慢了下来，从涣散到虔诚。

这是我此生绝对不会遇见第二次的风，我要深刻地感受它、体验它、拥抱它。如此，它与我的一期一会才不至于是辜负。

顾城在诗里写道：“草在结它的种子，风在摇它的叶子，我们站着，不说话，就十分美好。”

终于，我真正地走在风中。

别被轻易带乱节奏

前几天，在工作室跟几位伙伴开会，大家给出很好的建议，关于如何让课程内容更加条分缕析，如何让渴望速成的现代人求“速”得“速”，如何让走在心性提升道路上的人也看到实在的物质利益……

这些很好的建议，是大众真实的心理诉求，我跟刀哥都在考虑如何系统化地实现它们。毕竟，心性成长与丰盛富足，两手都要抓，两手都要硬。

然而，我最近在思考的比这还要更深一点。我一直不愿意有丝毫的迎合，去回应这个时代的浅层需求，例如快速致富，快速改变命运，快速成名成家。于我，这是从未改变过的内心的坚持。

人们必须从沉溺在手机、购物、聚餐、看电视等物质感官追求的“涣散”状态，回到心灵内在的丰盛，以虔诚的态度来面对自己的生命，自己的身体，自己的情绪感受，自己的梦想，自己的每一次呼吸，每一次与人、与大自然、与天地万物的联结……我们，要去过一种最深刻的生活。

非常诚实地说，就算我自己，每隔一阵子也会有状态不太好的时候，我把它们叫作“涣散期”。相对于那些能感受到生命能量饱满、高昂，集中又笃定地活在自己灵魂中心的“虔诚期”，涣散期的来临，通常是因为我被自己的情绪感受和念头“逮”到了，被“我还不够好”“我不值得被爱”“我没资格成功”等木马程序感染了。以至于我不相信跟随自己内在的声音，能把自己带出这个困境，于是追着外面的声音跑。

在这样的时刻，我也特别想用手机来纾解压力，可是，每回看“朋友圈”也成了煎熬——为什么别人随随便便做点什么，分享一些什么，都看起来很容易成功，很多人追随？而我真心真意地想要分享如何实现生命深刻蜕变的路途，做起来却反而步履维艰。“到底是怎么回事，是我错了吗？”

表面看我是被别人带乱了节奏，其实是因为我先远离了自己的心灵，远离了灵魂中心。我迷失了，我跟自己无法联结。

绕不过去的功课

一个姑娘留言给我：“我这些年也上了很多课，可是内心的痛并没有得到多少缓解。一直不敢报名你的课，可是那天看你写的文章，我还是被深深触动。原来，一段过不去的情伤里，藏着我那么多的绝望。”

我回复：“我很好奇，你为什么不‘敢’报名我的课？”然后，她说出我猜测的那个答案：“我害怕，痛被撕裂。”

是的，我懂她所有的怕，这全都是人之常情，我也曾经这样想要绕过痛去成长。可是，这几年，听到太多这样的声音，我心里面也会动摇——怀疑自己是不是过于理想主义，怀疑自己是不是不食人间烟火，怀疑自己是不是出生在一个错误的年代？

这样的自我怀疑跟随了我好几年。现在，我越来越能对这样的自我怀疑保持觉知，我不想再被这些怀疑搞得能量涣散，一边做事，一边怀疑自己。《失落的致富经典》里说：“如果行动于当前，却置心思于未来，你就会分神，并减少行动的成效。把全部身心放在当前的行动中。”

我知道，这个人世间有许多已经准备好的灵魂，准备要走向那条通往深刻生命体验的道路，不怕痛，不怕苦，不怕百转千回。

与我同行的伙伴中，有一位四十多岁的男士，今年他始终在精进自己。有人问他，你为什么那么下功夫？

他回答说：“此生，希望有个结果。”

看到这句话，我热泪盈眶。愿我今生所做的，可以协助他们找到那条路。

“柑橘禅”

我同时在读两本书，一本是一行禅师的自传《活在此时此刻》，另一本是一行禅师所著《佛陀传》（原名《故道白云》）。仿佛拈花微笑，隔着时空，遇到知音。

许多年前，美国青年吉姆去拜见一行禅师，他想请禅师教他修习正念。一行禅师递给他一只柑橘。

吉姆收下了柑橘，但继续讲着许多自己参与的项目——他投身和平、社会公正等事业。他给柑橘剥皮，将橘子放入口中快速地咀嚼和吞咽，他一边吃，一边思考和交谈。

最后，一行禅师对他说：“吉姆，别说了！”吉姆愣住，看着禅师。

禅师说：“好好吃橘子吧。”

吉姆理解了，于是他不再讲话，而是慢慢地、正念地吃起来。他认真地把剩下的橘子剥开，闻它们的芬芳，每次将一瓣送入嘴里，感受着橘汁包裹着舌头的感觉。这样品尝柑橘需要好几分钟，但他知道他不需要匆匆忙忙。

一行禅师说：“这样吃着柑橘，你会发现柑橘变得真实，吃柑橘的人也变得真实，在这一刻，生命也变得真实。吃柑橘的目的是什么，只是为了吃柑橘而已。”

当你吃柑橘时，吃柑橘就是你生命中最重要的事情。人终于跟柑橘“活”在一起，这是最深刻的生命体验。我眼前手中正在做的事情，才是最重要的事情。

《佛陀传》里写道：“一个留心专注生活的人，永远知道自己在想什么、说什么和做什么。这样的人可以防止自己的思想、说话和行为令自己或别人受到伤害。孩子们，生活得留心专心，是要活在当下的一刻。你需要知道自己的身心有什么在发生着，又要同时察觉到自己环境中所发生的一切。你应该直接与生活接触。”

书中遥远的人，你们是我的知音啊。

我不是佛陀，我不是释一行，然而，我想做的事情跟他们一样，从来都一样。我今生想要分享给这个世界的，一直，从来，永远都将是生命解脱的心性提升的道路。我日渐清晰这一点，并有勇气承认这一点。

纸上的自我救赎

前几天，我从书架上找到一个厚厚的笔记本。2009~2010年期间，刚刚开始身心灵修行的我用它抄录书籍中的段落，记录瑜伽习练的心得，记录饮食生活习惯，写日记，灵性书写，记录第一次做疗愈个案的过程，记录第一次在静坐中看到前尘往事的全过程……是非常珍贵的第一手记录。

一页一页地翻过，我泪目。那上面记录了一个女孩子当年是如何在“灵魂暗夜”里，在泥泞的道路上深一脚、浅一脚地跋涉着，追问自己的心，追问灵魂究竟要何去何从，追问宇宙对我是否有安排。

当时的她，很痛，挣扎，迷惘，仿佛陷在轮回生生世世的执着大梦中，再怎么用力也醒不过来，在外面的世界无论如何也找不到拉她一把的力量时，无论是爱情和男人，还是上课追随的老师，都缓解不了她内在的困顿，她只好拿起一支笔，在纸上展开自我救赎。

2009年6月27日凌晨

睡不着的夜，闷热中寒冷的是身体，大姨妈越来越像是在惩罚我对身体的糟蹋。不正常饮食、作息，偏食，不忌生冷，喝含糖饮料，吃添加剂防腐剂精加工食物，也中断了瑜伽练习，于是，便秘、倦怠、体重增加、心情抑郁。是我造就了今日之我。

2009年7月27日06:09

“痛苦之身”被唤醒，后果就是：用情绪摧毁了自己。对已发生的事臣服；对内心的挣扎、不舍、留恋、观照。有一天，当情绪的波动影响不到我时，“痛苦之身”将失去存在的意义。静修不一定能解救我于水深火热之中，反而会逼迫我必须面对心中的“痛苦之身”，并与它共处。

2010年3月27日01:50

无论再怎样修行，我对爱情的重视是戒不掉的，或者可以说是成瘾的。爱对我来说，是多么重大的东西，没有爱，我不会幸福地活下去。对这个问题，我不要再纠结下去了，冉冉非要在爱里撞得遍体鳞伤才能蜕变，非要经过这些痛，只要不怕受伤，放胆去走吧！这样不一定会幸福，也不一定不幸福，就像成了一个在爱情上寡淡的女人，也并不一定就拥有可保一生幸福的证书。所以，冉冉不要怕。往下走，老天给什么，我就要什么。

2010年8月1日02:53

宇宙：感谢您一直给予我生命进展的空间，为我安排的每一门功课，以困难形式显现，却都是以教会我某种智慧为目的。经历过程中，虽有百般辛苦与无奈，我都有坚持下来并从中学到，点滴收获，聚合成今日之我。感恩您最好的安排。我知道这是我的人生，必要经我须经的种种磨砺。愿您继续给我爱与光，让我活出全新的生命面貌，不再被情绪控制，不再被不安驱使，不再感觉内心匮乏。我不再害怕，不再彷徨，不再自怨自艾，不再贬低自己，不再挑剔自己，我从来都是自性圆满的存在。我再也不认为自己“我还不够好，所以暂时还不配得，等我完美了，我才配得。”我从来都值得拥有世界上最美好的东西，我不私享，我愿分享。

进一步，退两步。进五步，退三步。总之，是在继续前行。

真正发生在心灵层面的改变，都缓慢，要用漫长的时间。这个过程今日依旧在继续。

她熬过了多少无助绝望的时刻，才终于在面对自己千疮百孔的真实之后，才长出一些力量和智慧。她从内在深刻地体验了多少书上所说的真理后，才终于渐渐能在自己的生活里一点点活出它们。她撕扯掉多少以“想爱”伪装的“索爱”的面具后，才终于窥见一点点什么叫作“我被宇宙无条件地爱着，我就是爱本身”，能活出一些爱与慈悲。

这样的笔记本，我有很多本。

生命深刻的美

如何活出生命的深刻，而不是涣散地、浅浅地浮于表面？

答案是，真正活在当下，从念头、情绪感受的牢笼中把自己解救出来。用身心灵全部的专注，投入体验生命的每一个瞬间。

当你可以全然地享受生命一个片刻接着一个片刻出现的喜悦和痛苦，不抗拒，臣服于所有的发生。

当你可以感受着身心在不同状态下展现的觉受，健康时好好体验健康，痛痒麻累袭来时，也有觉知地把呼吸带过去进行自我疗愈。

当你在说话时敢于凝视人们的眼睛，看进他们的灵魂里去。

当你在巨大的生老病死等课题袭来时，能守住内心的真理，体认到无常变动才是人间真相，好事会来会走，坏事亦会来来去去，而你会在经历它们之后，依旧在那里。

当你始终可以感知到你每一次呼吸，感受到每一阵风、每一朵花、每一颗水珠，你的内在将如同蔚蓝天空，倒映生命所有的发生。

可能你会说，这是多么理想化的状态啊，我做不到，我内心充满压力担忧恐惧。

可是，亲爱的，这才是修行的开始，不是吗？因为烦乱，因为纠结，因为痛苦，因为迷失，我们才真正想要走向那一条解脱心灵苦闷的道路。

生命深刻的美，在于愿意用慈悲之心，为自己解脱痛苦，并分享这解脱的道路。

不管此刻你在经历什么，父母重病卧床，伴侣心不在焉，自己情绪起伏无力，又或是家庭关系纷乱如麻，经济状况不好……这些，都是我们来练习“活在当下”的修行时刻。

而任何时刻，你都可以虔诚地把意识放在呼吸上，有意识地觉知你的呼吸。透过呼吸修行，是随时随地都可以做的修行。

当我们开始虔诚地对待快乐，也虔诚地对待痛苦时，心灵的转化就真正开始了。你终于能用慈悲、智慧、力量和关爱为自己也为其他人，送去清凉的疗愈之道。

真实 真理 真爱

今年，我把“女神的花园”心灵工作室的slogan改成了三个词：真实、真理、真爱。

真实：如果你的内在在哭，就不要硬挤出笑容。如果你为自己自豪，就不要夹起尾巴做人，此为你内外合一的真实。而生命更盛大的真实是需要我们知道，真正存在的只有“当下”这一刻，过去已过去，未来还未来。所有的疗愈只为将我们从过去的痛苦、未来的担忧中解脱出来，真正投身生命的这一刻，全然而深刻地活着。

真理：借用佛陀当年说的四法印，来代指世间一切真理。一切事物皆无常，变动才是宇宙唯一的“不变”（诸行无常）；一切情绪皆苦，无须贪恋快乐，也不需要抗拒痛苦（诸漏皆苦）；一切事物皆无自性，皆由各种因缘和合而生（诸法无我）；涅槃超越头脑中的任何概念，而在内在的寂静之处（涅槃寂静）。

真爱：宇宙的真爱，并非人所谓的爱情或执着贪爱，它如同宇宙的呼吸一般，遍布一切之内，它就是一切。你想要的无条件的爱，一直都在你之内，而非在外面。若你真的渴望在人间经营出一段你渴望已久的亲密关系（爱情或婚姻），经营一个爱意流动的温暖家庭，创造一个支持服务所有人共同成长的人生志业，请先让你自己活在爱里。想收获，先播种。

我很想用这三个词，去祝福所有人，都能活出自己心灵的真实，活出生命深刻的真理，活出灵魂的真爱。

在这个看起来越来越快速发展的时代，让我们不要忘记，你需要去活出一种不涣散、依旧虔诚的心灵生活。并且带着这样的品质去享受自由创造人生体验的每一个当下。虔诚工作，虔诚行走，虔诚饮食，虔诚谈判，虔诚化妆，虔诚静坐，虔诚书写，虔诚恋爱，虔诚谈论我们的心灵和梦想……

当我们真正敞开心，有勇气去过一种深刻的生活，生命的不可思议才会真正展开。恢宏、壮丽、丰富，远超你的想象。

现在，就从虔诚觉知你的呼吸开始，在内心找到安宁吧。

借我借我一双慧眼吧，把这人生之梦看清楚

都说“人生是梦”，那要如何醒来呢？要如何走出这一场梦呢？

首先，用你的慧眼去看一看，你此刻正沉睡在什么样的梦中。每个人的梦都不同：

有人，因为城乡差异，而睡在一个“我是农村孩子，我比不上城里孩子，我不是投胎小能手”的自卑梦中。

有人，因为长相被大人评判为“丑”，而睡在一个“我很丑我也不温柔才不会有人真心爱我”的卑微梦里。

有人，因为没有上过大学，而睡在了一个“我没有用”的自我否定梦里……

每个梦，都有它的时代地域大背景。

此刻，我们大部分人所处的这个国家与这个时代，平安富足无战乱无饥馑，身心灵的潮流开始涌动，是安顿心灵、灵魂觉醒的时机。

不是有一句话说嘛，人身难得今已得，佛法难闻今已闻。更重要的是，“华北之大还能安放下一张书桌”，让你来自我探索与觉醒。灵魂有机会在此醒来，有可能是你的灵魂用一万两千年的轮回才等来的觉醒时机。

这本身就是巨大的福报。

在梦中清醒地解梦

比如我，从爱情梦里过关之后，进入一个新的梦。

在这个梦里，我老公在创业，有一阵没什么收入，我要赚钱养家，于是变成一个契机，让我辞职，做自己的心灵工作室。打死我也没想到，我居然创业了。

创业的过程，总是伴随着真实的琐碎辛苦与疲惫，我也咆哮问过苍天：“为什么是我？为什么我不可以被老公养着？”

神说：“难道你还没演够仰男人鼻息的少奶奶戏份吗？你确定你还要在二十一世纪的今天，演一个男人一旦忘恩负义，就只能沦落街边卖鞋垫的怨妇吗？”

我不要。

原来，这个会让我体验到“辛苦”感觉的梦，同时也让我有机会体验“独立”“创造”“有力量”“女企业家”的戏份啊。这就是我在今生今世，可以伴随着如今这个时代浪潮所能经历和体验的啊。

如果时光倒退回战争年代，我必须要在炮弹炸起的烟尘中逃命，哪轮得到我烦心创业的难题？

如果时光倒退回清朝，我被锁在重重牌坊之后的深宅大院里，哪轮得到我为出国旅行办签证而恼火？

如果时光倒退回原始社会，我还在山洞里茹毛饮血呢，哪轮得到我为地铁太挤、开车路堵、手机没电、WiFi断网而怒发冲冠？

一边是朦胧懂得为什么会有这样的梦来磨砺我，一边又是发自肺腑的惯性恐惧。

所谓“烦恼”不在外面，都在里面

我先生有时候很不解，为什么我总是哭来哭去的，怕来怕去的，明明一切都好，明明你自己也很好。

只有我自己知道，不管是谈恋爱也好，结婚生子，成家立业，找到自己的天赋，赚钱也好，有些人做起来不费吹灰之力的小事，而我却都得深吸好几口气，硬着头皮，冲破烟锁重楼的“恐惧念头”之后，才能有勇气迈过去。

很多时候，我晓得，我说的话虽然真挚却也幼稚，常引得一些修行高深的朋友总想引用几句经典，来点拨我一下。

我不需要。

山里海里蹚过去的，才是自己的旅程。在地图上指指点点的，不作数。

一个字一个字，从自己人生的真实故事里，血肉模糊地领悟到的，才是自己的。“对着敌机狂练五笔字型”的，不作数。

我在灵魂里跋涉的速度真的可以算是蠕动，却终究是为自己做到了。

我自己知道，迈过去，就过关了。然后，再过下一关。

所谓的“烦恼”不在外面，都在里面。刺痛你的，是那些恼人的负面信念（木马程序），而不是外面的人事物。你要清醒地“熬”过那些信念的翻腾。

每一次长久的“熬”，哭几场以后，生命的水源就更加清澈透明。我一路都是这么过来的。

昨夜哭完，我在墙上的画板上，写了两个字——喜悦。

从这一刻开始，我要敞开面对的是生命无限的喜悦。

因为，我终于确信，我有资格活出自己的美丽优雅智慧富裕。今生往后，我可以来体验这个了。

曾经，我也问过“神”：“为什么有人在研究佛经研究这课程那课程，很高大上的样子，而我要傻乎乎一个生命故事一个生命故事的挖掘，我也想搞‘无痛觉醒’啊？”

“神”答：“那你打算把那些未竟故事带去下一世再了结吗？”

我闭嘴。

人可以表现出来对于过往早已云淡风轻，但痛不痛、了未了却在更高维度，早已记录在案，一切不由人脑说了算。

正所谓：人在做，天在看。

我的“离梦三问”

在真实的人生大梦里通关，我发展出自己的“离梦三问”分享给你们。

在每一个几乎又要迷失在现实梦境、迷失在自己念头里的时刻，我们一起来问问自己吧。

“如果眼下这个状况好比是我灵魂投射出的一个梦，供我来学习，我打开眼耳鼻舌身意去体验和经历了吗？我真的临在于这个当下了吗？还是闭上眼睛在逃在抓，导致这样的梦境重复出现？”

“当我愿意看见这个梦的更深层隐藏的功课，我可以看见自己一直活在哪个信念里？我要如何破掉这个信念？”

“如果我不想在以后的日子里继续持续这种模式的轮回，我可以如何重新回应这个当下的状况？”

最近4年，借着婚姻和创业的梦境，我陆续走出了这些念头翻腾成的梦境——

老天爷，你为什么总是害我？——这是我选择的历练。

为什么我命苦，不能找到一个有钱又爱我的老公？——我老公也在经历他的灵魂旅程。我们都是神的孩子，都备受宇宙恩典。

为什么我不能当少奶奶？——全然活出我灵魂的光芒，做自己的女神。

我不好意思赚钱。——喜悦创造金钱，喜悦分享金钱。

我害怕做灵性工作。——无论如何，无论再被怎样对待，我都会回到“神”的怀抱。

我一个年轻女性，没资格当老师。——我用灵魂来分享。

越走下来，越发现——那些烦恼，何曾来自现实啊，都在自己的念头里。真真都是一“念”障目啊。

把那个念头拿掉，当下安然，当下丰盛，当下具足。

这个功课也好，那个功课也好，人间那点事，不过就是恐惧孤独寂寞冷，人际关系、爱恨情仇、事业、财富、健康等等。

万境皆心镜。所有的际遇不过是让我们借境修心而已。

各位灵魂家人能今生过关的，何必留待下辈子？今生甚好。今生万事俱备，只欠东风。

心灵笔记：

第五章

把『生命故事』活进生活

在不同场景中，
活出『生命故事疗愈』的品质与心法。

练就好好回应人的能力

那天，我在一个平台上分享微课，一个感觉很年轻的姑娘发问："老师，一个人如果告诉我，她今天很倒霉，我的回应常常是，你活该。我说话为什么没人爱听？我为什么总是能把天聊死招人烦？我为什么不能温柔地回应别人？"

我回答："或许是你从小也没有尝到过被人好好'回应'的滋味，于是你给不出。先从温柔地对自己说话，练习起来。有练习，才有改变；先愿给自己，才能给别人。"

回应，说到底，就是好好说话的能力，是好好爱人的能力。

"生命故事疗愈"继承了后现代叙事疗法"说故事，听故事，回应故事"的精髓。

在一个故事被说出，然后被听到之后，会有所谓的"回应"，指的是：用心的力量，也就是用你全部的生命去好好回应对方说出的一些故事、一些感受、一些心情。

最通俗的理解：回应，就是能让聊天进行到底。但，那又完全不是为了聊天而聊天的功利心。

好回应，并不是所谓"金句"的概念，而是当你用生命去聆听眼前的一个人时，发自内在深处所给出的真实回应。"深呼吸，让你的心里面有空间，装下眼前的整个人。"

我每次都在工作坊告诉我们的学员，先看见整个人，然后才开口说话。回应，常常是先珍惜了一个人的"心情"与"感受"，然后再说别的。

你可以给建议，也可以给指点，但必须有心与心在一起，并肩而坐的深度联结，才能说那些。

同理了说话人的心情；
接住了故事主人的情绪；
看见了这个故事里里外外更多的面向；
发掘到生命深处的灵光。

于是，

一听，就听到了内心深处去；
一看，就看见了整个人；
一说，就说到了心中一直在等待的那句话；
一谈，生命就彼此交融在一起。

其实，学习“故事疗愈”，就是觉察如何在生活里好好用说话这个最简单的方式去做出“回应”，让关系发生改变。

无论是跟自己的关系，还是跟他人的关系，还是与社会、大自然、宇宙的关系，你要活出你想要的生命体验。

这些年，我像集邮一样，收集了许多触动我情感的好回应，在生活里，在课堂上，在书里面，在电影中，甚至是娱乐节目里……

01

扎扎的父亲：“你们都知道的，我家去年盖房，拖拉机侧翻，死了两个人，赔了二十多万元，都要我去负担。我爷爷活着的时候没做过坏事，我父亲也没有做过坏事，为什么我这么倒霉？”

尼玛扎堆：“你们家发生的事情在很多人家都会发生。但是，你们3个人能一起出来朝圣，为亡者祈福，为众生的幸福祈福，这是很好的。”

——电影《冈仁波齐》

冉冉说：与其无力安慰，“你真的很倒霉催的”，不如直面现实——发生了就是发生了。好回应，也不用笼统概括性的话语给对方，如“你们都很善良”。而是给出对方具体的行动、事例，“朝圣”“祈福”，于是，就说到人的心坎儿上。

02

女儿：“对不起，帕丁顿，我在学校装成不认识你。你知道的，我刚转学去那里，我怕被同学们当成怪咖。”

帕丁顿熊：“嗯，刚到一个新地方，总是很不容易。”

——电影《帕丁顿熊》

冉冉说：对，我身处过你那个位置，或假设我身处你那个位置，或许也是同样的反应，能体会你的“不容易”，才有人与人之间的懂得。

03

深夜，返回位于半山腰的家。黄磊一直举着灯，照亮女儿多多上山的路。他一边走，一边喘着粗气，说：“我希望再活六十年，这样就可以一直在多妹身后为她举着灯。”

——《爸爸去哪儿》第二季

冉冉说：让孩子觉得被爱、被守护的话语，永远也不嫌多。给孩子坚实的安全感。永远，永远不要对孩子说“你再不听话，我就不要你了”这种话。你可知，那就是孩子害怕被抛弃的起源，那就是可能会伴随孩子一生的“伤口”。

04

宁波很好奇，母亲居然对宁波小姨中年陷入热恋的事情不置可否。

宁波的母亲说：“她的事我凭什么有意见？每个日子都靠她肉身逐分逐秒，一步一步捱过，冷暖自知，谁有资格批评她？”

——亦舒《灯火阑珊处》

冉冉说：厉害了，我的师太。

05

伊能静一把鼻涕一把泪地向秦昊讲述自己童年过得有多辛苦，长大后有多么不顺利，负面新闻又多。

秦昊（温情而坚决）回答：“我可以陪你去找一个心理医生。我是要找老婆，不是来给你当心理医生的。不要这样指望我。”

伊能静突然就从自怨自艾的情绪中清醒过来。

——综艺节目《饭局的诱惑》

冉冉说：亲密关系中，最少得有一个人，对于“界限”这件事是清晰的。鼓励男同胞们，对于身边女人的小情小绪同理、关怀，却不过分宠溺。当然，也鼓励女同胞成为情绪、情感、精神、经济都自给自足的存在体。

宠溺，是父亲对女儿的，不该是成年男女之间的。每个人的情绪，真的只能由自己去负责。

要知道，别人即便给了再多的同理心，最终要面对那些情绪、穿越内心恐惧的人，还是你自己。

06

黑人女佣康斯坦丁：“孩子，你为什么一个人躲在这里？”

女孩：“没有人邀请我跳舞，我不敢告诉我妈妈。”

康斯坦丁：“没关系的，谁还没有一点小秘密，是不是？”

女孩：“所有的男孩都觉得我很丑。我妈妈可是当年南卡罗来纳的一枝花。”

康斯坦丁：“我看你还是不要难过了，否则那就是真丑了。只有内心不健康才叫丑，那些尖酸刻薄的男孩才叫丑。可你跟他们不一样，不是吗？”

女孩摇头。

康斯坦丁继续说："你跟他们不一样。亲爱的。"

她牵起姑娘的手，看着姑娘的眼睛：

"每一天，每一天早晨醒来，发现自己还没死在地板上，依旧健健康康的，就要下决心，你就这么问自己——我到底该不该相信那些傻瓜对我说的那些无聊话？听见我说的了吗？我今天到底要不要相信那些傻瓜对我说的话？"

女孩点头。

康斯坦丁："再说你妈妈，她没有支配生活，她被生活支配了。可是你，你将来肯定会有大作为。你就等着瞧吧。"

女孩笑了。

康斯坦丁："走，跟我回家吧，舞会还没结束呢。"

——电影《相助》

冉冉说：年长者所活过的人生，如果能化作阅历、智慧，分享给年轻人，那才是棒棒哒。在一个孩子面对世界之初，让她有能力跟随自己的心，"重新定义"一般人所说的那些概念，这个年轻的生命就有了更多自主权。

07

家住云南泸沽湖畔的大叔说："家里穷，没什么东西，这是家里自己种的。"然后，我们一边吃核桃一边聊。

我："有孩子吗？"

大叔："有，一个，在外头读高中。"

我："喔！有栽培。"

大叔："很苦，孩子读一年的学费，我们得工作好几年，这山里头讨生活，太不容易了！"

那天，我在大叔家里坐了快二十分钟，离开的时候，背包里硬是被大叔塞进了一大包核桃。还记得我那天骑车上路时很想哭，大叔家穷，但一点都没有因此减损他爱人的能力。

那天，看起来资源少少的大叔，是款待者，是赞助者。

——黄锦敦《生命才是最值得去的地方：当叙事疗法遇到旅行》

冉冉说：读到此处，“有栽培”3个字，几乎让我拍腿叫好——怎么有人可以这么深地去理解一个人的人生处境，并看到他的努力、他的心愿呢？

08

一位学员站起来分享自己的自由书写段落：“……我感觉自己像是强壮的海鸥，在蓝天与大海里自由自在地飞……”

周志建老师回应：“我在猜，这只海鸥今天能飞得这么自由，一定经历了许多不容易，是吗？”

学员的眼泪一下就奔涌而出。

——2014年在周志建老师工作坊上的见闻

冉冉说：这是让我永远记忆鲜明的好回应。

09

小学中学，记不得有多少回，我因为爱讲话而被老师打嘴巴。老师总是一边打一边骂：“这么爱讲话，这么不守规矩！”

我的脸颊被打得刺痛，那时，我总是一次一次跟自己说：“我很会讲话，我讲话很顺畅，有一天，我会变成国际级的讲师。”

——哈克《陪一颗心长大：两位心理咨询师爸爸的育儿手记》

冉冉说：全世界都可以否定你、评判你，而你，务必很尊重、很尊重自己。这是真正的自重。请，慎选你对自己说话时所使用的语言。荣耀自己，把自己当回事。这样，你也就不会轻易去贬损别人。

10

那一天，在幼儿园的摩托车停车场，一脚跨上摩托车的我，巧遇这个我想念的小女孩的爸爸妈妈。

我关心地问：“你们女儿上小学一年级，学校规定比较多，她还好吗？”

小女孩的妈妈说：“呵呵，她神经很大条，所以好像还蛮好的。”

停了一下，我诚恳地看着小女孩妈妈的眼睛，真心地说：“我们做心理咨商治疗的，发现啊，神经很大条的孩子长大以后，纯真的饱满度是最高的。而且啊，纯真饱满度高的孩子，能够专心地享受一件事，不太能同时做好多件事，但是，可以完完全全地爱一个人，喜欢一种食物，享受一个角落……”

小女孩的妈妈听了，瞬间红了眼眶，在秋天傍晚很凉的风里。我带着爱，继续看着摩托车上的小女孩的爸爸和妈妈说：“你们两个，一定也有一个，到现在纯真饱满度还很高！不然，养不出这么可爱的孩子。”

小女孩的爸爸。笑笑地指着摩托车后座的妈妈说：“就是她啦，她真的一次只能做一件事。”

——哈克《陪一颗心长大：两位心理咨询师爸爸的育儿手记》

冉冉说：独特性，就是宇宙给你的天赋。慢慢练习，用你自己的方式来诠释它。每一种独特性都有它“有利的一面”，以及“令你困惑的一面”。而你，就是这样完整。

11

“你们夫妻携手闯天下的样子，真好看。”

——黄锦敦回复给冉冉的手机短信

冉冉说：2016年1月，我们夫妇去台湾旅行兼上课。我们一路甜蜜也一路吵架，宝岛各处都留下我们吵架的身影。

然后，锦敦的这个“看见”，也让我看见，刀哥跟我，已经是多么难得的一对神仙眷侣了啊。这个发现让我变得很幸福，也对这段关系笃定了许多。

12

“面对你时常突然爆发的情绪，我也很委屈。但是，我愿意，深呼吸，撑大内在的空间，不放弃，继续给爱。”

——刀哥发给冉冉的手机短信

冉冉说：某天，在冉冉大发脾气，对刀哥实施微信轰炸之际,外出工作的刀哥果断拉黑了冉冉。稍后，才给冉冉发了一条短信。这一句话，让冉冉内在的空间也被撑开了。战火于是平息。

13

“老公，我在这里。我陪着你。”

——冉冉给刀哥的微信

冉冉说：有一次，刀哥出门见“故人”，相谈不欢。他心情不爽，打电话回来，找个借口，就开始训斥我。我也不愿意听啊，果断挂断电话。后面，我发了这样一条微信。几秒钟之后，刀哥回复：“对不起，朝你撒气了。”

哇，我们夫妻越来越会使用一句好回应，来撑住关系里的断裂时刻。真的，亲密关系不怕吵架的。好好回应一个人，即使吵架了。但是，我们也不是天生就会的，靠这些年对于生命故事疗愈不断地学习与练习。

临在养育：送你一个“宇宙育儿袋”

作为一名疗愈者，当年我走上身心灵探索、觉醒道路的内在动力，就是想搞明白——我为什么不快乐？我为什么总活得昏昏沉沉的？

经过一番奋斗，看似拥有了别人会羡慕的生活，但心里就是有一种挥之不去的昏沉，伴随着我的每一天，做什么事都感受不到快乐；做出什么成绩也不觉得自己足够好；在哪里都觉得自己是个没有容身之所的外人……

对，我知道，我的心很不快乐。我也知道，我很不甘心：这一生所为何来？总不会是为了活“这一副不死不活的样子”才来的吧？于是，我才出发，向内心寻找答案。

待我找到一个答案，我站出来分享，希望给更多曾如我一般迷惘的人一个方向的指引。如今，许多灵魂走向我，也带着同样的课题：“我生活一切都好好的，怎么忽然就抑郁了呢？我为什么不快乐？我为什么感觉不到爱？我的命运为什么是这样的？”

于是，我们一起，向生命的深处寻找属于自己的答案。

当我见过越多的生命样本，那个答案越呼之欲出：本以为是“命运不济”，实则是童年时期太多的“创伤”仍在。

童年“创伤”几何？

童年时期，是一个概括说法。在我看来，它大约可计算为，从在母亲子宫里的胚胎时期，一直到13岁，是一个小生命从孕育、成长直到心智基本成熟的时间段。

所谓“创伤”，可以是指：

童年经历了与父母的分别，没有在父母身边长大；
被重男轻女的父母嫌弃；
过早体会到生死离别的绝望；
曾被父母或主要养育者实施肢体或语言暴力；
被强暴或性侵过；
遭遇过同辈的霸凌；
家庭环境动荡或贫困……

其实，还有一种重要的隐形创伤，那就是，童年时期爱的“奶水”不足。之所以说它是隐形创伤，是因为它很容易被一些我们习以为常的认知“合理化”，比如：

“我从小就在父母身边长大啊，一步都没离开过，按理我不缺爱啊。”

“我爸妈其实很爱我，从来没打过我骂过我。”

“我爸妈把所有最好的东西都给了我，我在物质上从未缺乏过。”

而我要说，养大一个孩子：

提供衣食住行，解决的是基本的温饱问题；

提供教育机会，解决的是孩子认知提升的可能性；

而给出一颗童心所需要的心灵养分，才是养出拥有自我感、幸福感、价值感的孩子的关键。

电影《把爱传出去》（Pay it Forward），有一段很触动我的对话。小主人公崔佛的妈妈爱琳，一直被崔佛的父亲家暴。她一次次地选择原谅，让这个男人回来，结果却是令他有机会重复施暴。崔佛的老师，也是爱琳的现任男友尤金，质问她：“为什么总是心怀侥幸，不肯认清现实？”

爱琳辩解说："他只在酒后打我，从来没有动过崔佛一根手指头。"

痛苦万分的尤金，讲出了他曾经在16岁时，被酗酒、家暴的父亲浇上汽油差点烧死的伤痛往事。但爱琳依旧坚持说："他不会这样对待崔佛的。他从来没有伤害过崔佛。"

尤金对她说："他不需要动手去伤害崔佛。他只要不爱崔佛，就已经足够伤了。"

是啊，一个孩子感受不到父母的爱，就已经足够伤了。一个孩子感受到父母不期待TA的降生，就已经足够伤了。一个孩子不能被父母看见TA本来的样子，就已经足够伤了。还需要多做什么吗？

临在养育五法

电影《神偷奶爸》（Despicable Me，又译《无耻的我》），主人公是自诩为宇宙第一大坏蛋的格鲁。他只对做坏事感兴趣，简直是越堕落越快乐……

他的新计划是盗走月亮，这是他最大的梦想。然而，在这个坏男人的心底深处，为何会对月亮有这么大的"心结"呢？你觉得，格鲁内在的小男孩，在对母亲呼唤着什么呢？

请看见我，妈妈。

请看见我。

亲爱的朋友，对于一个幼小的生命来说，维持生理上的"活下去"需要的是奶水，而养大心灵，需要的是无形的"奶水"。

透过这些年疗愈我自己的内在小孩，以及带领学生、个案的经验总结，我总结出这些心灵深层的需求，它们超越种族、性别、年龄，是每一个灵魂都需要的爱的"奶水"，尤其是孩童。

临在，在宁静中同在，深度的灵魂联结感。

看见，眼神长久的凝视，完完整整看见孩子本来的样子。

聆听，听孩子的故事，听孩子心里真正想表达的。

拥抱，长久的身体的接触，有体温的交融、肌肤的触碰。

悦纳，欢迎孩子的到来，接受孩子生命成长的自然节奏。

我称其为：“临在养育”五法。

所有“赞美我”“欣赏我”“宠爱我”“满足我”的需求，通通都是一个孩子得不到父母“临在养育”的状况下，所衍生出来的替代性需求。那些心灵缺乏“奶水”的孩子，有很大的概率出现行为偏差、抑郁、躁狂等心理症状，对食物、网络游戏、恋爱、性、购物等上瘾的症状。

每一个“坏孩子”，很可能都是心灵没有被爱够的“可怜”孩子。

如今这个时代，针对孩童心灵的养育方式渐渐获得认同。用爱养育孩子的心灵，不仅仅是为了各自的小家庭，更是每个人都可以对人类做出的贡献。

当我亲身见证许许多多个案“伤在童年”的故事后，越来越为这样的趋势感到振奋。

唯有开始生长出觉知的父母，才能在临在中用爱养育出内心生命能量饱满的孩子。而这样的孩子才有可能在未来世界创造出由内而外的爱与和谐，人类的共同前途才真的有可能发生质变。

爱孩子的同时也爱自己

而对于我们这些已经不可能再重回童年的成人要怎么办？难道童年时期缺失的爱的奶水，就只能永远留一个空洞了吗？

不是的，亲爱的，补足童年爱的缺失是有办法的。请坚信，你可以用爱再次养大你自己的内在小孩，把自己养得好好的。

你可以常常跟你的内在小孩说话：

“我知道，你很想要很多很多的爱，你需要很多很多的爱。

你的父母，出于他们自己的各种原因，没有给到你全然、临在、有联结的爱与陪伴，那不是你的错，不是你不够好，不是你不值得被爱。

只是因为，他们也没有被他们的父母全然爱过，他们内在也有一个没被爱够的内在小孩。

所以，请你停止自我攻击，停止怨恨，好好爱自己，亲自爱自己吧。

这是每个灵魂都需要在人间靠自己修行的功课。

你自己有的，才能给别人。

愿你成为爱，滋养自己，也将爱辐射出去。”

向动物学习

如果去看《动物世界》，或许你会发现——其实，人类的婴儿很像袋鼠、熊猫，都是在还没有发育完全的情况下就被分娩到世间了。

别看人类的新生婴儿比刚刚出生的小袋鼠（一粒花生米大小）、熊猫幼崽（一根手指大小）体形大很多，但是，TA的生存能力还未完全长出来，不能像其他大部分哺乳动物一样，生下来一会儿，就能行走、奔跑、觅食了。人类的小孩出生很久后才能学会走路、说话，更别提自主觅食、躲避危险了，一切都仰赖于父母及其他人的养育。

熊猫宝宝要在母亲怀抱里生活许久，而袋鼠幼崽也会在妈妈的“育儿袋”里继续成长很久，直到完全长大，可以出袋独立生活。

袋鼠妈妈的育儿袋，除了提供奶水，更提供了很多很多的温暖与安全感。

据新闻报道，哥伦比亚科学家曾在《英国医学杂志》上发表文章称，一些发展中国家多年来一直使用的照顾早产儿的“袋鼠育儿法”值得在全世界推广。

全世界每年大约有2000万早产儿出生，经济发达国家的医院在照顾这些自身不能调节体温的婴儿时，多是将他们放置在保育箱中。但是，1978年哥伦比亚新生儿猛增，该国医生因此发明了一种为早产儿保温的新方法，即模仿袋鼠妈妈育儿的方式。

在实施这种“袋鼠育儿法”时，新生的早产儿全天24小时要与母亲或父亲“心贴心”。只穿着“尿不湿”，戴一顶小帽子的婴儿，紧贴在父母赤裸的前胸，用特制的吊带或者旧衣服固定住。

英国诺丁汉大学新生儿专家尼尔·马洛说，“袋鼠育儿法”能巩固父母与孩子之间的亲情，而且可以改善母乳喂养的效果并缩短住院时间。他说：“这种方法，能够消除早产儿给母亲带来的恐慌，可以使母子建立健康的关系。”

其实，不仅仅是早产儿，所有的孩子在童年时代都值得被放置于父母“临在养育”五法的育儿袋中，在爱中浸泡着长大。

给自己一个育儿袋

前面说过，我常常会感觉到一种活不下去的“昏沉感”，直到现在，这种感觉还是会经常出现——明明一切都很好，可还是会被铺天盖地的沮丧、无力、昏沉所笼罩。

最近，听母亲讲了很多她当年怀我时的故事，对这个昏沉，我渐渐有了头绪。一次冥想中，我看见胚胎期所留下的创伤。

我看见，那时，父母并未做好准备迎接我的到来。在迎接一个小生命到来之际，迫于时代、环境、认知的局限，他们的心情并不明亮。我的母亲也曾经有“不要这个孩子”的想法和举

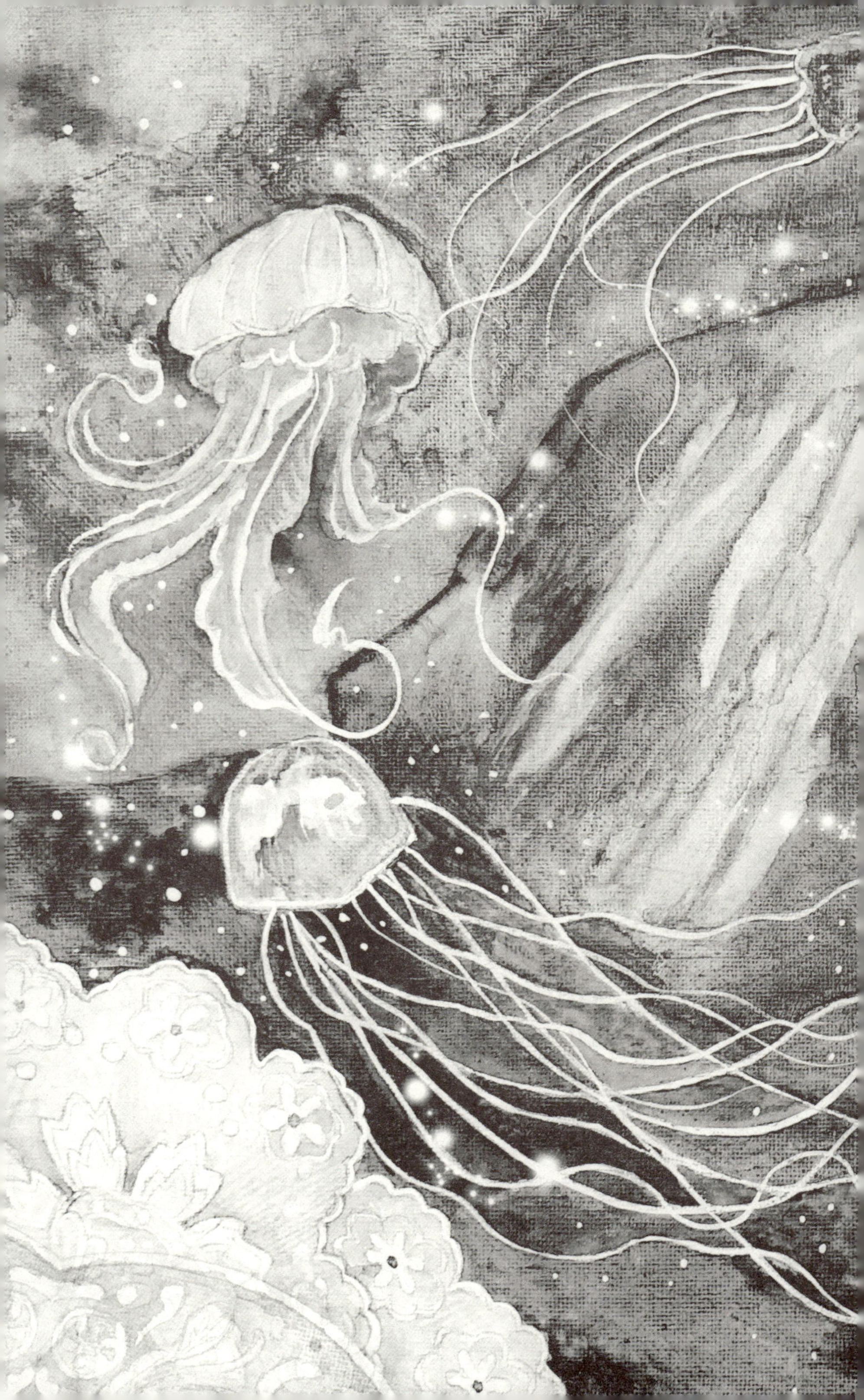

动。当时，我在母亲子宫中，透过脐带所感知到来自母亲的能量，就是一种浑浊、昏沉的感觉。而来自父亲的能量，也是茫然不知所措的感觉。透过脐带，我不断把来自父母生命中的困顿吸收了进来。

这时，我才明白——不是我故意要“想很多”，故意要把自己弄得“情绪低落”。这种感觉，是从我今生生命最初的阶段就被留存下来的。而且，它也根本不属于我。

在后来的冥想中，我接收到一个自我疗愈的方法——宇宙育儿袋。

我自己做了一段时间之后，发现非常非常有效果，内在小孩安宁许多，周身也能感受到爱与被爱的宁静感、饱满感。

于是，我用心整理、录制出来，分享给有需要的朋友。

如果，你的内心也有一个童年因为爱缺失而留下的空洞，请聆听这段录音，完成自我疗愈。让你的身心灵有机会再一次重新进入“宇宙育儿袋”，在爱中再度生长。

如果，你发现，你的小孩也在长大的过程中出现了“没被爱够”的状况，你也可以邀请TA一起来聆听。这样的自我疗愈，越早进行，对生命来说越是幸事。

但是，也温柔提醒你，不要寄望于一次两次就可以完全改善你的心灵状况，请给自己耐心，也给生命时间，来重整你的心灵能量。

如果有需要，请用你的一生来好好爱你自己。

扫描二维码聆听

轻演讲：如何面对公众真诚表达你自己？

“轻演讲”，是一个我自创的词。

模仿soft drink（指的是不含酒精的饮料），soft speech轻演讲，指的是没有那么正式、商务或大规模的演讲，不是政治演说、商业演讲、公开演讲，而是发生在日常生活中，在所有需要你面对别人，以轻松、真诚、笃定、敞开、自然、有条理的态度和方式，去表达你自己的小型演讲。

轻演讲可以运用的场合，包括：需要你进行自我介绍的任何场合，课堂上做陈述报告，在职场的会议上发表自己的观点意见，带领读书会、沙龙、工作坊做开场，乃至受邀去进行一场小型的公开演讲。

透过轻演讲的形式，你向周围的人展现真实的自己，传递生命故事与态度，以建立联结，被记忆，传递价值。

随着社会发展，还有想把自己藏起来的举动太傻了。能在社交场合、意见汇聚地、演讲舞台上自然展现自己的所思所想、聪明才智、有趣的人生经验会越来越平常。

演讲是一个后天刻意训练出来的能力，它对天赋的依赖程度并不如我们想象中那么大。不存在“谁就是天生会演讲”这回事，从马丁·路德·金，到斯蒂夫·乔布斯，再到马云，他们每一次公开演讲的背后都站着一支队伍，从讲稿撰写人、演讲教练到PPT制作者等。当然，他们本人也是下了很大的功夫去练习演讲，学习技巧，增加实战经验的。如果你练习到那样的程度，你也可以做到。

如何进行一个真诚又不失趣味的自我介绍

如果是面对面的交流，在没有名片，没有书面资料的情况下：

首先，请拼出你的名字。因为有大量同音（或不同声调）不同字的汉字存在，例如“张”“章”，“王”“汪”“望”，“然”“冉”“染”“苒”，“覃”“勤”。

所以，在自我介绍时，请准备拼出你的姓名中的每个字，帮助对方记忆。“冉，冉冉升起的冉”。

再比如更高段的，柴静当年在湖南一家电台主持深夜节目。她的自我介绍时“大家好，我是柴静。火柴的柴，安静的静。”创造了一种诗意的联想。

其次，为了让你的名字被记住，讲出一个简短的故事。

例如：我的名字是马冉冉，因为我出生在夏天的清晨，所以我的奶奶说，太阳冉冉升起，就叫冉冉吧。这个名字中，透露着我性格中的温暖和热情。我想在人群中成为小太阳一般的存在。

《三联生活周刊》的主笔王小峰，他的书面自我介绍是这样写的：“中国众多复姓‘王小’的人的其中一个。”

再次，勾连现场元素。

临在，根据你所在的那个场域、人员以及能量，找到相关性、相连性，自然勾连起来一些元素，组织你的自我介绍。

例如，你被邀请参加冉冉老师组织的活动，你可以很自然地讲出你跟冉冉老师的渊源，以及你为什么在这里分享的原因。

你被邀请去参加一个都是“教师”参与的会议上做分享，那你就可以讲一个你曾经与老师之间发生的温暖动人的故事。记得，千万不要讲一个你多么痛恨老师的故事。不要上来就用一个猛料去轰炸对方，一旦引发反感，听众对你的心门就将永远关闭。

你被邀请去山东讲课时，就说说你的好朋友里很多山东人，以及他们身上让你敬佩的特质。

最后，在一对一交谈的情况下，在非常简洁明确地介绍过你自己之后，记得把对话的“球”抛给对方，不要滔滔不绝只谈论自己。

我遇到过一个例子，在一个活动的间隙，一个因迟到而错过自我介绍环节的年轻姑娘挨个人递名片、介绍她自己，说她为什么来这个活动。当时，我的感觉有两个：一个是我累了，我想休息了；一个是我对你是谁，不太感兴趣。我只是出于礼貌收下她的名片而已。那么，这样的自我介绍就无效。

如果可以的话，她可以这样说：“您好，我是＊＊＊，我刚才来晚了，没有听到你们的自我介绍。请教您叫什么名字，您是做什么行业的？”每个人都很自恋，很喜欢被关注的，既然你对我好奇，那我就一定会愿意跟你多聊一些。

再从对方的回答里找到一些亮点，继续发问：“哇，好棒哦，原来你是做出境旅游的，我的梦想就是环球旅行呢。”对话就可以轻松进行。这时，再适时介绍你自己，递上名片。

双向的联结就建立起来了。

轻演讲的重要组成部分

01. 关于问候

中国人习惯先问好，然后自报家门。

可是，目前世界上很多的公开演讲和商业演讲，例如TED，是不需要问候“大家好”和自我介绍的。

因为演讲人的背景资料不是投影到屏幕上，就是已经把资料发到每个听众手里了。所以，请留意现场，如果你的名字已经大大地放在身后，就别再一个字一个字拼出了。

02. 从何讲起

千万别从盘古开天辟地讲起。“后现代叙事疗法是20世纪90年代，由澳大利亚心理学家和实践者迈克·怀特创立的。叙事疗法强调去专家化、去病理化、去中心化……”

用一个具体的故事场景开头：

在一列拥挤不堪的火车上，一对母子挨在一起。忽然，孩子很紧张地凑到母亲身边，天真无邪地说道：“妈妈，那边那个人是不是疯子？”

母亲顺着孩子的眼神望过去，在过道旁边，坐着一个衣着褴褛的男子，乱蓬蓬的头发遮住了眼睛，他看起来很惆怅，一口一口喝着手里的酒。他大约也听到了小孩子的童言无忌，有点窘迫。

母亲伸手搂住了孩子的肩膀，一边看着那位男子，一边对孩子很温柔地说：“我想，他可能只是在为一些事情伤心难过吧。”

那位男子听到这句话，愣住了。

到了下一站，男子就下车了。他们三个人再也没有见到过。

很久很久以后，这个男人这样描述火车上的这段萍水相逢。那时的他，因为孩子夭折而深陷悲伤，无心工作，因此被老板辞退了。妻子也因为他的消极，不堪忍受，选择离开他。他借酒消愁了很多日子。直到一个朋友邀请他换一个环境，去另一个城市生活。就是在那趟火车上，那位陌生女子的一句话，让他觉得他受伤的心被深深地同理到，好像终于被看见了。他好好哭了一场，下定决心戒酒，投入新的工作，生活终于又好起来了。一个人，会因为被深深地看见，而重新鼓起生活的勇气。

后现代叙事疗法，就是用这样的同理心去看见一个生命所有的挣扎与不屈，来进行疗愈工作的……

03. 结构

写作文时“虎头、猪肚、豹尾”（总分总）的简单结构方式，在轻演讲中依然奏效。但它不是唯一的结构模式。多看、多听、多学习，看看别的演讲者采取了什么可供借鉴的结构：以故事开头，以设问开头，以一段小视频开始，以一张照片开始……

重要的是，一次轻演讲千万不要平铺直叙、面面俱到。把你想要表达的拆成开头、主体、结尾几个部分，有主有次，有详有略。

我们生来就爱听故事。所有你想传递的要点，请用故事作为最重要的支撑，不要空说概念。根据你要分享的时间，安排两三个故事段落，真情讲述，用故事辅助人们理解、共鸣、记忆。

故事之外，概念、具体实例、数据、哲学观等“硬货”也要有。演讲也要传递思想和价值的。但是，切记不要干巴巴地给，听众光靠听是啃不动这样的硬骨头，与故事互动起来，与PPT等搭配起来。

04. 关于演讲忘词

原文照背的演讲，就容易造成车祸现场。你要无比熟悉你的演讲稿（结构大纲、内在逻辑、关键词），但最好别全文背诵，不然一旦哪里卡壳，就很容易整段垮掉。

你要相信，你是一个临在于当下、随时能接通宇宙“天线”的创造者。

在设计你的轻演讲结构时，请参考新闻消息写作里的“倒金字塔写法”。

这种结构，最开始是记者为了适应第一次世界大战期间不太成熟的电报技术。因为电报时断时续，不知道会在什么时候断掉，所以记者不能按部就班一点点慢慢说。于是，他就先在开头写一段简短的导语，确保把所有的重要信息传递出去，包括时间when、地点where、人物who、事件what、原因why的五个W。然后，第二段给次重要的信息；第三段信息重要程度再次之……以此类推。

如果都能发出去当然好，但万一断线，最重要的信息已经给出去了。等再度连线时，再给更多辅助性信息就好了。抢新闻第一落点，而不纠结于是否报道完整。

报社编辑和读者其实根本不知道记者原稿写了什么。你传回来什么，就是什么。作为讲者的你也是一样！

进行轻演讲时，你万一忘词（整段垮掉），也不要紧。听众根本不知道你原本要讲什么。一切操之在你，忘了的就先不讲，先发挥你记得的。等你想起来之后，再巧妙地把它补充回来，或提都不提。他们只会感觉到你的自信与挥洒自如，所以你忘词这件事自己知道就好啦。

不要自我纠结“呜呜呜，我写的稿子都忘了，我表现得不好”，而陷入沮丧和手忙脚乱，导致后面一团糟。

没有听众知道你的原稿是什么样的，你可以现场发挥！妙不妙？！

当然，现场发挥的前提是，你提前准备得足够充分。想要给人一杯水，你自己得准备一桶水，甚至整个海洋，于是，你就会越来越从容。

05. 结尾

我参加演讲课时，老师给的一个提醒可能会让我受用终身——永远都记得要体面地结束掉你的演讲。

不要越讲越没信心，不要虎头蛇尾，不要战战兢兢害怕没有掌声，自信而体面地为你的演讲画上一个句号。无论你的演讲是不是超时了，是不是没有你预想中的完美，是不是没得到观众的热烈反响……你值得为自己进行的这一次轻演讲点一个赞。不要啰里八嗦地在台上自我检讨：“我今天表现得不好，我讲得很烂，我这个人说话结巴，我超时了，你们一定听得很不耐烦，在容忍我是不是？请相信我以后会进步的……”

不要做这样自我贬低的结尾。

真心实意、笃定踏实地说：“以上就是我想分享的全部内容，感谢你们的聆听。谢谢！”就够了。

06. 开口说话前的准备

开场前：任何时候，要当众说话时，都请先临在于此时此地。让你的眼耳鼻舌身意，灵魂、天使、指导灵，全部来到眼下这个生命现场，跟现场建立能量上的联结。深呼吸，让饱满的生命能量先充满你，你的丹田有力，心轮饱满，眼神安稳。

开口前：不论是什么样的舞台，哪怕就在原地发表你的轻演讲，也请深呼吸，双脚站定，把麦克风拿到胸前适当位置，用眼神沉着、友好地扫视一下全场后，再缓缓开口。不要着急忙慌地说话。话筒在你手里，谁也不能催促你。几秒钟就足够了。

07. 眼神耕耘心田法

演讲的全过程中，请保持与听众的眼神交流。看见（I see you），最能创造联结感。有联结感，你所说的内容才容易进入听众的心和灵魂。

如果场域比较大，让你的眼神能够自然地环顾到全场。教大家一个方法——“眼神耕耘心田法”。

把现场划分成几个区域（就像田地里有田埂做分界）。想象你的眼神像一把耕犁一样，由近及远耕耘完一块区域，再从另一个区域由远及近，再换到另一区域……缓慢地、笃定地与每一个眼神接触。你要耕耘的，不仅仅是区域，其实是每个人的心田。

如果一开始场子比较冷，大家不跟你眼神交流，也不用怕。每个区域里总有一两个特别善良、敞开、好奇的小天使，能跟你互动。把他们当成让人心安的“啦啦队”，跟他们保持眼神接触，对他们的心说话，这种充满临在感的说话方式，很快就能让大家“回魂”，临在于当下。你再用眼神耕耘过去。

请记住，不管听众的眼神看不看你，你要坚定地看着他们、凝视他们。这不仅仅代表你很有自信，也是你用临在的力量在做现场能量的调整。

不要对着听众的头脑说话，而要对他们的心说话，对他们的灵魂说话。

08. 身体姿势

就算有讲台，也不要一直把身体藏在讲台后面。让你整个人都被听众看见，即使你偶有“我不够好”的脆弱感被看到，那也只会增加听众“这是一个真实的人”的信任。

双脚站定。以腰部为中心转动上半身，跟不同区域的人交流。

如果舞台很大，你可以在舞台上走到不同区域的人面前。要稍有停留，不要一直在讲台上不停地走，因为这样你不是显得很焦虑，就是会扑腾起“一阵阵尘土”（《脱口秀大会》里，有一个说单口喜剧的选手，习惯拖着麦克风的架子在台上走来走去，被笑说“尘土飞扬”。）

不要把双手抱在胸前，典型的防御姿势。也不要双手掐腰，你不是指点江山的领袖。可以坐着，但跷二郎腿、抖腿绝对禁止，因为那样非常不尊重听众。

自然站立，双肩展开，想象两片肩胛骨在你的背后打开成一对巨大的天使翅膀，允许双手自然跟随你分享的内容、情感来做出动作。不要特意设计手臂的动作，过时了。

09. 关于怯场

TED掌门人克里斯·安德森在《演讲的力量：如何让公众表达变成影响力》一书中，这样写道：

“2012年对815名大学生的调查研究表明，公共演讲是他们最大的恐惧，超过对蛇、深水甚至死亡。

怎么会这样呢？麦克风背后不会藏着大狼蛛，你不会从舞台上掉下来摔死，观众也不会武力攻击你，那你为什么还会害怕呢？

这是因为公众演讲存在许多风险——除了当时的体验，还关乎我们长期的声誉。其他人如何看待我们显得非常重要。我们是社会动物，渴望彼此的爱护、尊重与支持。我们未来的幸福在很大程度上都取决于这些现实。并且我们认为，发生在公共舞台上的一切，一定会影响到这些社会关系，能使之更好或者更坏。”

说到底，我们生怕自己的“不够好”在演讲中泄露出来。可是，如果这个恐惧的前提被重新设定成——

其实我很会讲话，我很想表达，我很想分享故事，我的够好和不够好我都接受，我用最真实的方式表达。

一切又会怎样呢？

先认识到，这个世界上不存在上台说话不紧张的人，只有紧张程度轻重的不同而已。学会跟你的紧张“共存”。学会调侃自己，学会坦诚真实的感受。

“今天，和我一起站在这里的，还有我的紧张。它也很想跟大家打个招呼。”我本人在紧张时，常用的开场白：“大概只有我知道，看似自信开朗的我，内心其实藏着一个害羞的小女孩。她很怕到陌生的环境，她很怕当众说话。我过去不喜欢放她出来，我想把她藏起来。现在，我学着牵着她的手，带她来到现场，看见在座的小姐姐、小哥哥们。当我看见你们眼睛的那一刻，当我看见你们眼神中的期待、热情，甚至和我一样的害羞时，我的心安定了。我们就是这样不完美却真实的人。”

不仅向听众坦诚我的“脆弱的力量”，也在传递一种“不完美也可以”的生命哲学。

10. 关于现场意外

视频或PPT播不出来，有人提问“挑衅”，或者万一你不小心摔了一跤，迟到，听众不配合……真实的演讲现场可能发生任何状况。这些就是你演讲的一部分。面对它、承认它，不跟它过多较劲，不跟某个人过度纠缠。

从旅行谈“信念解构”，拆掉你思维里的高墙

有人说，旅行是后天混血的过程。我很喜欢这种说法。我迷恋旅行，它是我日常生活的一部分。

每到一地旅行，透过观察不同地域的人文风物，尤其是各色人等的“活法”，都对自己的信念系统造成一次巨大的“冲击”，很像是大规模拆掉思维里的“高墙”。

信念解构

用后现代哲学的观点来看，这是“信念解构”的过程。

“高墙”是我们从小到大习以为常的限制性思维，它们很隐秘，不容易被意识到。然而，只要稍微加以“觉察”，你会发现——啊，原来我内在有那么多条条框框的思维限制啊。

比如，曾经我以为我是天生没什么审美品位的人，从小住在乡下奶奶家，只有“手把青秧插满田”的村姑气质。在城市里生活，我不会布置家，不懂设计，不会弄花啊茶啊的。

后来去日本京都旅行，看着这座城市所呈现的“寻常”美感，我的信念松动了。

京都的美，不仅仅在那些著名的寺院、神社，知名的旅馆餐厅……美感，遍布在寻常巷陌，在每一户人家。

哪怕家里的庭院只有1平方米，也要摆上几盆小花，放几个小雕像。哪怕是再不起眼的一个角落，也有被精心琢磨过的痕迹。哪怕是亲手做给孩子的一个便当、一块饼干，都注入了饱满的情感。

下雨的清晨，当我们离开住宿的日式旅馆“吉田山庄”时，一位老者跪在玄关处插花。几枝樱花、几枝枫树枝在他手中成为一处风景。

我长久地注视他的背影。

我猜，他并不是花道艺术家，只是旅馆的工作人员。可是他插花时所投入的专注与情感让我忽然懂得了，为什么整座京都可以呈现出精致优雅的美感。因为他们无比在意“美”这件事。

你在意，就会不断琢磨，于是美感就源源不断呈现出来，在各处，以各种方式，甚至连脸上的笑容也会显得很美。因为，心里是美的。

当下，我真的决心重新学习“美”这件事——用我今生今世的生命，来侍奉美、喜悦与丰盛。没错，我非常确信，我真的要。

闲情

我问自己：“我真的是没有审美吗？”

“哪有工夫弄这些闲情。”一句话从潜意识里冒出来，是爸爸的声音、妈妈的声音。哈哈，原来是这样，我找到根源了。

从小，我就被无数次告知，读课外书是闲情，听音乐是闲情，化妆是闲情，搭配衣服是闲情，养花弄草是闲情，游山玩水是闲情……唉，几乎所有能让人生充满乐趣、喜悦、美感的事情，都因为跟学习、工作、养家糊口、成家立业无关，而被列入禁止项。

还好，我有偷偷呵护着我的爱好和兴趣，不至于长成过于无趣的人。可是，这种教育与熏陶所留给我的烙印，依然是深的。

一直到现在，你们以为我每次出门旅行，往家里买很多鲜花、蜡烛，去做美容泡温泉，我的父母是欣赏的吗？并没有呢，他们多少还是会认为这是“浪费钱的闲情”吧。

还好，当我们这一辈人有觉知之后，见过世面之后，我们可以有意识地去引导父母也来创造与享受当今的美好生活。所以我才说，你活出来，你才有机会用你的活法，唤醒、照亮你挚爱的家人，而不是无意识地用让自己不幸福，去“拯救”他们。

父母们的信念系统也需要被解构。他们的“高墙”有可能比我们还多。

没有办法，我们的上一辈、再上一辈人都确确实实经历过苦难，甚至连温饱生存都成问题。于是，这种印记一直被保留下来，即便到了物质已经丰富的今天，他们依旧还活在过去的记忆里。朴素、艰苦，稍有浪漫情怀，可能会被抨击为“小资产阶级情调”，会被打压的……那个时代，也已经过去了。可是，印记仍在。

那么，你呢？你从小耳濡目染的熏陶是什么呢？你思维里的“高墙”是什么呢？

对于生活的看法，你曾被告知“人生需要艰苦奋斗，哪有那么多快乐”，活着就只是一件实用的、功利的、有目的性的事？

还是，生命的本然是浪漫的、创造性的、轻松愉悦的，“人生本来就该有趣”，“想办法让你自己活得快乐”呢？

不知不觉中你相信了哪些说法，它们就会进入你的内在信念系统里。这就是“社会文化建构”。这些被建构起来的信念就变成了我们思维里的墙。

不信，我来问问你——

对于你透过身心灵来成长、探索自己的举动，你身边最亲近的人是支持的还是反对的？

对于你花钱读书、上课，想要从事身心灵工作的渴望，你身边的人都怎么说？

亲爱的朋友，我们常常误以为，“沉默或平凡的大多数”才是人生的正常，可是你想过没有，跳出你所习以为常的那个小圈子，外面更大的天地里，别人也真的那么想吗?

我想，并不是的。

大部分的人，终其一生都活在一堵堵信念的“高墙”里，所以不快乐，不喜悦，不尽兴。

那并不是生命的常态啊。大多数人活的，就是一个假“人生”，是感染了“信念木马程序”后呈现的样子。

拆掉“高墙”，生命的喜悦之风才会吹拂你，生命的花朵才会盛放。

改变你的社交习惯，活出大格局的好故事

记得小时候，常来我家的客人中，有一位二十出头的叔叔。

他初中毕业就参加了工作，还是个孩子呢，就跟我父亲一起做很重的体力活。我父母把他当亲弟弟一样对待，对他照顾颇多。他跟我们都很亲近，经常泡在我家，喜欢摄影，爱给我和我弟拍照片。

你的社交习惯何来？

跟我爸老实巴交的个性很不一样，这位叔叔个性活跃，非常喜欢结交朋友，五湖四海的。后来他调去了外地，每次回家，也会带着老婆孩子来我家玩。在我长大的过程中，时不时就听到他又“产房传喜讯——升了”的消息。

有时候谈到他的“社交习惯”，老实巴交的父母会不经意说起：他真是太“活泛”了（方言，类似“懂得人情世故”的意思），很会走“上层领导路线”。他们的口吻中其实没有褒贬之意，好像更多的是，感慨他与自己是多么不同的人吧。

当时少不更事的我，觉得这个人很会“拍马屁”。不过，他对我一贯是宠爱侄女的态度，跟他聊天也比较长见识。

只是，我们不是一路人。

一晃二十多年过去了，听说，他已经成了一个煤矿的矿长，跟

我父母渐行渐远，不常碰面。我和刀哥结婚的时候，他来喝喜酒。父母感慨："唉，当年经常来我们家的小兄弟，现在事业发达了，用不着我们了。"有时，听着父母的话语，我心里确实会觉得他不厚道、不知感恩。

可是，这几年我开始成熟。

尤其是与刀哥一起创业以来，在真实的人生面前吃了不少瘪，也受了很多打击，我就在想："为什么有很多看起来能力不如我、机会不如我的人，事业都做得比我更红火呢？为什么人家就很会宣传自己的个人品牌？会整合资源来发展自己的事业呢？"

直到这时，我才开始检视从小到大的思维模式是不是哪里出了问题。

后来，再一次听父母说起那位叔叔，他们聊天的内容让我觉得有点不对劲了。不对啊，不是他们说的那样。对那个叔叔来说，因为他现在工作很忙，又在外地，他所生活的圈子跟我父母重叠的部分不多。他还在工作，力求再有发展，而我父母已经退休在家带孙子，进入半养老状态。

就像我后来在北京生活，也和小时候的小伙伴慢慢失联，情况是一样的。不是因为谁看不起谁，单纯就是社交圈子搭不到了而已。

再说，我的父母即使挂念这位小弟，也不太好意思没事主动打个电话去问候。

我的父母老实巴交的，觉得"不能高攀""不是一路人就不要一起走路"。这是他们从原生家庭带出来的"社交习惯"。

这样的社交习惯，有它形成的根深蒂固的原因。

施展博士在《枢纽》这本书里提到一个原因：在一个农耕文化占主导的社会里，是不需要社交的。踏实本分的人，很好；八面玲珑的人，出局。只有在一个商业文明成熟的社会里，社交能力才是人的核心生存能力。

不妨高攀

最近跟妈妈聊天，说起我2018年到目前为止最大的领悟，就是在交友这件事上，不妨高攀一点。我妈特别纳闷——你从前不是最瞧不起拍马屁的人吗？

我说：“这不是拍马屁。就像你们跟某叔叔的友谊。当我有能力看见他整个人，我忽然觉得，他好了不起啊，让自己实现了屌丝的逆袭。但凡你们不那么‘害羞’（或者说，就是不自信、没底气、自我价值感低），你们就会想到要问问他：

你为什么敢‘高攀’，你为什么不怕被人说拍马屁？

你跟你‘高攀’的那些人，到底学到了什么？

这些年来，你的人生不断进步，你的格局不断提升的关键，到底是什么？

你们的友谊，就能持续下来，因为你们一直在并肩前行，在不完美的人生里。并且，你们也能从他身上学到经验，事业格局会完全不一样。”

其实，我的父母算是第一批下海经商的人，也是在家乡最早富起来的人，起早贪黑，奋斗得特别辛苦。因为不好意思跟位置比自己高、能力比自己大的人结交，只愿意跟自己喜欢的人和不如自己的人交往。于是，缺乏高人指点，思维就一直局限在已有的一亩三分地上，就只能按照自己的小格局“辛苦”发展。

他们错过了几次能够在事业上“跃迁”的机会：比如没提前把商店搬到市区，没有及时转型成加盟专卖店，没有意识去投资商铺、置下房产……他们曾经的辉煌就慢慢走了下坡路。反而，那些过去事业做得不如他们的朋友，经常来求帮忙的朋友，渐渐弯道超车。

他们常感慨自己老了，跟不上时代了。

有时候，我逗他们："这个锅，'老'不背。你们明明从年轻时就这样。你们的思维才是导致现况的真正原因。"如果愿意敞开心胸，去认识了不起的人，"高攀"了不起的人，不断学习人家的经验、人生格局，可能就不一样了。

这是一个真实的故事，教会我：人，是如何受困于自己的"社交习惯"的。

哪里是你的思维盲区？

后来我这个姑娘从"鲁国"山东嫁到了"晋国"山西，有机会感受到了不同地域的社会文化差异。我过去只听人说，山西人"寇老西儿"，很抠。我观察后却发现，受晋商传统的影响，山西人比较有商业头脑，为人处世更积极，也更有界限分寸；愿意想方设法调动一切尽可能的资源人脉，去经营事业。

刀哥为人处世的社交习惯，跟我风格差距比较大。一开始，我还振振有词——我清高，我孤傲，我有理。碰到我特别轴、犯浑的时候，刀哥特别爱开我玩笑："不毬行，还不虚心。"

但那时的我，真心觉得自己是一个高风亮节的人啊。你看，这就是我的思维盲区。

伴随婚姻和事业的各种高低起伏，我不得不去看向自己的心，去检视自己所谓的"认死理儿"，究竟给我带来了什么？

唉，真是限制大于助力。

我被迫一点点击碎那些自我设限，我认的那些死理儿们。说实话，我心里也根本不喜欢这种把自己搞得貌似很清高，其实骨子里卑微得要命的拧巴。

曾经我觉得是金科玉律的那些"死理儿"，用身心灵术语来说，不过就是一些ego（假我）的“评判”而已。李尔纳老师说：“评判是原罪。”我想，我是真的懂了。

这样的评判，放在社交上，就变成你只愿意跟和自己“差不多”的人一起玩，很安全，很习惯。反正我们认得都是同一种死理，所以沟通起来很舒服。可是，在小圈子里，注定越玩越受限。

所以，我就在想——有没有可能，既保有生命尊严，又重新建设一种更自然、流畅、不封闭的社交习惯呢？

以前，如果不喜欢哪个人，不欣赏哪个人，不认同TA的某个观点，我真的会彻彻底底屏蔽TA的，绝对不会去看TA到底好在哪里。只因为我的好恶标准，就会给这个人贴一个“我不喜欢TA，TA不是好人”的标签，丢去一旁。

现在想来，在所谓的“三观不合”之外，再不同的人，在人性上也有很多的共通点。只看见“相”时，就看不到本质。

这一两年，我不再反感所谓的商业思维，愿意拥抱学习商业思维。因为我发现，在那些容易感情用事的点上，拥有商业思维的人反而能更快冷静下来，跳脱个人好恶，看得更深，看得更远，拎得更清，这样的人，生命反而有弹性。而一般人真是不知不觉中被自己的“死理儿”“好恶标准”绑得死死的，让人生动弹不得。

当我内在的想法改变了，我就愿意去看见每一个完整立体多元的人，愿意抱着“我要努力向TA学习，直到‘榨干’TA的聪明才智，为我所用”的态度，慢慢地，就让心高气傲的我变得虚心。

我开始走出去，参加一些真心喜欢的高端社交圈活动；也开始有意识地联络各个行业的老朋友们；我也愿意接受其他机构、平台的邀约，去做分享。

我的出发点特别简单，见自己，见天地，见众生。在跟更多人一起玩的同时，以人为镜，我打开的是视野、心胸和格局。与此同时，我的事业蒸蒸日上，只是顺水推舟而已。

你看，我并没有变成一个拍马屁的人，我也没有变成一个失去自我去迎合别人的人，我也没有变成一个唯利是图的人。我还是我，更加笃定，更加积极，也更加快乐。说到底，我内心深处的心高气傲，真正的用法是——

跟高手，相逢在更高处。

因为，这代表着，我发自肺腑地承认了：我也有可以不断精进的地方，但在这一刻，我已经足够好了，我也是高手之一。

从此，不必再“系统性地低估”自己。

“弱联结”带来的机会

Tanya Menon女士在一场TED的演讲中，提到一个观点——找到好机会的秘密，就是你去遇见你还不认识的那个人。跟不太熟悉的人，用“弱联结”的方式，反而能寻找到人生更多的发展机会。

她在一所大学教授MBA课程差不多20年。很多学生毕业几年后再遇到她，会很惊奇地发现，她不仅能记得他们长什么样子，记得他们坐在教室里的哪个位置，还会记得他们跟谁挨着坐。这不是因为她有什么记忆超能力，而是因为他们是“习惯的创造物”，总会与最喜欢的人、坐在最喜欢的位子上。

他们会找到一个形影不离的伙伴，然后一整年都跟TA待在一起。Menon女士说，这样的做法有一个风险，当一年之后他们离开学校时，他们只认识很少的人，并且还是跟他们自己很像很像的那种。于是，他们浪费掉接触国际化、多样化社交圈的机会。

要知道，她的学生们本身还算是思维活跃的人，他们来商学院进修，正是为了扩大社交圈子，结果还是掉入自己的“习惯”中。

我们的内在都有一种审查机制。当我们遇到一个人，我们就会开始自动筛选“这个人看着不错”“这个人很有趣”“这个人以后用得着”“看他的样子就烦”“我们看起来是两路人”，内心戏多得根本无法控制。在我们还未真正跟一个人交谈之前，就做出了选择，要不要跟TA来往。

这就让我们的社交圈变得很有限，在生活、学校、工作中都是如此。我们的身边永远坐着几个跟我们从里到外都很像的人。这样做，本身并没有什么不好，可问题是，当你深陷“麻烦”时，当你需要新的想法时，想换个新工作时，或者是需要新资源时……你就被困在小圈子里。

这就是我们为“小圈子生活”付出的代价。

Menon女士鼓励我们，可以去“对抗”这种筛选机制。

我为“对抗”换了一个词组，“觉察并绕过”。

比如，你去参加一场会议。茶歇时，你先扫视全场的所有人，觉察自己心中升起的评判，看见它们，并绕过它们。你需要去有意搭讪，房间里看上去跟你最不一样的那个人，看上去最无趣的那个人，甚至找那个让你觉得最讨人厌的人，不动声色地跟他们聊天。记得，先对眼前的这“整个人”感到好奇。

以此训练自己，去观察那些你不想看到的，去认识那些你不想认识的人，去打破你的社交习惯，扩宽你的社交圈。

刀哥在首届“华人方糖故事大会”上分享一个他自己的社交习惯：如果你去参加一个活动，不要仅仅就是去听听而已，而要有意识地去结交这五类人：

空间的拥有者
活动的主办方
活动的主持人
活动的主讲人（或嘉宾）
活动参与者里的活跃者

针对“活动参与者里的活跃者”，他解释道：“你去认识一个跟你一样默不作声的参与者，意义不大，你还缺一个泛泛之交的朋友吗？你们不能给彼此带来任何新鲜的东西，碰撞不起来什么创意。本质上，你们是同一类人，就是不敢放开投入进去的人，不敢表现自己的人，不敢从人群中跳起来的人。”

这让我忽然警醒于自己的一种模式。

我自认为是习惯做“壁花小姐”的那种个性，这么多年来，我也就循着习惯，找另一个“壁花小姐”做朋友。于是，我们在一起交流的，统统都是有“壁花圈”特色的认知：

“哦，你看，她好爱现！”

“你看，她多么会勾引男人。”

“他们好虚荣啊，总买名牌。”

“你看，那个男的看起来多讨厌。”

“男人没一个好东西。”

“这是一个看脸的世界，我们大概会注孤生。”

可是，如果我胆敢去认识一位在舞池中央灿烂绽放的女王呢？我对于这个世界的理解是不是就会大逆转了？或许，我们就可以在一起聊聊：

“我就是喜欢让自己魅力四射。”

“我想要什么，就自己创造。”

“我大大方方享受我热爱的每一样东西，包括名牌。”

“每个人都以结识我为荣。”

“我享受男人对我的殷勤，我坦然接受他们的爱慕。”

思维变了，人生就变了。

Menon女士说：“把你自己想象成一颗原子，在社交的宇宙中与其他原子碰撞，也许与它们传递能量，也许与它们建立亲密联系，也许一起创造点什么新东西出来。”

是的，这就是你的人生，由你负责“创世纪”。

走出去，去遇见跟你不一样的人，允许各种各样的人携带各种各样的能量，让你的人生活起来。

改变你的社交习惯，最终，是为了把你从小圈子里解放出来，活出更开阔的生命格局。

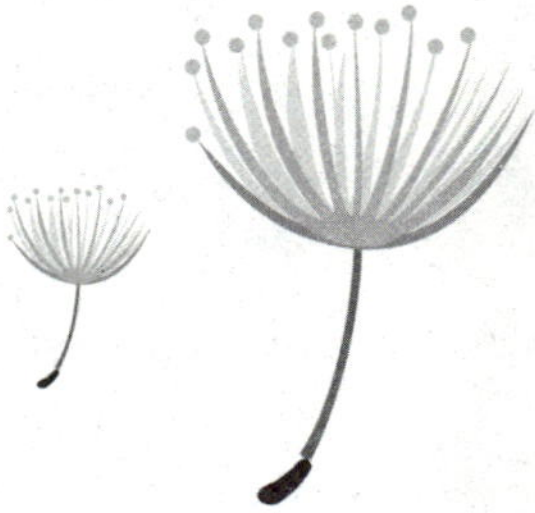

第六章

影视剧里的『生命故事』

『故事』是我们学习同理心的最好途径，
而各种影视剧媒材里，
充满耐人寻味的好故事，打开你的心灵之眼，
在故事中学习故事吧。

影视即人生

学习“生命故事疗愈”，除了书写和讲述你自己的人生故事，观察与聆听别人的人生故事，其实还有一个重要的途径，是观赏影视剧。

影视剧跟书籍一样，都是浓缩人生精华的故事载体。同时，影视剧有更加直观的画面性，让你可以在光影迷离之中，快速过完别人的一生。在别人的故事里看见自己。在世界各国不同文化、不同族裔的故事里，看见众生。

记得我们不是要写专业的影评，而是将影视剧作为媒材，从中读懂生命、读懂故事。我把它们叫作“影视剧故事”。

如果用“生命故事疗愈”的眼光，去深度解析一部影视剧中出现的故事，我提供10个问题，也就是10个欣赏故事的方向，作为参考。试试看，带着这些问题去看一部影视剧，能不能品出故事中新的况味？

1.特别留意：有些影视剧的三观是否正向，是否具有开阔真实的品质，尤其要特别留心一些充斥“木马程序”的影视剧。

比如，曾经引发很多讨论的电影《大鱼海棠》，里面宣导的“为了爱，可以牺牲一个村庄，牺牲别人”的三观，太偏颇了。还有一些主人公用貌似宏大的理想和悲壮的情怀，做着残害摧毁众人自由意志的事业，例如“复仇者联盟”系列电影里的灭霸，他认为宇宙人口太多了，为了恢复他理解中的平衡，决定摧毁一半生灵。这个人物很容易被看出来他的“反人类性”的性格。可是，也有人表示：“哇，灭霸很不容易，壮志未酬。”

你需要特别留意这些影视剧的主题和人物角色，是否隐藏让你陷入“木马程序”的“漩涡”。

2.这部影视剧最让你触动的是什么？

是影视剧传递的价值观或整体氛围，是主人公或配角的生命历程，还是它对当下现实人生某个侧面的映照，还是让你对自己的人生产生了思考？

3.如果你想推荐它给朋友们，你首先联想到的一句推荐语是什么？由你给这部影视剧拟一句广告语，会是什么？

4.影视剧主人公的人生与你自己的人生，是如何在生命的底层发生共鸣的？主人公如何启发或触碰到你？

5.你看到影视剧中哪些桥段是需要特别留意的？

比如人物的生命故事脉络、原生家庭父母、人物的个性和思维方式、人生中的重要选择，关键时刻、至暗时刻、人生态度等等。

6.影视剧中的主人公如何遇到TA的良师益友，如何走向觉醒之路？

7.观众是全知全能的上帝视野，你可以去梳理主人公潜意识里的限制性信念与TA做出的人生选择之间是什么关系？TA时常陷入的“故事漩涡”又是什么呢？

8.主人公身上闪光的品质是什么？什么特质令TA没有放弃人生的主宰权和创造权？

9.主人公潜意识里的信念模式，如何塑造TA的命运？

10.影视剧中传达的哪些生命哲学，与你是同频共振的？你觉得以影视剧桥段为示例，你可以分享（输出）什么呢？

我也把我这几年写过的几篇“影视剧故事”文章，作为参考分享给你。试试看，开启你观赏“影视剧故事”的新维度吧。

《龙樱》：面对吧，你创造了你的现实

2006年，那是一个春天。

当时，我在海边一座城市，被“困”在一份让我身体和心灵都感觉很沉重的工作中。我做着电台早新闻的编辑工作，每天早上3:40起床，4:00到单位开工。9:00回家休息。然后，下午三四点再去单位，开始编辑第二天的稿件。

日夜颠倒，长期无法好好睡觉；几乎没有自己的社交圈；加上我心灵极度渴望被艺术文化氛围环绕，让我非常想回北京。我等待着一个机会，却看起来非常渺茫。我害怕自己要在那座城市一直待下去。

那段时间，我的身体和心情都低到谷底，陷入一种漫长的抑郁，每天晚上都要大哭一场。这样的状态里，我对待工作当然就只能是“凑合”的态度。

我更加不喜欢这样的自己，于是更抑郁。

“我命好苦啊”这是真的吗？

一次，我去影碟店找DVD，无意中看见《龙樱》的压缩盘，因为酷爱日剧中的麻辣教师题材，赶快买回家看。

龙山高中是一所三流私立高中，建校以来升学率只有2%，从来没有学生能考上东京大学。飞车党出身的三流律师樱木建二因自己的债务问题，不得已接受法院指派，到龙山高中负责处理学校破产事宜。但在得知龙山高中的糟糕状况之后，热血澎湃的他想到自己的青少年时代，于是决定以教师的身份，开办立志让学生考上东大的特训班。他发誓，如果不能让参加特训班的所有学生都考上东大，自己就辞职，更立志要把龙山高中发扬光大，要在该校培养出100个东大合格生。

最后，只有六名学生愿意加入特训班。在樱木老师新奇、刺激的教学方法中，短短几个月时间，他们的成绩突飞猛进，朝着遥不可及的目标——东京大学不懈努力着……

那个夜里，我一边哭，一边热血沸腾地刷完这部剧。我被剧中一句一句能够“一刀毙命”的台词刺痛了，就像吞下了十万颗薄荷醒脑丸，我被唤醒了。

你们先来感受一下……

以下这些金句，都是从樱木嘴里说出来的：

所谓的应试，经受更多痛苦的人，最后才能赢得胜利。

想要变得强大的话，首先要明白自己有多弱小。

如果觉得不行那肯定就不行了，但努力的话就可能创造奇迹。

我是为我自己的胜负在奋斗，既然决定了要做就得做。

不知道挫折的人是经不起打击的，只有对着墙把自己撞得破破烂烂之后，再超越它。这样的人才经得起打击，才能茁壮成长。忍耐，直到撞到墙为止。

收集情报，让它变为对自己有利，然后再去拼。这方面做得不好，肯定会输！考试其实就是社会的缩影。所以战胜它，不是赢考试，而是赢社会，开辟生存的道路！

因为你们这些小鬼，对社会什么都不知道啊。与其说是不知道，还不如说是大人们故意不让你们知道。与之相反，还说什么“你们有未知的无限的可能性”，把什么根据也没有、不负责任的妄想，根植于你们身上，为此而感到喜悦，以为会有自己的个性和与众不同的人生。这种想法真是大错特错！社会才不是这样的呢。因为不知道这些而被放逐的你们，等着你们的只有充满不满和后悔的现实。（注：请仔细体会，樱木老师强调的是，行动一定要脚踏实地，否则，无限的可能性只是自欺欺人而已。与身心灵所说的“你是万般可能”并不相悖。）

但是啊，这世界上不是所有的事情都能如你所愿，有样东西必定会成为你成功的绊脚石，知道是什么吗？就是人的情绪。无聊的嫉妒、傲慢、偏见、迷恋都是绊脚石，压制住这些情绪，权衡眼前的利益取舍，这就是胜负的关键。只有成功才能开创人生道路，不管别人怎样把你当傻瓜，怎样被社会无视，只要拿出成果，就会全部重新认识你。只要通过这一场考试，就能使生活环境发生巨变，被一时感情冲昏而损失利益的只能称之为傻瓜。

输了就要骂你们骂得彻底点，因为人在刚失败之后，不太容易听得进去人的话。在这个世界上，和胜者数目相当的是败者，有考试合格的，也有一样数目的，甚至更多的不合格者，败者有败者的路，就是这样。

“进了东大，就等于人生成功了”，这样想的家伙们，知道站在你眼前的人是从东大毕业的，瞬间就觉得有自卑感的人，都是些下贱的人。这是因为，全日本一大半的人，都不敢接受挑战，把东大当作一道跨不过去的墙。随便地麻痹自己，随便地放弃，然后随便地产生自卑感——“成功的人，本来就有才能，自己本来就是个平凡的人，再怎么努力也是没用的”，这些东西到底在多大程度上束缚了一个人啊！

在这个世界上，没有跨不过去的墙啊！所以，你们无论做什么的时候，一定不要抱有“我做不到”的这种观念。

没用的家伙，连自己人生的满足都不能去奋斗争取的家伙，怎么可能有能力照顾别人啊。

你再不想要的现实，也是你自己创造出来的啊

在号啕大哭一场后，我知道，我必须要从“我不喜欢这里，我不喜欢这份工作，我命好苦”的梦里清醒过来。

我之所以在“这里”，是因为我之前对待学习的态度，就只能把我送到这里而已，一点都怪不得别人。

因为在6年的大学时光里，我没有专心备考英语六级，考了5次，最接近的分数是56分（百分制）。而我很清醒地知道，我付出的努力才10%而已。可是，它对我的后续影响太大了。因为没有六级证书，所有来学校招聘的、梦想中的媒体，我连报考资格都没有……

当其他年级的学长学姐学弟学妹们在考托福、GRE的时候，在他们努力申请着国外的大学时，我懵懂地从未设想过我也可以实现自己的留学梦，而是在宿舍里一集一集刷着《康熙来了》……

当同班同学在用各种方法寻找实习机会，努力填充自己的履历时，我对几次实习机会都不怎么珍惜，想着“我来，不是给你们订盒饭的”“我不想做只会跑会议、拿车马费的记者”……却错失了实战中学习的机会。

我的借口取之不竭，什么我天生不善交际啦，我不爱搞人际关系啦，家庭条件不允许我出国读书啦，我讨厌背单词啦……是的，所有的借口都只能把我送到“这里”，而已。

没错，要说我很懒惰，也不公平，我也不算不努力，我学习算用功的，对新闻专业也投入了极大的热情。可是，就像考东大要看最后的分数，找工作也是一样，要看你最后能拿得出手的作品是什么。我没有这些百分之百倾情绽放后所能凝聚成的“成果”。

我领悟到，这份工作于我的意义，就像这群“废柴学生”想要逆袭考东大一样，是必须完成的一次灵魂的脱胎换骨，必须要粉碎

那一个个“借口”。

从那天开始，我更加用心对待这份工作，拼命地跟上司学习关于新闻的一切，也在他的推荐下，阅读更多文学、心理学、经济学等的知识。他一直说，他是用带博士的心在教我工作，到现在，他依然是我非常敬重的良师益友。

当我投入工作，抑郁，不翼而飞。

唯有“行动”了，才会知道自己究竟“行不行”

与此同时，我也加紧在网上搜寻回北京的工作机会。我不断投简历，即使99%都泥牛入海、毫无音讯，我也不气馁。我坚信，只要老天给我一个机会，一个就行，我能抓住它……

4个月后，我终于接到了一个来自北京的电话，通知我去参加一家报社招聘的笔试和面试。我立刻买机票、请假、打包行李……

最后，我以综合成绩第二名，得到了这个工作机会。

知道结果的那一刻，我真的有一种冲动去为自己自豪：“原来，我真的行！”因为我终于明白，人要用行动去实现自己的梦想，而不是空想。

当然，故事不会是“从此过着幸福快乐的日子”，而是另一段“从伤痛中开出最美的花”的新旅程。我在书中有写后来的故事。

生命本来就是这样，是一个生长的过程，是一个“发展”的过程，没有一蹴而就，没有一劳永逸。我必须不断让自己的生命发展。

相信我，让生命“发展”。这绝对不是从小我们所受到的关于“你还不够好”的鞭策，这是当一个人清醒认知到“生命价值”之后，自觉自愿去扩展自己生命疆界的内在驱动力——因为，生命如此宝贵，我究竟选择活成什么样子？在我努力之后，我的生命究竟能绽放成什么样子？

有一句话不是说：大部分的人都败在“努力”这个阶段，根本还轮不到去拼“天赋”。

我越来越觉得这句话有它的道理。

平日里，要TA读书就难于上青天，要TA努力工作就不肯，只会一集一集对着电视剧，一边喊着欧巴、霸道总裁，一边幻想有高富帅能“和废柴的我谈恋爱”。

问题是，凭什么啊？大部分偶像剧，都是为我们内心的那个“废柴”量身定制的白日梦和麻醉剂。我们要相信它，那就太傻太天真了。

一个自己都不好好珍惜生命、不肯全力以赴的人，却指望别人珍惜我们？

绝对，是幻梦。

假如可以重回我的少女时代

我后来也在“复盘”，如果在求学之路上，在初中阶段，在高中阶段，在我6年读出了两个本科学位的阶段……我可以做哪些改变，来重写我的人生故事，开启另外一个平行宇宙的生命版本。

假如，我不是一个寄希望于靠爱情和婚姻，才能够被爱、被肯定的低自我价值感少女；不是一个懵懂无知、醉心于琼瑶剧爱情梦的少女；不是把自己的青春和生命构建在“结婚嫁人生子”这个支撑点之上。

而是清楚知道自己想要什么，例如，我想要成为优秀的记者、作家、服装设计师，我想要出国留学，我想要环游世界，我只有在遇到心灵伴侣后才会结婚生子，并且，我肯为我的梦想付出不懈努力。

假如，我是一早就被樱木老师当头棒喝而立志的“龙樱少女”，我的人生会怎样？

假如，我从小就知道，不需要跟随模糊、糊涂的主流价值观，而是听从自己内在的声音，明确知道——想要成就自己的人生，就要足够投入、专注、清醒与享受，我的人生会有什么不同？

这些问题，我还没有完全想清楚。只是，我真的确信，如果可以重返少女时代，我绝对绝对绝对不会再像过去那样活了。

假如可以重回我的少女时代，我想要“练习”——更加专注在当下的生命，学习、写作、参加社团活动，尽情发光，更加懂得调动生命中的各项资源，包括人际资源、机会以及灵感，愿意敞开自己，投入地去尝试不熟悉的事物，比如数学、物理、化学。我会更愿意放下偏见，去跟学霸们做朋友，看看他们的思维方式、学习方法是如何让他们碾压众人的。

我会试着去为梦想铺路，就像曾经用尽方法，让自己辗转了4年本科之后，才终于考上梦想中的大学一样，我也会为出国留学的梦想寻找路径。

我想，我还会告诉初中的自己，不要因为跟数学老师怄气，就放弃了学数学的机会。听不懂也没关系，只要专注地去听，总有一天能听得懂。

亲爱的朋友，《龙樱》告诉我们，不要为了获得安全感，就卷入一场又一场幼稚的爱情。

亲爱的朋友，不要因为不好意思，就不再去操场上运动。让自己运动，奔跑、健身、跳舞。

亲爱的朋友，请穿最漂亮的衣服，梳最好看的头发……勇敢地活出少年时代该有的美。

假如，可以重回你的少年时代，你会跟那时的自己说些什么呢？

《粉雄救兵》：你要相信，再“丧”的人生也有无限可能

我向您强烈“安利”一档美国真人秀节目《粉雄救兵》（又名《酷男的异想世界》）。不仅是因为节目本身好看，也是因为它让我学到了很多对待自己、对待其他人的好理念。节目里面浓厚的温情，真是会让你笑着笑着就热泪盈眶了。

闪亮五人组来了

2018年这一季，Fab 5“闪亮五人组”一共进入8位“改造对象”的家里，全方位地了解他们的生活现状，聆听他们的人生故事，并从男士理容、服装造型、美食与酒、家居设计、文化心理五个角度，来协助故事的主人公走向焕然一新的生活。

Fab 5个个都是有故事的人，术业有专攻的精致gay guys。

安东尼来自加拿大，笑起来嘴唇弧度完美，对美酒和健康饮食有极大热情，掳获一批网上迷妹。

长发的是乔纳森，专事男士理容。别看他自己长发飘逸满脸胡子，日常永远旋转跳跃不停歇，内心有个娇俏小女孩。

灰白头发的帅哥是巴基斯坦裔的谭，对时尚造型颇有心得，温柔体贴，时刻不忘让自己保持精致。

黑人帅哥是卡拉莫，是有两个孩子的单亲爸爸。他在节目里做的工作，不仅仅是心理咨询，很多时候还是从文化视野去解读人，所以我觉得文化这个定位，真好。

金发帅哥鲍比，在改造过程中承担着最重的任务量，那就是重

新设计、装修一个家，所以经常在工地忙碌着，出镜不多。

2003年，《粉雄救兵》曾经出过一季。在那一季中，Fab 5更像是一群对着邋遢直男的人生在指指点点的“讨厌鬼”。而在新版节目里，他们是挥动着魔法棒的“小天使”，协助一个个被僵局困住的无力者，通过外在、内在的同步改造，去重新找回好好活下去的勇气。

我想，他们应该都感受过不少相似的困境，所以在这个“改造”的过程中，他们会非常坦诚地跟“改造对象”分享自己的人生故事，当时的艰难，以及自己是如何跨越过去的。这样一来，他们教给“改造对象”的新理念和新生活方式才更加真实可感，不是从真空的书本上来的。

这一点，特别吻合后现代叙事疗法的理念——当我们开始说故事，我们就融合到一起。彼此的故事，就会启动生命影响生命的进程。

是啊，这里面可以学习的点简直太多了。

“丑陋是无法被挽救的”？

第一集“丑陋的汤姆”里，57岁的卡车司机汤姆，离婚3次，过着暮气沉沉的独身生活。

每天，他机械地上班下班，去同一家餐厅点同一道菜，习惯坐在家里，喝着自调的“乡村玛格丽特”看电视。他以为是因为自己的红斑狼疮带来的丑陋才让他没有女人缘的。他的口头禅是“丑陋是无法被挽救的”。这样的言谈透露出他内心对自我价值的认可度有多么低。

在为他修剪乱糟糟的头发和胡子时，乔纳森这样告诉他：“无论你是如何出生的，无论你长成什么样子，这些都是天生的。而你有力量去控制、去改进的，就是自信心。自信就是性感。对自己有充分的认识，就很性感。”

汤姆的家里，有一张已经磨得锃亮、满是污渍的麂皮躺椅。他习惯于把自己放在那张躺椅上，无所事事地看着电视。那张躺椅就好像是一个隐喻——“困住你的僵局”。

那不是一个舒适圈，只是习惯圈而已。他习惯了这样的生活，被温水煮青蛙的生活方式给困住了。

家具设计师鲍比作了一个决定。他和卡拉莫开车，带上蒙着眼罩的汤姆，把这个躺椅丢去垃圾回收站。汤姆一开始是抗拒的，但是他们告诉他：“你可以跟你的躺椅告别，你可以最后一次吻它。”

汤姆真的这样做了。

这是一个很有仪式感的告别。我想，汤姆也非常清楚，他在告别的，并不是一张陪伴他很多年的躺椅，而是他早已形成习惯的生活方式，他一直想要摆脱它却不知道从何做起。现在，他可以借由一点点“断舍离”的行动，迈出那一步了。

正所谓，旧的不去，新的不来。鲍比为他重新选购了两张新躺椅：男主人和女主人的位子。鲍比说：“当你打开心扉，确信有人能跟你分享这一切，它就会成真。”

我记得，在一本讲吸引力法则的书里面，曾经看到过一个类似的故事。一位女士总是在抱怨自己没有伴侣，可是，她的一些下意识的习惯，好像一直在阻碍伴侣进入她的生活。例如，可以停放两辆车的车库，她会把车停在中间；双人床，她也是呈“大”字形睡在中间；家里的碗碟餐具也只有一套。

当她觉察到这一点，开始有意识地从心而发的预留一个“位置”给她生命中即将出现的伴侣。果然，很快，她就梦想成真了。

改变了造型和生活习惯的汤姆，在节目中勇敢向他还爱着的前妻艾比表达了复合的信号。后来，他们复婚了。

什么是真正的尊重?

这样的故事，在《粉雄救兵》里比比皆是。

当你看到一个人深陷在自我的执念里，无论那是什么，怀念往日的旧时光也好，无法释怀亲人的离去也好，怀疑自己生命的价值也好，能不能做到真正的尊重：

“是的，我尊重你，在你的人生逻辑里，你暂时非常需要这个，你放不下。”

然后，再去陪TA一起想想办法，看如何才能向前移动一小步、再一小步。

第三集，大块头的警官科里在衣橱里收藏（囤积）了很多父亲去世前的衣物。他说，看着这些衣服，就好像还能感觉到与父亲的联结。他很想念父亲，没有人比父亲更好，说着说着就掉了眼泪。

造型师谭很理解地点了点头，拍着他的肩膀说：“我懂你的意思。我试着把这些衣服拿去地下室，好不好？因为这里是你生活的地方，我们要先照顾好你。”科里同意了。

后来，那些旧衣服被剪成一片一片的布料，缝成了一条百衲被。这样，科里就可以在沙发上盖着它了。他对父亲的怀念被转换了一个形式保存了下来。而且，Fab五人组还在墙上挂上了许多科里父亲跟家人们一起拍的照片，是为了让“你一回家就可以看到，谁把你抚养成今天的模样，谁启发了你。”

在给他的信中，卡拉莫写道：“新的传承由此开始。从你的父亲交到你手上，现在轮到你转交给你的女儿们。记住，爱存在于细微之处。”

于是，爱就永远不会消失。

如何从当下开始改写生命故事?

哭着笑着看完8集《粉雄救兵》后，我收获了这些美好的领悟：

自我呵护

很多时候，痛苦来自我们为了获得所谓的幸福而太在意别人，忽略了自己。如果你连自己都没有了，拿什么来感觉幸福呢?

有一集故事，说的是一位有太太和6个孩子要照顾的男性。他做着两份工作，每晚只能在沙发上小睡两个小时，被巨大的生活压力“折磨”得两眼无神。但Fab五人组的到来，让他意识到，他只有先照顾自己，才能有健康的身体更好地照顾家人；他多在意一些自己的外表，更好的工作机会才能垂青于他，别人才会更相信他是有工作能力的，而不是一个快要被粗糙人生压垮了的无力者。

多一些自我呵护，你就可能会被更多好运眷顾。“这个世界在用你对待自己的方式对待你。”这就是吸引力法则。

选择体面

体面的生活方式，包含体面的穿着、发型、饮食、居家环境，还包括高品质的社交和休闲活动。体面，并不意味着你要过得多么奢华。如果经济能力有限，去大卖场的服装区，你也能选到适合自己体型、气质的衣服；去博物馆欣赏艺术也花不了多少钱；跟伴侣、家人一起动手种香草、烹饪食物，也是难得的时光。

重要的是，你有没有意识到，体面这件事，对你有多么重要，对你的人生有多么重要。跟随一位你觉得堪称“表率”的榜样，去学习，去练习。

微小行动

你愿意迈出你的第一步吗?从去市场挑选新鲜的食材为自己做饭，到为自己理一个合适的发型……它就可以是你人生僵局的“爆破行动”。莫以善小而不为，说的也是这个意思。

从一件小小的事情发端，用心做好人生摆在你面前的每一个小事，你的人生真的能改写。

完整看见

无论是我们自己还是其他人，乃至我们所生活的这个世界，都不是单层、表面化的存在，它很丰富、很多元、很立体、很完整。当我们如果只看表面，我们很容易被一些认知里存在的误区和盲区左右着，形成错误的感受和结论。

一个人被困在他的生活里，仅仅是因为他的惰性或不思进取吗？有没有可能，那里面藏着一颗受伤却不自知的心？当你能够看见完整，才有机会陪伴自己和他人走向疗愈。

对话沟通

我们每个人对待这个世界时，都有属于自己的解读方式。面对同一个事件，我们会讲出的故事完全不同。所以，如果这些故事没有机会见到彼此，我们可能会在自说自话中度过这一生，永远没办法达成共识。

我认为《粉雄救兵》里最棒的一段对话，来自黑人卡拉莫和白人警官科里，因为有沟通，他们才有机会撕掉为对方贴上的标签，更加理解在两个族群冲突加剧的今天，什么是建设性的相处方式，不然，“我们都在受同一种苦”。对话沟通，听懂别人，也让别人有机会了解你更多。

也请记得，说话时，永远要不吝于给出真心的赞美。他觉得自己丑，你就赞美他性格好，风趣幽默；他觉得自己呆，你就赞美他完美的下颌线条；他觉得自己又高又笨重，你就赞美他的智慧。

能给出赞美的人，都像Fab 5一样，是这个世界的小天使。因为，你令我们越来越相信——无论多“丧”的人生，都有无限可能。所以，通过爱的加持，从当下开始翻转吧。

《海洋奇缘》：在行动中，养大你的自信

迪士尼影业在收购了皮克斯动画工作室之后，最近几年强强联手，真是焕发了无穷的创造力，接连奉献了多部口碑票房都好的“爆款”产品。《冰雪奇缘》以及主题曲《let it go》，《超能陆战队》的大白，《疯狂动物城》的兔警官朱迪、狐狸尼克还有树懒闪电……个个都红遍全球。

当我第一眼看到《海洋奇缘》的海报，已经预想这会是又一部佳作。即便是有这样的预期，它的好，也超乎了我的想象。

千万别把它当成迪士尼又一部讲述“寻找自我”“梦想”“冒险”“成长”的俗套动画片，因为它值得细细品味的精神内涵好多好深。任何一个好故事都是生命的隐喻。我尝试提炼了一些最吸引我的“点”，像说故事一样，分享给有兴趣的你：

召唤，天命，寻路，女神传承，英雄之旅……

若能给你的观影过程提供一点不一样的角度和深度，就是我的小小心意。

如果可以的话，不要仅仅是看一看短视频、文字和图片而已，找一家观影效果好的电影院，让自己完完全全“沉浸”。在电影所营造的情境中，跟随主人公们做一次深度的心灵秘境旅行吧。

这种方式真的很棒。让我们可以在今生的“固定”角色和剧情之外，多体验成百上千种人生。

如何聆听到生命召唤，走向你的天命之路？

答案是，聆听你的心。

那么，到底要如何聆听？

感觉一下，你小时候就好奇什么，喜欢研究什么，对什么故事感兴趣？从这个世界传来的什么故事，会像“鼓声”一样敲击着你心灵深处的热情，让你兴奋不已？你从小到大都没有放弃的、跃跃欲试的是什么？

一群小孩子听老祖母讲故事，特菲提女神创世，半神毛伊窃取女神之心，与恶卡战斗……有的孩子吓哭了，有的孩子吓昏过去，有的孩子无感，唯有莫阿纳听得两眼放光，跃跃欲试。

先生在我耳畔笑说：“不同的孩子，不同的反应，已经在剧透他们长大后的人生走向了。”

一个人在小时候，鲜活的心灵还未被世俗教育建构框架之前，本能和天然的热爱，就是生命本身留给我们的讯息。

这几天，我重新完整地看了一遍87版电视剧《红楼梦》，感慨宝玉如果生在自由年代，该是多好的化妆品研发大师，服饰造型大师，浪漫派诗人……逼他走科举、做官的道路，确实勉为其难啊。

不管莫阿纳的酋长老爸多么“用心”约束女儿的冒险欲望，也是枉然。她的心是关不住的。只要时机到了，她就会扬帆远航。

那种生命的热情，从她是小孩子时，就已经燃烧在她眼睛中了。

大海的召唤，她的心听得到，无法阻拦。

就像毛伊丢失了鱼钩法杖，“蛰伏”在小岛上一千多年。当莫阿纳邀请他一起跨越整片海洋去归还女神之心时，毛伊一开始是拒绝的。

然而，他胸口的那个“自画像”文身（隐喻他的“心”），却在不断地想要跟莫阿纳一起走……

他的心，也知道自己的方向。

当一个人试图整合自己的生命，想要知道“我是谁”“我的天命是什么”，请回到你的童年、你的心去思考。那些一直深埋在你心田里的梦想种子才真正值得你去浇灌。

绘画也好，写作也好，裁衣服也好，种植物也好，做菜也好……你的生命热情所在的地方，才是真正值得你去探索的地方。

即便你不把它们当作谋生的手段，当成滋养自己生命的爱好也好。

生命之浪，从未放弃把你推向天命之路的尝试

《海洋奇缘》里出现的这个隐喻，我简直爱到不行——一朵可爱、有灵性又搞笑的生命之浪。在莫阿纳还是小女孩开始，它就一次次出现在她身边，向她昭示着某种“征兆”：你要去海洋上冒险，你要去归还特菲提女神之心。

它一直都在，并用它的方式引领着莫阿纳。

尤其，莫阿纳刚刚跟毛伊一起上路时，毛伊几次嫌弃地把莫阿纳扔下海，生命之浪都会卷起她，把她送回到独木舟上。

看到这一段，我笑疯了。为什么？

想起这一路走在灵性觉醒的道路上，有几次想要逃跑，躲避这条有点难的道路，结果，总是发生各种意想不到的情况，就好像被一个又一个的浪头迎头痛击，阻断我逃跑的线路，让我不得不继续往前走。

我不是从一开始就勇敢到不想逃跑的，是逃不过那个更大力量对我的安排。而在顺着生命之浪，与它携手共进退的过程中，我长出了越来越多的勇气。

真正的勇气，会在面对真实、扎实行动的过程中被养大。

当你选择了一条英雄之旅或是女神之路时，并不需要你一开始就具备十足的勇气，只需要一点点“跟随”生命之浪的勇气，就够了。

跟随它的指引。

跟随它的召唤。

没错，是大海选择了你，是生命选择了你，是宇宙选择了你。

你只需要有“跟随”的勇气就够了。

在行动中，养大自信。

然后，在行走的每一步，你所需要的力量、智慧、资源，都会一一被唤醒。

上天（或者说你的灵魂）既然选择了走向远方，它们必定早已将你需要的一切“装备”打包好，放在路边相应的位置上了。

拿我自己来说，28岁，我发现了“灵修”；29岁，我发现了“与神对话”；31岁，我发现了“叙事”，33岁我发现了“拙火”……一切的一切，都是按部就班出现在我生命旅途中的。早一步不可得，晚一步可能会错过。所有我需要的帮助，都是在最恰当的时机，由“生命之浪”送来，交予我手上。

我只需要走好这一步，下一步的方向和资源就会出现。

我发现，最省心省力、简单好玩的活法莫过于此——永远活好这一个刹那。

“生命之浪”自有安排。

女神与英雄，是生命能量的一体两面

莫阿纳绝对不是这部电影的唯一主角。与她同为主角的，还有又臭屁又胆小的半神毛伊。

这是我觉得这部电影超棒的一个设计。女性不再是等待被王子解救，依靠婚姻就能“从此过着幸福快乐的生活”的弱者（白雪公主），也不是与男人一样战斗的女汉子（《风中奇缘》宝嘉康蒂，《花木兰》中的花木兰）。而男性也不再是要么英明神武、征服一切的大英雄，要么胆小如鼠、靠不住的懦夫。

两个性格上各有积极面向与消极面向的真实、不完美的人，互相扶持着、激励着，去面对挑战与困难。莫阿纳和毛伊恰是“人”

的一体两面。

莫阿纳在热情勇气之外，要向毛伊学习航海知识，要依靠他的力量与经验才能战胜椰子海盗，对战恶卡。这些，仅凭莫阿纳自己也做不到。

而毛伊在自己的神力失去时，要依靠莫阿纳身为女性的直觉，疗愈他被亲生父母抛弃的悲伤，唤醒他自己内在的力量，而不是仅仅依靠神赐予的鱼钩法杖。

毛伊教导莫阿纳如何依靠逻辑与判断力，在大海上观星，寻路，操纵风帆。

他教莫阿纳，把手放在海水中，如果洋流是暖的，就代表航线正确。如果洋流是冷的，则代表走错了路。人为自己寻路时，又何尝不是如此呢？你的血，你的心，究竟是热是冷呢？

他说，你要知道你的目标在哪里（未来），就要先知道你此刻航行到了哪里（当下），更重要的是，你要知道你已经走过了哪些地方（过去）。这是资深航海者的经验。这些非常了不起。

而莫阿纳则用女性的洞察力，向毛伊示范如何洞察真实。

当毛伊与恶卡陷入恶战时，莫阿纳认出了恶卡就是丢失了心的女神。她把心归还给了女神，恶卡凶狠的外壳——一层层黑色熔岩构成的皮肤就开始脱落，恢复了她本来的面目。

特菲提与恶卡，也是生命能量的一体两面。《神话的力量》里写道：“伟大女神的神话，教导所有众生慈悲；由于慈悲，你会开始欣赏大地本身的圣洁，因为它就是女神的自身。”

大地本身，既孕育生命，也摧毁生命（地震、火山、山洪等）。女神的传统中会说到，在世界各地不同的文化传统中，女神既是造物主，主司生育、繁衍、新生，也主宰着毁灭的力量，象征着死亡、重生、轮回。失去了“心”的特菲提女神，就无法再被

“生机”主宰，转化成了摧毁的力量恶卡。

另外要提到的“一体两面”：“英雄之旅”的典型特征是，男性要去“占领”与“夺取”这个世界的宝物，而“女神之路”的特征，则是女性要去“归还”这个世界的宝物。这就是毛伊和莫阿纳分别在做的事情。而当他们两人合力，才是一个完整的循环。

另外，电影里那只蠢笨又执着的小鸡“憨憨”，连眼睛都不好使，居然跟随莫阿纳和毛伊完成了这一趟旅程。而陪莫阿纳第一次出海时，受到惊吓的小猪，看起来聪明伶俐，却被那一次的失败经验吓破胆了，再也没尝试过。它们俩，好像也是我们内在某些特质的一体两面。

《海洋奇缘》真是一部讲述生命历程的好片子。

《摔跤吧，爸爸》：偷师女主角的五大人生逆袭法则

《摔跤吧，爸爸！》这部电影第一次看，我当然也是奔着阿米尔·汗的光环去的。我以为，“父亲”是这部戏的主角。当我用这样的视角看，电影也很好看，很燃。然而，对我来说，止于好看。我觉得，比不上《三傻大闹好莱坞》带来的感动。甚至，它的一些情节带给我很多迷惑——这个电影到底想说个啥？

前三分之一的剧情让我觉得喘不过气来，就是后来大家都在讨论的那些“槽点”。什么父权，被压迫的女儿，东方式打孩子啊，被迫剪头发啊，逼迫式训练啊，传宗接代啊，为了老子的金牌梦……不断在唤醒我也很熟悉的童年“屈辱”记忆。

哎呀，东方式爸爸，真是东方女儿们不知从何说起的奇妙存在。

读了许多篇影评文章，我也是不太懂。于是，我忍不住去二刷，想看看它到底在说什么。这一次，在某个时间点，我一下开窍啦。

人生所有的经历，都是你成就自己的“女神之路”

大女儿吉塔，在第一次参加比赛输掉后，倔强的姑娘整夜无法入睡，她主动跑去问父亲：“下一次比赛，是什么时候？”我的眼前忽然一亮。

然后，就是一段快节奏的画面剪切，吉塔一场场打比赛。伴随着一首插曲的歌词，我的心一下明了。

“摔跤的少女，向我们走来。”我看见，大女儿吉塔如小豹子

一般圆眼环睁，在摔跤场上身手敏捷，无往不利，打败一个又一个男摔跤手。

我才恍然大悟，这部电影的主角，是女儿，不是爸爸。

承认吧，在生命的一些领域里，我们渴望赢，渴望力争上游，渴望更好更快更强……实则都是为超越自己的限制，突破“习惯圈”。（根本不是“舒适圈”，好嘛！）

这是生命渴望进化超越的天然属性。也就是这一类体育电影之所以这么“燃”的原因。

这部电影的主线，根本不是讲述一个摔跤狂爸爸逼着女儿完成自己的未酬壮志，逼她成为摔跤世界冠军的故事。而是一个保守闭塞的印度农村少女，在身边的女性被“物化”为生育工具，只能早早结婚生子一辈子操持家务的环境里，被父亲发现了摔跤天赋。然后，父亲顶住了周围窸窸窣窣的非议和嘲笑，陪伴她一路摸爬滚打历经各种坎坷……最终，她战胜了自己的出身和局限，成长为世界摔跤冠军。也就是说，这部电影的主角是吉塔。这是吉塔的天命之路。

父亲，不过是她生命故事里的配角，是与她演对手戏的演员。就跟后来的教练、闺蜜同学一样，都是她故事里的配角而已。

对啊，你就是有一个很专制很强权的爸爸，那你还要不要练你喜欢的摔跤，发挥你的天赋，改变你的命运？

对啊，你就是生在一个封闭愚昧的农村，那你还要不要练你喜欢的摔跤，发挥你的天赋，改变你的命运？

对啊，其他人就是会嘲笑你，那你还要不要练……

视角一变，哇，我再看过去，如同庖丁解牛一般，整部电影在我眼里闪出了10万伏高压——这不就是一个女人的“女神之路”吗？

在这条路上，一个普通女孩打怪升级，是多么了不起的存在啊。这样看这个故事，把我激动坏了。

其中发生的种种故事，都是她把自己的天赋完全打磨出来而发生的插曲。主角是她，父亲只是她的人生道路上的配角而已。她一直都有自己的自由意志。甚至，她的父亲为了给她创造一个发挥天赋和自由意志的空间，承受了许多。

这是我从女主身上学到的第一个人生逆袭法则——人生所有的经历，都是你成就自己的“女神之路”。

把你的天赋发挥到淋漓尽致，也许是摔跤，也许是做饭

吉塔和妹妹，原本就是普通的印度农村少女，喜欢漂亮，喜欢美食……囿于生活视野，她对自己人生的设想其实是缺乏的。如果不是因为她的老爸是摔跤手，她的人生出路大约与那位14岁就出嫁的小姐妹不会有太大区别。

这其中，她的父亲是她的伯乐，毋庸置疑。

她敢打架、善打架，把邻居家男孩揍得鼻青脸肿。一般这种特质会被定义为“调皮捣蛋”，甚至会被认为是“不像女孩子”“疯妮子”“假小子”，搞不好会被父母胖揍一顿，逼问“你改不改？你还野不野了？”

可是，她的爸爸认为，这是摔跤的天赋。于是，一年为期，疯狂训练。

起初，她是抗拒的。她不是不喜欢摔跤，甚至在父亲自制的稻田摔跤场，她也是玩得不亦乐乎的。

可是，每天5点起床，没有娱乐，要忌口，日复一日地枯燥训练，小姑娘当然怕苦，怕累，也怕自己不像女孩子了，怕自己太另类太与众不同，她和妹妹一起“革命”。结果，被父亲下令强行剪掉辫子……

当然，你可以说，我这个视角是“职业病”，因为我就是做女

性生命意识唤醒的人啊。

从自认“我只是女孩”而混沌蒙昧，只能跟随其他人的活法，在人间稀里糊涂地活；到超越了印度绝大多数农村少女操持家务—嫁人—生子—操持一辈子家务”的人生归宿；再到终于可以把自己的天赋锤炼到淋漓尽致，活出自己的生命之光，改变自己的命运，也唤醒其他女性走向不一样人生的道路。

我想，这就是“女神之路”啊。

这是我从女主身上学到的人生逆袭法则之二——善用你的那一点天赋，无论是摔跤，还是做饭，无论是码字，还是跟孩子说话，你都可以让自己发光。

想成就自己，少不得修炼“忍辱”

剪头发时，吉塔委屈地眼泪直流。这个段落也是我一刷时最“愤慨”的段落——“凭什么，就凭你是我爸吗？就可以不顾我的个体意志吗？让我练摔跤就练摔跤，要铰我头发就铰我头发？”

直到二刷，我忽然换了一个视角：如果，吉塔今生的灵魂蓝图就是这样设计的呢？这是她必须要面对的，也必须要超越的历练，包括父亲的严苛，包括村民的不解嘲讽，包括摔跤圈子男性的蔑视，如果这些都是她要耐受得住，并且无惧无畏地站起来的呢？

她来到一个有摔跤传统的印度家庭，父亲为祖国夺得世界冠军的壮志未酬，本来寄希望于生儿子来继续圆梦，但是意外地发现她就有天赋。

于是，父亲开始以“教练”的身份来打磨她这块璞玉。

打磨她的过程一定不会都是爱和鼓励，会发生各种各样的事情。

有时候，人们需要棒喝。

没办法，我们是人，就是有各种念头绞缠在一起，糊涂到醒不过来的时候。

也爱，也棒喝。才是对生命负责。

从前，我真的很讨厌一个词，叫作“忍辱”。

为什么要“忽悠”大家忍气吞声？

可是，借由《摔跤吧，爸爸！》这部电影，也让我看见，自己这一路在无数次痛哭、嘶吼，甚至破口大骂之后，才终于长出力量，去面对外界那些评判的声音。

我终于懂得了，什么叫作“忍辱”。忍辱，才不是忍气吞声，而是当你被莫名其妙的言论中伤时，当你的做法被误解时，当你的工作成果被别人掳走时……受得住委曲。

忍辱，就是耐受得住那些来自外界的强迫、羞辱、误解。这是成就自己的路途上少不得要修炼的功课，是我从女主身上学到的人生逆袭法则之三。

忍辱，就是在需要的时刻，可以噙着眼泪为自己“发声”，坚定做出回应。

忍辱，就是不被别人的评判所影响，依旧脚步坚定地，走自己的路。

忍辱，本身就是一种回应。忍辱，才不是教人沉默不言，做怂包、软蛋。

没有被那些评判的声音压垮，继续做自己要做的事情，是一种“回应”的态度。

没被自己的羞愧感压垮，去面对，去回击，去战斗，也是一种回应。

甚至，默默学好本事，随时准备另谋高就，也是一种回应……

当屈辱感铺天盖地从心里面涌起时，你能不能耐受得住，就是在修炼“忍辱”。

有句话说得有道理，你出得起多大的名，就要挨得起多大的骂。

终于有一天，你可以做到嘿嘿一笑，说：“原来是这样啊，你是这样想的啊。可是，我知道，你已影响不到我。”

任你天赋再高，也高不过“借口”

一个人有天赋，就足以成就自己吗?

当然不行。

任何一种天赋，要打磨成能力乃至技艺，都需要长久的努力。何止是“一万小时定理”啊。中途略有松懈，那个天赋所呈现出来的模样都会大打折扣。

没错，吉塔的天赋足以跻身世界好手的行列，她父亲无比确信这一点。他比任何人都看好自己的女儿。但，这是在正统而严格的训练下才能完成的跨越。即便她天赋那么高，也不可能随随便便成功，一旦安于某些“借口”，放松对自己的锤炼，水准就会滑坡。

对顶尖选手而言，拼的根本不是天赋了。在那个层级，天赋都差不了太多，要拼的是训练的持续严谨，拼的是技术战术水平，拼的是扎扎实实的基本日常训练、饮食等细节。

这就是吉塔差点被国家体育学院那位庸才教练毁掉的原因。

“能拿奖牌就很好”的指导精神，就是一个“借口”；“你们过去练的技术过时了，这个实用又有效”也是一个借口。吉塔很快退步成一个长期在国际大赛“一轮游”的选手。她甚至自己也变得毫不在乎，但是又非常烦躁地表示：“不过就是输掉一场比赛吗?”

而她的妹妹说：“不，姐姐，你变了。你第一次打比赛输了，难过得彻夜难眠。可是现在，你输掉国际大赛也毫不在乎……”妹妹知道，姐姐给自己找了许多借口。

吉塔的闺蜜同学，就是那个带着吉塔轻松快乐过日子的姑娘，估计她难以成为世界顶尖选手。因为她的“借口”更多。

反观吉塔的妹妹，稳扎稳打，最后拿到了比姐姐更辉煌的战绩。小姑娘多坚定啊，即使离开老爸的监督，来到了自由得像天堂一样的大学，也坚定地按照老爸教的“过时却扎实”的方法训练，坚定地对油炸食物说“不”。

如果不拿偶然发生一次两次的例外做“借口”，天赋相同，勤勉者胜。一定是这样。再高的天赋都高不过“借口”。这是我从女主身上学到的第四个人生逆袭法则。

曾经，我非常热爱巴西足球队，那个在球场上跳桑巴舞的球队，一批一批天才球员涌现。那时，我爱死他们了，爱那超乎想象的足球天赋。那时候，我觉得欧洲老牌强队的球星都太古板太老套太缺乏想象力。

但是后来，我惊奇地发现，那些天才球员往往比欧洲老牌的球员陨落得快许多，眼看着罗纳尔多、罗纳尔迪尼奥不见了踪影。可是比他们更早崛起的齐达内、菲戈、劳尔等人还在绿茵场上不知疲倦地奔跑着，展现着不老的球技。

那些天才们，他们迅速成名，收入颇丰，与不同的美女游艇派对，迅速发胖，陷于各种新闻……如果他们能更珍惜自己的天赋，可以享受的职业生涯也许要长许多倍。而他们在俱乐部的欧洲队友们兢兢业业，严谨地训练、比赛，家庭稳定幸福。

我是到年纪渐长，才懂得了这种踏实的妙处。

自己是自己的“因果”，其他的都是“外缘”

“没关系的，偶尔放松不练习也没事。反正我已经是学院最好的摔跤手了。”

“爆米花、炸脆球，偶尔吃一个也没关系。”

“用点小技巧、小窍门也没关系。”

“输掉一场比赛也没关系。”

如果吉塔没有连败后痛定思痛的醒悟，再度回到那个更懂她的教练（父亲）麾下，她大约就从此默默无闻地从体育学院毕业了，找一份助理教练或老师的工作。

然后，等她年华老去时，回想曾错失的冠军梦，她还是能够找出许多借口。

“教练很没有水准，把我都耽误了。”

“朋友总喊我出去玩。我都没时间训练。”

“唉，早就知道我不可能拿冠军了，我没那个命。”

“拿不拿世界冠军又能怎样，女人最后还不是要嫁人的。”

人生在世，好像一不缺“烦恼”，二不缺“借口”。“烦恼”和“借口”如影随形。怨天怨地怨神怨人，就是看不到自己的“借口”，才是造成今日的唯一“因”。

因果，是佛陀的教诲。因是你的起心动念，果是结果的呈现。其他那些常被我们归结为“外因”的，只是“缘”。

自己是自己的因果，其他的那些都只是缘而已。这也是我从女主身上学到的第五个人生逆袭法则。父亲是缘，教练是缘，闺蜜同学是缘。

所以，影片的最后，爸爸不在，女主角独自上场，拿到冠军。她，终于立住了。

这，就是我从《摔跤吧，爸爸！》女主身上，“偷师”到的5个人生逆袭，从村姑成为冠军的秘诀。

是的，你就是你自己的逆袭教练。而“冠军”是你真正超越了自己后所得到的奖赏。这条路上只有你自己。出现的任何人都是你生命故事里与你演对手戏的角色而已。

一切，还是百分百看你自己。

《神秘巨星》：女人的强悍，特别特别美

“叔叔，那是我的座位，请你让一让！”

对我来说，电影《神秘巨星》的故事，是从飞机上要座位的这个段落开始才真正好看起来。

生平第一次坐飞机的15岁印度女孩尹希娅，一个人去孟买录制她人生中的第一首单曲。

小男友邱腾指点她，到航空公司的柜台要一个靠窗座位：“因为啊，当你在飞机起飞时，越来越远离地面，那些父母、老师、考试的烦心事，都将变成地面上的一个小点，什么都看不见了。”

那个座位却被一名先到的中年男子给占了。尹希娅很为难，但她决定不放弃自己坐在窗边去体验和感受的权利。

第一次，她怯生生地向那名乘客提出要求：“叔叔，那是我的座位……”

中年男子有点不耐烦地说：“这是短途飞机，座位随便坐。我已经坐下了，你就坐旁边吧。”

尹希娅顿了一下，还是不打算放弃，提高了音量，她继续说：“叔叔，那是我的座位，请你让一让！”

最终，男人终于不情不愿地起身，移到外侧座位。

小女孩坐下来时，一边系安全带，一边在脸上绽放出一个笑容。

哪有那么多"佛系"，都是恐惧

这种做法，显然很不“佛系”。

大约也会有人觉得，没必要啊，让给他就是，何必争来争去的，没度量，不大方。

可是，这个小女孩没有“都行”“随便”“无所谓”，她坚定地捍卫了那份自己的想要。

“哇，这个女孩真强悍。”我赞叹着。

不知道你有没有过那种经历：

你摆平了自己“害怕丢面子”“害怕被拒绝”的心理，守护了你心里在那个时刻想要守护的坚持，然后你成功了。

小到你在电影院里，勇敢提醒隔壁座的那个人不要再用手机屏幕在黑暗中晃“瞎”你的眼睛，影响你的观影体验。大到在职场上，对那些莫名其妙就扣在你头上的“锅”勇敢澄清，不推诿也不受屈。

当你做了，哪怕是噙着眼泪也哆里哆嗦地做了，做成了，你也会送给自己这样的一个笑容。

人生在世，估计没有人会喜欢活得窝囊、憋屈，不敢提要求，不敢捍卫自己正当利益吧。

然而，有时候，你确实得一吸气、一咬牙、一跺脚，眼一闭、心一横，才能让你的强悍做主，送你去打一场人生的“善战”。

因为世俗主流价值观鼓励的是，你活成一团和气兼一团稀泥的样子。太有锋芒的人，不愿意委屈自己求全的人，尤其是女人，反而有时候会成为“错”的那个——因为你，没有隐忍。

我看着，强悍，如同凝聚在尹希娅身体里的一股真气，一直在带领她，去冲撞所谓的“命”，所谓的世俗主流价值观。我心里好爽。

她去老师家补课，没有地方坐，她就大咧咧盘腿坐在餐桌上；

看到别人在YouTube发表唱歌视频得到大量关注，她就立刻付诸行动，录制上传了两首歌曲；

因为想帮助母亲彻底离开恶劣的家庭，她就能把“造反计划”从1.0版一直拟定到29.0版，直接想办法联结到最顶尖的离婚律师。

如果计划行不通，想必，她还会继续创造下去……

这个女孩子，真是黯淡人生也封锁不住的那种人。她这一生，好像就是来创造逆袭奇迹的。

她能改变命运，不仅仅是因为她有唱歌天赋，而是因为：她对人生自有一种强悍的态度。那样活着的样子真是好看，让她逢山开路、遇水搭桥。

即使生活在极度重男轻女的印度，即使生活在一个父亲不断家暴母亲的家庭里，即便学习成绩一塌糊涂……她，都有能力，为自己的未来蹚出一条路来。

“强悍”对女人意味着什么

以前，我没有认真想过——“强悍”的生命态度，对一个人，尤其是一个女人意味着什么，直到最近碰到一个故事。

那日，我和先生陪一对来自台湾的学者夫妇共进晚餐。席间聊到他们19岁的宝贝女儿在台湾与德国两地成长过程中所体验的点滴。

他们很为女儿骄傲，因为这一路，她在自己钢琴演奏家的梦想道路上付出很大的努力。她对自己的梦想相当负责任，于是，生命态度也快速成熟稳健起来。

几年后再放假回台，她跟童年的小伙伴好像就没办法再聊到一起。小伙伴们说：“你真好，跑去国外，再也不用考试了。”

她诧异：“你们怎么会把这一切理解得这么幼稚？！我有很多事情要付诸行动，也要很拼命的。”她想要继续走钢琴演奏的道路；要学好很难很难的德语，把学业搞好；要不断钻研很有兴趣的时装艺术……

一个小女生在异国他乡独自生活，独自在真实人生里摸爬滚打，让她长成了一个不想再“幼稚”的女孩。

她的父母说：“她个性里就是有很‘强悍’的地方。”语带欣赏与骄傲。

“强悍？”我很吃惊，从来没听到过哪个女孩子身上的强悍会成为被父母当众表彰的“勋章”。

她的母亲点头：“她真的是强悍。从小就自我意识很强，知道自己要什么，又肯拼命达成。”

我半天没吱声。

这么想来，我从小也是个相当强悍的妹子啊，我从小就知道自己要什么。可是这样的我迎接来的常常是责打与训斥——你能不能变得跟其他人一样乖巧、听话？

骨子里那么那么强悍的我，被打压得差一点就屈服于人生。我也有点认同了身为女人最好的出路，不过是找一个伴侣，把自己嫁掉、生娃、买房安家。

这一“泄气”，我就搁置了自己的梦想很多年。我那些没有被欣赏过的强悍，慢慢变成我自己也讨厌的地方。我在心里偷偷把自己的强悍视作身上会扎人的刺，想要拔得干干净净。

我试试看，是不是从一只刺猬变成一只田鼠，就会让人生幸福一点、少辛苦一点。结果并没有。人生该吃的苦，我一样都没躲过。

反而，因为掩藏了强悍，遇到来自外界的“伤害”时，不敢喊，不敢逃，不敢回击，只能僵在原地默默忍受，内伤许多年。

甚至，在后来还要勉强认同——“那些伤害能算伤害吗？不都是来成就你的吗？”

因为掩藏了强悍，每一次遇到不公正对待时，例如被抢座位啊，工作中被骚扰时，被同事穿小鞋下绊子时，被他人无端指责时，连为自己发出一声呼喊的勇气都没有。更别提能像一个成熟的成年人那样，去表达、去沟通、去协商解决。

在失去强悍的日子里，我愈发变成一个台面上不吭声、私底下一堆怨念的“受害者”。

因为掩藏了强悍，在许多人生重大的时刻，我遇到那些想做却不太够胆去做的机会时，总是瞻前顾后、畏手畏脚，错失了许多可能性，让人生总是阶段性陷入“习惯圈”里（之所以没有用“舒适圈”的概念，是因为真的不舒适啊，只是习惯了而已）。

因为你不敢为自己的决定负责，生怕做错、搞砸，就缺少“强悍的人生不需要解释”的劲头。

强悍，不是凶悍。

真正的强悍，是伴随着女人生命源头就存在的野性、自信、力量。它是那些会被世俗主流价值观定义为“野”“凶猛”“歇斯底里”“张扬”的东西，就像电视剧《那年花开月正圆》里的周莹，是个野丫头、不服礼教管束。

凶悍的人往往内心孱弱，才要在言行举止上显得强。而强悍的人，由内及外，一以贯之的强。

所以电影里，尹希娅一些凶巴巴对待小男友的举动，情绪激动时就摔打东西的举动，不是我所讨论的“强悍”的部分。那只是一个内心被压抑到极点的孩子本能的生理反应。加之从小耳濡目染父亲一有情绪就殴打母亲的行为，也变成了她潜意识的反应机制。那是她的受伤。

碾压一切的难

最近，我拍板做了一件此生做过的最大项目。活动做得非常成功，但因诸多原因，最后账面上的收支数字很不好看。

放在过去，我会被打击得很多天缓不过来劲。但是这一次，我强悍地面对了这个结果，没原地爆炸，没怨天尤人。

哎呀妈呀，真是前所未有的巨大进步。

因为对我来说，操盘整个项目最难的部分，是前期的准备阶段。在这个过程中，我一百次感受到内心铺天盖地、澎湃汹涌的恐惧，大到几乎要把我压垮。

然后，某个时刻，我仿若得到神秘力量的指引，突然在内心深处触碰到一股强悍的生命能量。我在朋友圈里写了这么一段话——

可做可不做的事情，选择“做”。
想做又害怕做的事情，选择“做”。
梦想做又拖延许多年的事情，选择“做”。
犹犹豫豫还没下定决心的事情，选择“做”。
于是，人生才会有机会向前一步。
一小步，一小步，就能把自己带去我想要的远方。
给自己机会。
给自己机会去体验人生的种种。
因为，我有权利去体验！

我的先生亲眼见证我的这些情绪起伏，后来他在活动舞台上主持时这样形容我：“真的要佩服她啊。经常是鼻涕眼泪擦一擦，又继续从床上爬起来，乖乖写文案去了。”

经此一役，我感觉到，想做事，想成长为一个有能力、有智慧、有方法的身心灵领域、生命教育领域的“女企业家”，真的需要一种强悍。

这种强悍不是因为自大，也不是因为自私，更不是什么所谓的使命感。

不，强悍的生命态度来自，我跟我的心灵保持联结。

我能从心那里，持续接收到来自宇宙的讯息。如同脉搏一般，全身的血液不断向前——因为我想做，我就做了，我甘愿接受任何的结果。

并且，我对自己的梦想，是负责任的。

“负责”意味着，不偷懒也不蛮干；不逼迫自己也不放松自我要求；不傻乎乎拼命也不偷奸耍滑；不刚愎自用也不轻易让别人的说法影响自己的判断。

我坚信的是，只要在过程中全情投入到每一个当下，认真地学习，拓展视野，增加本事，就绝对可以收获到比账面数字更重要的东西。

下一次再做，我会多出更多的定力、办法和高瞻远瞩的眼光。我可以承认这一次能力有限、经验不足，但我，不会被一直困在这里。

下一次，我会脱胎换骨。

当我学着不再压抑自己的生命能量（害怕有人说我逞能、跳高），不再被那些“怕”阻挡了心中的“敢”，我真真切切地体会到——内心的强悍，会带领着我，如太阳神阿波罗的战车一般，轰隆隆行驶，于是真的就碾压了一切的难。

那些难，再也没办法像过去一样，轻易拦住我。

黯淡的人生封锁不住你

说回《神秘巨星》。

尹希娅母亲娜吉玛的角色，是后来才慢慢把我圈粉的。一开始，我看到的，都是娜吉玛被家暴了十几年，忍气吞声的模样。忍什么忍啊，反抗啊，带着孩子一起跑，离开家暴男……我心里也咆哮着1000个“哀其不幸，怒其不争”的弹幕。

看到影片最后，好像才迎来她“突然”的爆发。

在机场，丈夫因为不愿意付女儿吉他的超重行李费（4500卢比，大约400多人民币），颐指气使让女儿把吉他丢进垃圾箱。

在他眼里，吉他以及女儿的歌手梦都是垃圾，就像他的文盲妻子脑子里装的那些东西一样，都是垃圾。

这时，娜吉玛“忽然”战神附体，面对着那个“凶悍”的男人（对，他就只是凶而已，一点也不强），那个只因她忘记烧热水就能打断她的手的丈夫，勇敢地发出自己的声音：“这不是垃圾，这是尹希娅的吉他。梦想是最基本的、每个人都拥有的权利。没有梦想，一切都会失去意义。如果不能做梦，睡着和醒着又有什么区别。”

丈夫恼羞成怒，扬言要当众暴打她。

她第一次伸出手来指向丈夫，坚定地说：“这里到处都有监控摄像，你敢动手打我，我们就会去警卫室调出视频，上传到网上，尹希娅有几百万的粉丝，他们都会看到。我到警察局举报你，你就会被逮捕。要是你的公司知道了，你的工作就算完了，你这一生也完了。如果你识相，就自己去利雅得（沙特首都），留我们母子三人在这里，过没有你的清净日子。”

所以，有观众也特别质疑这一点——这个女人怎么就突然开挂了。

其实，可以顺着故事脉络展现的细节，捋一捋娜吉玛的内心。

她的女儿尹希娅因为在录音棚里唱不出来，制作人夏克提要求她唱的性感舞曲而委屈得哭了。在录音棚里哭完，又去洗手间哭。哭完，她却敢跑去跟牛哄哄的夏克提说：“不是我唱得不行，是你的编曲有问题。”

有理有据地表达，说服了那个不可一世的男人，也让这个男人想到他做音乐的初心。他拿出了封存许久的原曲，交给尹希娅。

但是，那个最能说服夏克提的理由，是尹希娅妈妈的观点。

就算没文化，她从来都是有见识的。

从当年坚持不流产，宁愿一个人离家出走10个月，也要把女儿生下来的那份坚持，这个女人的强悍就一直在。

后面，她的隐忍，你说是她的女性意识还未完全长成也好，是她在等待一个成熟的时机也好，她选择了忍耐。为了给两个孩子一个相对安稳的生活、接受教育的机会，她忍耐着丈夫的殴打与辱骂，还有低气压的情绪“凌迟”。

你可能会觉得她软弱，可是，你注意到没？

一旦丈夫不在家，她还是会像阳光下的蒲公英一般，为两个孩子撑起一片充满阳光和欢乐的天空。她自己是文盲，却会给孩子们的生活里带去艺术、音乐的熏陶。

她从丈夫钱包里偷偷拿钱，在尹希娅6岁时就送她一把吉他，让她练习弹琴、唱歌、作词、作曲。

她会跟孩子们讨论音乐节目，谈论音乐的风格。

她会带孩子们去参观美术馆，欣赏西方的雕塑。

她带他们吃冰激凌，享受小小的幸福，也会在儿子的冰激凌球掉到地上后，拿出仅有的钱买两支冰棍，抚平儿子沮丧的小心灵。

她还会带他们去公园看魔术表演。

她愿意卖掉自己唯一的项链，给女儿买了笔记本电脑，让她可以上网，接触更大的世界，也让尹希娅有了把自己演唱的视频发到网上的机会……

妈妈的强悍，以水一般的坚韧在延续着。所以，她最后能够上演“出走的娜拉”，绝对不是心血来潮。那股强悍的力量，一直都在她的血液里流淌。

她，也是黯淡人生封锁不住的那种女人。

女性活在人间的自我修行

有人说，《神秘巨星》不就是一个很俗套的女孩追梦的故事吗？

我说，绝不是。

这是女性活在人间的自我修行。好深刻的一个故事。

一个女人，要超越原生家庭带来的限制，要超越当时社会流行的主流价值观带来的限制，要突破一切看似不可能、“你就认命吧”的限制，从火里水里摸爬滚打许多回，才能终于活成一个人样。

那个过程，真的不容易。不强悍一点，能行吗？稍微泄一口真气，就可能被所谓的命打趴在地上，卑微到尘埃中。

那些觉得母亲应该早早就离开丈夫的言论，何尝不是想当然呢？

我们谁都不是生活在一个完美的、真空环境里的。而且，印度妇女的生存现状跟中国也有很大的不同。

前一阵子，我看了一个纪录片，是关于孟买街头成千上万送盒饭的男人们。

我真的被另一个社会里的某种现象给“吓”到了——原来有人是这样活的。

每个月150美元的收入，已经是能让进城打工的印度男人相当满意的收入了，可以养活一家人。而且，他们有体力也识字。

那么，一个不识字的女人呢，她能依靠的是什么？

所以不要苛责她忍耐了15年。

在她的故事里，说不定，她并不是单纯在忍耐。她的灵魂何尝不是在等一个机会？

直到她一手教育长大的女儿长成比她更强悍、更有智慧、更有能力的那个人。

在机场，她听到其他旅客在谈论“神秘巨星”，看到女儿的音乐才华崭露头角；看到女儿可以独立办妥登机事宜，在没有丈夫的场合下；目睹女儿坚定地要回自己的靠窗座位，还愿意让给没有坐过飞机的弟弟……

或许，就是这样的确信，让她看到离开的机会真的已经成熟，不需要再拖沓，便毅然为自己的生命发声，转身潇洒地走。

女人的强悍，真的特别特别美。

无论你现在活在人生的哪个阶段，都不要放弃自己的强悍。

只要不散掉敢做女人的那一股真气，强悍的生命自会带你创造人生逆袭。

《奇异博士》：修行中蕴藏的10个心灵密码

电影《奇异博士》真的是太红了。我已经去电影院认认真真看过两遍，仍旧意犹未尽。

我也读了很多市面上对它的解读，从电影故事本身，从漫威动画迷的角度，从科技的角度，从心灵的角度……都写得很棒。而我想分享的特别吸引我的地方：创作者透过电影特效的呈现，将一些我自己在身心灵修行时，于不可思议的秘境中所体验到的“实相”，以电影画面的直观视觉体验呈现出来，简直太酷了。

所以，我接下来的分享，会是我在此时此刻所领悟到的10个“心灵密码”。供朋友们在观影时，有个不一样视角的参考。

心灵密码01 莫让太多的“知道”，阻碍我们体验神奇

电影一开始，Strange医生简直在手术台上可以呼风唤雨，名利声望都达到鼎盛。他个性张扬，非常自信，人生正是春风得意。然而，一场车祸改变了这一切。

他原本能为病人修复神经的回春妙手，重伤到再也无法操作手术刀，经历7次手术却回天乏力。而且，他再也找不到医生愿意为他动手术。他认为自己已经成为废人。

当他得知在尼泊尔加德满某处，有人可以运用心灵的力量治愈他重创后的身体，他起身前往，见到了古一大师等人。

一开始，他用自己习惯的科学思维，质疑脉轮、能量、信仰等古老传承的智慧，而古一大师直接运用自己的法力将他的“星灵

体”震出肉体，让他进入不可思议的灵魂次元。

古一大师说：“医生，你以为你知道世界的运作方式，可是如果我告诉你，你所知道的‘现实’，不过是冰山一角。”

“知道”，很容易变成“所知障”“无明”和“执着”，让我们远离实相。

一番“灵魂出窍”的体验后，Strange医生诚心拜服，跪在古一大师面前说：“教我。”他开始了修行秘术的旅程，也被卷入一场与黑暗势力的较量之中。

通过跟随古一大师学习灵性的秘术，他对这个世界的更多神奇，现实之外的维度，认知都不一样了。

心灵密码02
从“这里”到“那里”，靠的是“学习和实践许多年”

Strange医生被不可思议的宇宙实相惊呆了，他问古一大师：“如何从我这里到你那里（秘术维度）？”

古一大师反问：“你是如何成为一个医生的？”

他回答说：“学习和实践了许多年。”

古一大师：“……”

Strange医生明了。

这段话，在我感受到的来说，真的是太适合用来解释身心灵修行之所能有所成就的秘诀——最笨的方法，说不定是最有效的方法；最远的路程，说不定是最快抵达的道路；最基础的功夫，说不定是转化的关键所在。

没有捷径。

很多人问我，我要如何像你一样改变人生故事，找到很棒的天命，找到很棒的伴侣，要怎样常常出国旅行……我真的不知道该如何回复这样的问题。能通向此刻的结果，是我在很多年里不断学习和实践，才从“这里”到“那里”的。

生命转化的路径，无论你依从哪种方式，哪个法门，什么门派，都需要回到真实的生活里面，日复一日，年复一年地去“练习”。“练习”是后现代哲学里一个很重要的概念——生命，本身就是一场练习。

我常常跟学生们分享一句话：蹲马步，是练武术招式的根基。呼吸，是瑜伽习练的根基。而用书写来做自我对话、与神对话，是唤醒心灵力量的根基。在这个提倡速成的年代，我们更需要夯实基本功。

让我们一起，一步一步去练习，唤醒我们心灵的力量吧。

心灵密码03
启动最大的心灵力量，是臣服进入当下的能量“流”

电影中，有一种秘术，靠用右手的食指和中指，集中意念在面前画圈，就能出现穿梭时空的“任意门”，立即实现时空转换。

一开始，Strange医生只能画出零星的火花。古一大师教他，要集中意念，要“视觉化”。他还是做不到。

古一大师抬手画出一个光圈，抓着他跳到了冰天雪地的圣母峰。一个人在这种严寒中，大概两分钟就会休克。他必须在两分钟之内，靠自己的力量画出这个任意门。

Strange医生觉得自己做不到。古一大师说了一段话，大意是，你必须先臣服，进入当下的能量流之中，然后，你才能运用这股能量。

在生死攸关之际，Strange医生置心一处，终于画出任意门，回到了原地。

古一大师所讲的当下的“能量流”，我最近有特别深的体会。不是我们遇到逆境时会想要逃跑，就算遇到顺境和极乐的时刻，我们的心念常常也是散落的，根本不能与当下的能量流相遇。所以，当下的一切能量都与你无关。

所谓真正的当下，是能够觉知并远离头脑里的念头、心里的感受，从而真真正正与“生命现场”的能量相遇。在这个现场，你能听到什么、看到什么、闻到什么、品尝到什么，你和谁在一起，你的呼吸、你的身体在哪里……

但大部分时刻里，我们都是活在念头里的。比如，Strange医生一开始虽然在练习，可是他心里面的怀疑——怀疑法术，也怀疑自己是否能做到，就干扰到他，让他心念无法集中。当生死之际，他面临要么做到，要么就冻死在圣母峰时，反而忘记再去思考“能不能”做到的问题，于是，他就真的做到了。

他臣服于当下那个情境，与能量流合一，从而激活了他的灵性能力。

试着把这一个心法运用在你自己的身心灵修行之中吧。

心灵密码04
跳脱现实、穿梭次元的秘诀，是“视觉化”

我们的心灵运作的方式，不是透过语言、文字和逻辑，而是透过“画面”。

古代的巴别塔时代，所有人类都使用同一种语言，后来，天神为了阻止人类如此无碍沟通，拿走了人类的这项天赋，于是各种语言就产生了。而后世的人，越来越遗忘这种最古老的语言——“视觉心像”。

在《秘密》那部影片里，也提到了一个案例。一个人想要一辆跑车，他就算坐在家里的沙发上，也观想自己正在开车，甚至从沙发离开时都不忘假想锁上车门。

你从内在深处看到的画面越清晰，你的感觉越分明，就越容易在现实层面显化出这个画面。从视觉心像到现实投影的过程，我们称其为“心想事成”。

然而，有人质疑所谓的秘密的理由，是“我已经想了很久了，为什么没实现？”

因为，这种视觉心像所使用的力量，不是头脑使劲想某个念头、某个画面，而是内在深处、每一个细胞都能感受到、看到的意象。视觉化，需要的是专注，而非紧绷用力地要求。有人天生精于此道，有人要重新唤醒这种天赋，确实需要一点时间。

但是，它绝对是可以练习的能力。

心灵密码05

时空逆转的关键，是透过当下的寂静

古一大师受重伤将死之际，她的星灵体离开肉体，站在大厦的边缘，将时间定格。所有的一切都停滞了，只有雪一片片落下。

她说：“我一遍遍停下时间，只为赏雪。”

那一段画面，拍得好安静，好唯美。

然后，我想到最近在一次很深层的静心之中，我找到了一个关键词，那四个音节：寇其拉飒（读音），告诉我“当下的寂静，是穿越次元的垂直通道”。

当内在寂静，意味着我们的头脑开始安静下来，小我开始退位，更大的意识就能够被觉知到。

当一个人不再紧紧抓住“我只是一个人”的信念，TA便有机会醒来，经验到自身的广阔存在。

赏雪、听风、观看叶片……都可以把我们带入当下的寂静，唤醒我们。

“那一刻，世界仿佛不存在了，只剩下我和我面前的这个存在。”想必，这样物我两忘的合一时刻，在你生命中也有过吧。而修行中特别强调静心，就是在训练我们，把这样当下的体验变成心的常态存在状况。

心灵密码06
黑暗力量控制人的方式，是透过“恐惧”

电影中作为大boss存在的黑暗势力“多玛姆”，原本看起来具备战无不胜、摧毁一切的力量。后来Strange医生一轮轮跑来找它谈判，它最终败阵离开的桥段，被一些观众认为是太弱了，不堪一击。

其实，古一大师一早就说过，多玛姆只是利用人们的恐惧而存在，它吸收的能量来自人的恐惧。如果自己没有恐惧，就不会害怕它，它就会因为缺乏力量而衰减。

所以我推想，假如没有卡西利亚斯之类，因为恐惧而投靠多玛姆，充当其爪牙，大开杀戒，多玛姆其实并没有那么大的能耐。之所以它能吞噬宇宙中许多星球，是因为每个星球上都有卡西利亚斯。

莫度大师提及过卡西利亚斯的身世。他失去所有至爱的亲人后，心痛不已，找到古一大师学习秘术，目的是为了疗愈自己因为亲人死亡而造成的伤口。当看到古一大师居然借助汲取黑暗力量而活了几百年，他的怨恨就出现了——凭什么你可以活那么久，而我的亲人却要死？为什么你能超脱生死，而我的亲人却要死？

这个伤痕让他失去心智判断的力量，转而投靠了多玛姆。他以为多玛姆能拯救他远离“死亡”的阴影，永恒存在。

后来，当他被打败时，Strange医生说：“你就跟着你的主子，享受永恒去吧，在永恒里，永远受苦去吧。”

我觉得这句话太赞了。

卡西利亚斯因为亲人离世而留下的伤口在他自己的内在。所以，无论他走到哪里，那个伤口都会跟着他。多玛姆拯救不了他。

原本，他有机会通过修行，通过重新定义生死而疗愈那个伤口的。

如果你的内在也有一个伤口，留下一些诸如“从来没人爱我”“谁也不能让我依赖”的信念，那单身时也痛，婚姻中和爱情里也依旧会痛；没钱时会痛，有钱时也会痛；做不喜欢的工作时会痛，做喜欢的工作也会痛。

就像我，也在一边做着很多人羡慕的工作，一边疗愈着灵魂深处的一道伤口，叫作“我没有价值”。哈。真的是这样哦。

没有伤口了，恐惧便会平息。

心灵密码07
面对的力量，足以击退一切黑暗

当黑暗袭来，是逃跑，是殊死搏斗，还是一次又一次神态自若地面对它。

“我知道你的真面目，我不怕你，来，我们谈谈。”

我真的太喜欢男主人公运用智慧化解多玛姆威胁的方式了。因为他清楚地知道，多玛姆在地球的时空维度中，依旧活在“时间”里，所以，有“多玛姆没来的时候”，也有“多玛姆来了以后”。而多玛姆的内在却是被困在“无时间”（永恒）里，它内在的时间不会线性前进。它在地球的此刻，会一再重复。

“即便你杀死我，我也会复活。你一次次杀死我，我还是会一次次复活。我跟你耗上了。只要你不怕烦就好。”——脑补男主角的内心戏。

问题是，黑暗势力也怕烦啊。所以，它离开了。

直面我们内在一再重复的阴影，不再逃跑，不再喊打喊杀，而是平静与它共存。直到有一天，它会永远离开。因为它知道，你看透了它拿你毫无办法的真相。这，真的就是修行。

另外爆一个彩蛋。电影里，多玛姆的形象是通过电影特技捕捉演员的表情和肢体而创造出来的。为多玛姆贡献了表情的，恰好就是男主角的扮演者——本尼迪克特·康伯巴奇。

多好的一个隐喻——我面对了我“自己”，我战胜了我“自己”。

心灵密码08
修行者没有命定的未来，当下改写命运

古一大师曾对男主角说，我看过你的未来，可是什么都没有看到。不是你没有未来，而是你的未来全都是“可能性”。

其实，在Strange医生的前半生，确实有一个宿命存在：

学霸—医学院—神经外科医生；年少得志—功成名就—得意忘形—灰飞烟灭……基本到这里，他应该滑向人生的最低版本了。

然而，当他开始跟随古一老师“修仙”，他就在改变自己的命运了。关键点在于，他从一个自以为是、争强好胜的人，转而谦卑、敞开、敬畏天地。信念变了，选择就变了，命运于是也改写。

所以，都说再准的算命师也算不准修行人的“未来”。因为TA已经没有了命定的“未来”，万千种可能性同时存在，由TA当下的选择，通向不同的路径和风景。

因为改变了习气、模式和惯性，TA就改变了一系列当下的选择依据，于是命运呈现出来的版本就不一样了。

每一个当下，我们都拥有改写“命运”的机会。每一个刹那，我们的生命都有机会走向不同的版本。当我们觉知并做出选择，我们便拥有了命运的主动权。

古一大师自己选择了“死亡”，她认定死亡能够打破她的门徒们对于“长生不老”的迷思。

举个小小的例子来解说。有一个人，原本她遇到一丁点痛苦就会逃避。所以从小到大，她失去了很多让生命绽放的可能性，因为她不敢越过心理痛苦的那道高压线。是的，她成功避开了痛苦，可是也丧失了生命成长的机会。但是，当她清楚看到这一个模式，下一次当痛苦来袭时，她深呼吸，脚踩大地，告诉自己：“经由痛苦的历练，我让生命更有力量”，从而稳稳地度过了一次考验，于是，她不断成长。

她会发现，虽然风险变多了，起起伏伏变多了，感受到的痛苦也变多了，可是，她还是要比过去活得开心和生机勃勃。

改变的秘密不是抗拒“现实”，而是改变自己回应“现实”的模式。

而改变的契机不在未来，而是“当下”。

心灵密码09
越唤醒灵性，越能感受爱

他的女同事克莉丝汀一直爱慕他，两人之间似乎也有一段情缘，但Strange医生并没有面对这段感情，而是开克莉丝汀与其他人的玩笑。在他治疗的那段日子里，克莉丝汀一直守护他。可他在绝望之下，竟然对她说出很多伤害的话。克莉丝汀转身离去。

后来，电影中出现一个容易被忽略的细节。当他从科学的头脑进入灵性的世界后，他写信给克莉丝汀，表达他的思念和爱意。在他与黑暗势力“多玛姆”的效忠者第一次对战后，身负重伤的Strange医生用法术画出了时空穿越门，直接去找克莉丝汀。一方面是想请她救治自己，一方面也是人之将死时，渴望见到自己思念的人吧。

直到那时，Strange医生才真正向克莉丝汀敞开心扉，他心里的爱，才流动了起来。

我曾经被问过很多次这个问题——“如果我修行，最后是不是就清心寡欲，远离红尘了，那我想要结婚生子组建一个幸福家庭的梦想，不就无法实现了吗？”

其实，根本不是这样的逻辑啊。人的灵性越打开，越能在人世间各种不完美的现实中感受到爱的存在。这样的心灵才具备真正去爱的品质。用头脑的逻辑和道理，是无法体验到爱的存在的。

到时，出家还是在家，都是你自己的选择，不存在“不得不”这件事。

心灵密码10
不是为你自己，是为众生找一条“出路”

古一大师临死时，告诉Strange医生，他要肩负起某种责任。面对他的拒绝，古一大师说：“你怎么还不明白，不是为了你，是为了众生。”

当医生，看起来能救死扶伤，帮助很多人，其实是为了一个人——Strange医生自己。而担负起守护地球的责任，虽然看起来要面对战争、杀戮，却是为了众生。

这里面，藏着很吊诡的逻辑。

我最近听到一位师长告诉我，为众生找到一条“出路”。最初，我听不懂这句话。第二天，我懂了。

为我内在的众生找到一条出路，意味着透过疗愈和觉醒，我要救救我内在的缺爱的小女孩，充满愧疚感的将军，活不出来的平凡女人……当我活出灵性的觉醒，他们也同时得到救赎。

为我外在的众生找到一条出路，每一个灵魂都藏了好多苦，我们的父母、伴侣、孩子、朋友、同事……失落在人间的灵魂，还有我们所遇到的动物、植物……只有当一个灵魂觉醒，才有可能分享“解脱生死，跳脱轮回”的路径给其他人。

为众生，找到一条“出路”。

《无问西东》：是谁教会你追寻生命的意义感？

看电影《无问西东》，纵然叙事技巧稚嫩，有些地方，煽情也略显生硬，但遮不住那一股天地间浩荡的风骨。真是久违了，这种面对生命的真实、赤诚、勇气、优雅的精神。

感谢青年导演李芳芳。

这一部，是我心目中的好电影。

这一次书写，从电影里众多人物、颇多泪点处，我只选最让我感动的一段。

活出你如明珠一般的心

20世纪20年代，清华学子吴岭澜与梅贻琦校长之间发生了这样的故事。那时，吴岭澜的国文与英文成绩都是“超E”，傲视群雄，唯独物理成绩惨不忍睹。梅校长亲自见他，劝他转系去文科。

懵懂的岭澜一开始是抗拒的。在他看来，有出息、有抱负的人都得读“实科”，实在不行的才去念文科。梅校长就问了他一个好问题：

“你为什么要读书？”

岭澜给了一个略显憨直的答案：“趁着年轻，有书读，心踏实。踏实，就好。”像不像也在懵懂中努力许久的你我？

梅校长说：“人把自己置身于忙碌当中，有一种麻木的踏实。但丧失了真实，你的青春也不过只有这些日子。”

岭澜问：“什么是真实？”

校长答曰：“你看到什么、听到什么、做什么、和谁在一起，一种从心灵深处满溢出来的，不懊悔、也不羞耻的平和与喜悦。”

这段话，真是震撼到银幕前的我。

内心感慨，梅校长不愧是“清华永远的校长”，一下子就把生命的本质给点出来了。

那就是——出离于念头和情绪之外，心灵能够饱满地临在当下，带着觉知在感受和体验。人，总要先活出一颗心饱满的感受，再谈用行动去做什么。

这一段故事里，儒雅淡然的梅校长像极了能用几个字就点化弟子的禅师。

我有明珠一颗，久被尘劳关锁。

今朝尘尽光生，照破山河万朵。

活出对自己的真实

极为难得的是，这弟子恰似郭靖，是个痴人，会一心琢磨到底。年轻的岭澜开始去看这个世界，感受这个世界。在清华园的教室里一间一间地看，看小天地里发生的戏剧；去看同学们排演英文话剧，吵吵嚷嚷，有青春独有的傲气与混沌；在冬日落雪的湖边，看穿长棉袍的同学演奏小提琴协奏曲……

同学们大都不知道岭澜在琢磨些什么，而他自己大约也是不懂的吧。

直到那一日，他一头撞进印度大诗人泰戈尔在清华的演讲现场。眼见着那个时代最杰出的人物，梁启超、王国维、梅贻琦、徐志摩、梁思成、林徽因等，皆从容、笃定、优雅而敬畏，聆听着泰戈尔分享“对自己的真实”。

原来，他们也都在思索生命这东西。岭澜突然悟了，他从“寻找生命意义的羞耻感”中解脱了出来。

“羞耻感”这三个字，用得真是一针见血。

是啊，对于国人来说，追问“我是谁，我从哪儿来，要到哪儿去”之类的生命终极问题，是要做好被群嘲的准备的。

犹记得10年前，身心灵成长的潮流刚刚兴起，我每读一本书，每上一次课，每在博客上写一篇文章，都是要忍受住身旁人“你想那么多干吗，别折腾，凑合活吧”的眼神。

当你终于能从这种“想太多”的羞耻感中解放自己，才有可能有所得。

岭澜终于懂得，他的人生终究是属于他自己的。真实地活着，用心灵深处的东西活着，并且感受、追寻生命，这本身就是生命的意义之一。

任何一个人，都应该好好思索这些题目。

他不需要再听从别人的声音，学文还是学理根本不需要纠结，他的心早就知道答案。当他聆听他自己心灵深处的韵律，才会写就属于他的独一无二的诗篇。

于是，他一气呵成，转系、留学，归国后成为清华教授。

许多年以后，抗日战争期间，在云南山间的吴岭澜，淡然看着日本飞机掠过头顶，缓缓念诵泰戈尔的诗歌，为学生讲着唤醒生命的文学课。

他使用的，还是那一颗自己的心。

他对学生们说：“今天，我把泰戈尔的诗介绍给你们，希望你们在今后的岁月里，不要放弃对生命的思索，对自己的真实。”

吴岭澜的心，在被恩师梅贻琦教授激励、唤醒之后，飞越迷雾，活成了他自己。余生，还会继续用那颗真实、强大、智慧的心，好好活。无问西东，只做自己。

梅贻琦，是吴岭澜生命中当之无愧的“贵人”。人与人之间，至高无上的机缘，是他以他的存在，激励你去做自己。

谁的生命不曾懵懂?

我一直记得小时候的一个事。当时我七八岁吧。有一天放学早，我就在母亲工作的商店里一边玩一边等她下班。那天有点风，尘土飞扬，我跟其他几个小孩在露天摆着的简易柜台下，钻来钻去，玩得不亦乐乎。

刚从柜台上探出头，邻居阿姨正好从医院下班推着自行车走过来，看见我，一脸嫌弃地说："哎呀，你看你这个小妮子，怎么不知道脏净啊，弄得浑身跟泥猴一样。"

我尴尬地停在原地。

她继续说，"你多大了，还不知道脏净"，然后对我母亲叽叽咕咕说着什么。

我在柜台底下蜷缩了好一会儿。那种因为当众出糗，而像困在一个山洞里的感觉，此刻好像还在心里残留着。半天，我才悻悻地钻出来，再也没有了玩的兴致。

想必，你长大的过程中也遇到不少这样的"好人"吧？一相逢，不说激励的话，而是评判你。可是，他又不告诉你，为什么要跟你说这些话，依据是什么，惹得你心头乱撞瞎猜。

那位阿姨绝对不是坏人，到现在也是我家常来常往的朋友。她说的话也没错，女孩子大了，是要爱干净、精致一点。时隔多年再看，那位阿姨是到60岁还活得精致的人，她看重女人的整洁精致，是没问题的。

如果是我，穿越回去自己的前少女时代，也会告诉自己："好好爱自己，隆重打扮自己，要把自己打扮得漂漂亮亮的，干净整洁，千万别再黑着两个耳后根去上学了。"

但那个当下，她没头没脑当众撂下的两句话，只让我无所适从。从小，我在放养环境中长大，父母并不十分在意一些规矩，让我受到的拘束很少，保留了大量天性。可是，相应的，我的生活能力是有点差的。

我心里很想问她：

阿姨，到底你说我这样好那样不好，是出于什么依据呢？

又或者，你可以好好告诉我，一个女孩子要怎么既享受游戏的快乐，又能把自己收拾得干净整洁吗？你告诉我，活在人世间我该怎么做啊？

你没给我讲清楚道理，也不曾牵着我的手陪我走一段人生路，就只蜻蜓点水般，在我的心上敲开一个缺口，却没有给我任何新的东西去填充。我只好填上“我不够好”了。你留给我的印记，仅此而已。

你原本有机会，用你生命的精致激励我活成一个更懂得美的女子。

所有年轻或不再年轻的生命都渴望在迷惘时，有人能陪TA说说故事，说说心里话吧？直到心头迷雾都被内心的光亮驱散。否则，留下的就是打击。

假设，梅贻琦校长面对吴岭澜时，只丢下一句：“你看看你物理成绩差成这样，你以后可怎么办啊。”要知道，在进校长室之前，岭澜可是一脸愁苦，同学也只能象征性安慰他说：“没事，不就是转系嘛，又不是退学。”

如果梅校长不帮他确认——国文、英文才是你吴岭澜的天赋，你生命的成就会在文科，不在世人都鼓吹的实科上，你要跟随自己的心，去活出自己的天赋，成就你独一无二的人生，他大约还需要再摸索许多年。

谁的生命不曾懵懂？

来自生命至深处的激励，不是打鸡血，不是灌鸡汤，而是用自己的亲身示范，唤醒一个生命对于成为他自己的渴望。

别再错过生命这堂课

大部分的人，都想活成自己，活出对生命的淡然气度，却不知该如何做，不是吗？

因为，从小时候开始，就很少或根本没有人教过你：如何使用你的心灵，如何在生命困顿时激励自己。

我们，常常错过了生命这堂课。

心，作为一个身体器官，人人都有一个，构造几乎一样。可是，要怎么用它，却是千人千“心”。面对同一个环境，心所折射出来的生命光芒也完全不一样。

一个小孩的心，在人世间会透过周围人给TA的回应，来定义自己，就像照镜子。这在后现代哲学中，被称作“社会文化建构”。

著名服装设计师山本耀司说过：“自己”这个东西是看不见的，撞上一些厉害的东西，反弹回来，才会了解“自己”。所以，跟很强的东西、可怕的东西、水准很高的东西相碰撞，然后才知道“自己”是什么，这才是“自我”。

人的自我，就是在跟周遭人互动的过程中慢慢建立起来的。

但是，如果周围的人用他们评判的眼睛，用数落、辱骂、责打、讽刺、挖苦……来对待一个小孩，那这个小孩为了麻痹感受所带来的痛苦，就会选择封闭自己原本鲜活真实的心，像蒙上了厚厚的尘埃。

那颗心，还未来得及生长，就被摧毁了一大半。这是明珠被尘劳关锁的过程。

更别说，人在长大的过程中，自然要遭遇的各种经历所带来的影响。如果身旁没有爱的支持与智慧的引导，心很容易就长变形。

想要重新找到真实的心，就得从过去所建构的虚幻“自我”中认出自己的原貌。

我曾遇到过许多激励我的贵人。他们让我意识到，人今生而来，就是为了做自己。

为什么我的人生后来走向推广身心灵唤醒、生命教育的路，想要成为一个“说故事的生命激励者”，这是一个很重要的原因。

我想把这种激励传承下去：

01.善用自己的生命，活出自己的好故事，亲身示范。

02.能够完整地看见一个人，欣赏他的独特性。

03.抛出一个好问题，鼓励他从自己心里去找到答案。

04.永远给予充满爱的注视，祝福他如是经历自己的一生，不担心他会受苦。

05.愿意聆听他的真实表达，鼓励他说出心里话，不评判。

梅贻琦校长带给吴岭澜的生命激励，就是这种。他用自己生命的智慧，激励着一个年轻人从世俗的主流价值观中解放了自己，找到了自己。

在这一条寻找自己真心的道路上，我发现，身心灵也好，心理学也好，佛法也好，真的是有许多激励法门，去引导一个人走向自己的心。

我们的心，无论到哪个年纪，都是有机会改变的。

越被激励，越会愿意探索，而，你也终将发现——原来，那颗真实之心，我们本自具足。

亲爱的，你有明珠一颗，跟随你的心去活吧。

先成为你的吴岭澜，再成为你的梅贻琦，激励更多你身边的人也能够活出自己。

只问自由，只问盛放。

只问深情，只问初心。

只问敢勇，无问西东。

《冈仁波齐》：人生没有白走的路，每一步都算数

这天，北京难得下雨。我撑着伞去附近的电影院看了两遍《冈仁波齐》。

银幕上，他们走着他们的路，磕着他们的长头。银幕之外，我的鞋湿了，袜子潮潮地糊在脚上。

我们有不同的路，都靠自己一步步走。

上路

藏族汉子尼玛扎堆刚刚经历了父亲的过世。父亲一辈子的心愿是去拉萨朝圣。尼玛的叔叔决定替哥哥完成心愿。尼玛知道后，打算陪着他年后一起上路。

2014年是马年，正好是神山冈仁波齐的本命年，村子里很多人都希望加入尼玛扎堆带领的朝圣队伍。

一位年轻的孕妇，她倒插门的丈夫属马，即将出生的孩子也属马。他们决定一起去朝圣祈福。她挺着大肚子，与丈夫一起上路。

同行的还有她的妹妹，尼玛扎堆的儿媳妇。姑娘每天喂牛做饭料理家务，只有回到娘家，才有一刻空闲。她也想去朝圣。

一对中年夫妻，因为去年家里盖房时，帮忙的工人发生车祸，死了两人，赔偿让他们背上了巨额债务。他们也想走朝圣之路，为死去的亡灵超度祈福。他们9岁的女儿扎扎也一同上路了。

村里的屠夫，宰杀过许多头牲畜，心里总是惴惴不安于自己的业障，习惯用酒精来麻醉自己。他也决定去朝圣，来拯救自己的罪孽。

还有两名少年，其中一名受伤有残疾，在父亲的支持下，也加入了这支队伍。

每个人都带着自己不同的故事，也怀抱着不同的自我救赎之心，开始了一段2000公里的朝圣之路。

尼玛扎堆开着一辆拖拉机，拉上所有人这一路要用的物资，“突突突”地出发了。朝圣队伍的男女老少，开始磕起了长头。

身后送行的村民们站成一排，目送他们的身影。

未来的每一步，他们都要这么走过。

我被震撼，不由坐直了身体。今日的我，还在为一些工作与家庭的琐事而略有压力。

与此同时，这个世界上有人做着与我如此迥异的生命选择。

在我们为着办公室同事一句冷嘲热讽而内心忧愁的同一时刻，在我们为着家人纠结纷争的关系而恼怒不已的同一时刻，在我们为着要不要投入做自己热爱的事业而踯躅不前时……

有人决定这样使用他们生命，使用一年的时光：

数步一叩首，俯身向大地，为超度自己的累世业力，也怀抱着为众生祈祷幸福平安的心。

他们，上路了。

有时

这一条朝圣路，他们走了一年。

遇上许多状况。

有时，要顶风冒雪，在雾茫茫中向前；有时，会途经一大片烂漫的油菜花田；有时，会在鲜花盛开的河畔跳锅庄；有时，头顶上山体滑坡滚落的石块分分钟要命；有时，车会坏在路旁；有时，人会受伤生病；有时，会被追尾撞得稀巴烂；有时，路旁有人会招呼你们喝茶；有时，要送给其他朝圣者糌粑；有时旅费用尽，要暂时打零工赚钱；有时，老人时辰到了就去世……

他们走走停停。

因为知道自己终将要去向哪里，所以心安理得地面对发生的一切。

接受。面对。理解。放下。

然后，歇息片刻，继续上路。

这一路，像极了人的一生。

它是一个隐喻。

电影的英文名字，Paths of the Soul，意为灵魂的千条万条道路。

这一路，你要把喜怒哀乐遍尝，要把生老病死流转。

跳舞有时，悲恸有时。

什么都会来，什么都会过去，什么都会回来。

电影最打动我的，是他们的“平常心”。好像生活里发生什么都是正常的。

孕妇想跟着一起去朝圣，好啊好啊。残疾的少年想去，好啊好啊。醉醺醺的屠夫想去，好啊好啊。

接受下来就是了。

他们不抗拒“麻烦”，不拒绝“波折”，不害怕“无常”。

发生什么，面对就好了。

他们，没在怕的。

春天，山上的雪水融化，漫过了路面。

站在水汪汪的路上，他们彼此询问——怎么办，要不要磕过去？

答案是，要。

于是，众人欢快地脱掉身上的皮革围裙，脱掉厚重的外套，笑嘻嘻地扑进水里。

水花四溅，每一个人都像孩子玩水一样欢畅。他们都在笑。

那个画面，真好看。

来什么，接什么。

信仰

一位司机因为要避让另一辆车子，从后面撞翻了他们的拖拉机。

司机把尼玛扶起来，关切他的胳膊是否受伤。司机解释说，车上有人呼吸困难（可能是高原反应），需要送到拉萨急救，两个小时送不到，人就没救了。

他们特平静地让司机开车走了，自己留下来打扫残局。

我心里面在叫：“啊？怎么没有人争吵打架啊？怎么没有人拦着车不让肇事者走啊？怎么没有人殴打司机、怨叹倒霉啊？”

他们只转过身，看看车上的婴儿是否安好，看看自己的拖拉机是否安好。车轴断了，前不着村后不着店，修理看起来是不可能的。

他们平静决定，放弃车头，拉上车厢和物资，继续往拉萨走。

男人们拉车，女人们继续磕长头。走一段路，男人们放下绳索，走回刚才撞车的地方，重新把这一段的长头磕完。

我心里面在叫：“啊，怎么没人找借口讨商量？为什么要补这一段路，反正不都是在走？”

他们心里对于自己该做什么，了了分明——我的路就是我的路，该怎么走完，就要怎么走完。没有任何托词，什么借口都不说，什么“我要拉车啊”，“我才不要走双倍的路”，通通不啰唆。

他们很平静地接受路上发生的一切。既然决定上路，路上遇到什么，都是正常。既然是为自己走的朝圣之路，就要一个头一个头地磕完。

《好莱坞报道》评价这部电影：“它描述生死，不卑不亢，无喜无悲。”

不卑不亢，无喜无悲，是宁静的力量，来自信仰的加持。

当我越是修行，就越是破掉了从小到大对于“信仰”的误解。

所谓的信仰，根本不是你跟随哪一派宗教。

而是，你愿意去崇敬那些眼睛看不到的无形之存有；你愿意去追求那些看似带不来什么现世利益的使命；你愿意在一个片刻接着一个片刻的平凡生活里实践你所相信的；你愿意在一个大部分人都迷失在自己头脑的世界里寻找自己是谁，自己的天命何在。

有信仰的人，既不愚昧，也不伟大。

只是我们心里的光，一旦亮起，就无法再被熄灭。

如《大学》中所说："大学之道，在明明德，在亲民，在止于至善。"

致我们如明珠一般的内心，愿它永远明亮。

如康德所说："有两样东西，我思索的回数愈多，时间愈久，它们充溢我以愈见刻刻常新、刻刻常增的惊异和严肃之感，那便是我头上的星空和心中的道德律。"

致我们内在始终闪亮的良知，愿它照耀我们前行。

寂静之处，这就是信仰的所在。

有信仰在，人会放下各种"借口"，也就放下各种烦恼。

因为，你内心的光，清明知晓：

这一生你所经历的每一件事，遇到的每一个人，跨过的每一条沟，翻过的每一座山，爬出的每一个坑，吃的每一口饭，走过的每一步路，流的每一滴眼泪，心碎的每一次，欢喜的每一次……都是为自己的灵魂而体验的；都是你作为一个个体，为宇宙整体而体验的。

这一路，遍尝喜怒哀乐。这一路，流转生老病死。

你必须要全部的、完整的体验。

就像李宗盛曾代言New Balance运动鞋的那一句广告语——

人生没有白走的路。每一步都算数。

每一种滋味，都算数。

每一种感受，都算数。

每一种经历，都算数。

朝圣

6年前的这个季节，我一个人去了青海西宁的塔尔寺，这是我一个人的朝圣之旅。

喇嘛们念诵经文的声音，轰隆作响，如同天启。

在一座大殿的门口，我看见一字排开磕长头的信众。石头地面被他们套在双手上的木块，磨出了光滑又深刻的痕迹。10万个长头，要一下一下磕完……

我真的很难想象，他们在用什么样的毅力去坚持这件事。我也有点不懂，他们为什么要做这件事呢？到今天，其实我也不太懂。

但是，我好像也在慢慢懂得，生命中很多事情或许根本不需要知道“原因”。

只要它摆在了你的面前。好好去做就是了，尽心尽力。

片中，扎扎的父亲一直在追问：“老天是不是有时候不公平？我的爷爷什么坏事没做过，我的父亲也没做过坏事，我也没做过坏事，为什么这些事发生在我身上？”

他无法理解，本来欢欢喜喜盖房子，为什么会发生那件意外，导致两死两伤。为了赔偿伤亡者的家属，他欠下了二十多万元的债务，一蹶不振，赋闲在家。

他的生命，在出发朝圣之前是卡住了的。他在这条路上，其实是在追问因果，追问命运。我不知道他最终找到答案了没，但是我知道，“为什么？！”是人探索自己的起点。

就如同写作这件事，我一早就知道，就是我在纸上追问我的命运，追问何为因何为果。

我是在纸上，做一趟灵魂的朝圣。

曾经有人问我，你为什么一直一直在写，到底你获得了什么？

我回答说：“好像在纸上磕长头，一个字一个字地修行，在过程中，似乎慢慢把自己写明白了。明白了一切有因有果，明白了为什么那时候活成那样。懂得了过去怎么了，于是就知道接下来该如何活。”

在纸上行过的每一步都是修行。生命中的每一刻也都是修行。

去做就是了，去活就是了，尽心尽力就是了。

拿写文章这件事来说，当你想写的时候就写。你当它是一种生命的召唤也好，是过日子的本分也好，想写的时候，就好好写呗。

我的健身私教，常常对我喊话“动念合一，动念合一，动念合

一”。我心想，这不就是禅修了吗？这不就是临在了吗？

磕长头的朝圣之旅或许也是这样：意义并不在远方，而是在动念合一的每一个当下。

片中的朝圣队伍走到某个村庄，遇到一位老爷爷。

老爷爷不断叮咛，走的步子不要太多了，你诵什么经就怎么走，喇嘛告诉你走几步就走几步。磕头的时候，额头一定要碰到地面，碰不到地的，不算。心要诚，心要装下众生的平安健康。

每一步都算数，所以，每一步都要用心去走。

你有朝圣的目的地，但它不在远方的拉萨或冈仁波齐。它就在你每一步每一步的路上。真正的朝圣，是在去远方的路上，回到自己心里面的家。

你要朝拜的圣殿或神山，就在你心尖尖上伫立。

每时每刻，它都在，须臾不曾远离。

不急

他们在老爷爷的村子停留两日，帮老人家春耕。

在他们的村子，春耕是个大节日，要换上节日盛装，带上酒带上肉带上酥油，隆重庆祝。

老爷爷说，从前他当村长的时候，春耕也要隆重庆祝，两三天才能完成。现在管事的是会开拖拉机的年轻人，春耕变成一件“潦草”的事。

他说：“不知道现在年轻人怎么了，这么急干什么？把牛累得嗷嗷叫唤。这么急干什么？”

是啊，这么急，干什么？

每一个时代，都有人急匆匆做事，急匆匆赚钱，生怕错过什么。也总有人，用“一生悬命”的匠人精神在打磨自己手中的活计。

慢下来，才能发现我们拥有的是多么丰足。

在这个“赢家通吃勇者无惧”地拍着烂戏、赚着快钱的时代，刚刚才有人把静水流深的经典电视剧翻拍成倒人胃口的广告联播。

而导演张杨，同时打磨着《冈仁波齐》《掌纹地：皮绳上的魂》两部电影。

为了拍《冈仁波齐》这部电影，他和整个拍摄团队随着这支朝圣队伍，在海拔4000米以上的高原全程记录，光拍摄就花费了整整1年。

把匠心放进电影，其效果就是：坐在银幕前，必须要屏气凝神，方觉得不会亵渎一众创作者的神圣心血。

这个时代，也总得有些什么，是奉献给我们的灵魂的。

导演张杨在接受媒体采访时说：

“冈仁波齐是很多教派的神山，大家都为着自己心中的信仰转山。拍片的时候，团队经常会遇到两个三十多岁的本教信徒，每天都会逆时针围着冈仁波齐转，而藏传佛教徒是顺时针走，所以两支队伍每天都会相遇，打个招呼，再擦身而过，各自沿着自己的方向前行……

他们的计划是转1000圈，我们到时，他们已经转了两年，六百多圈了，看起来面目漆黑，衣衫破烂，但眼神里却都是虔诚和执着，我常常被他们的眼神感动。

大家都在按各自的方法修行，包括我自己，这一年的拍摄正是我的电影修行。而这两部看似风格迥异的电影，实际上是我同时朝着两个方向出发，朝着自己的电影神山进行的一次完整的修行：放弃已知的技巧，跳出创作和市场的安全区，像第一次拍摄电影那样，用纯真的眼光去发现，用最笨的方法去寻找。

没有完美的电影，但能在艺术上给自己设定一座冈仁波齐，走在朝圣的路上，坚定地去寻找自己心中的电影神山，已经足够幸福了。”

他不急。

人的这一生，是从生到死的旅程，何尝不是一场在人间的朝圣。

起点有了，终点也有了，你急什么？

一步一步，甭管多艰难、多点儿背的时刻，都细细体会，慢慢咀嚼，于是，苦中有了乐趣。

翻过米拉山口，就是拉萨了。

他们拖着沉重的车厢，艰难往山上爬。

有人轻轻唱起了藏地歌谣。众人和着：

“我一步一步向山上走，雪一片一片往下落。

我一步一步向山上走。雪一片一片往下落。

在雪花与我约定好的地方，我想起了我的母亲。

我们都有同一个母亲，但是命运却不一样。

命好的那个做了喇嘛，命不好的我走向远方……”

下坡时，速度快到像飞起，一群人就畅快地跑起来。

上坡有时，滑行有时。

艰难有时，得意有时。

每一刻，都是自己的修行。所以，不必急。

人生的每一步，都算数。

心灵笔记：

后记

「烂故事」像一个箱子，
而「好故事」是一条河流

梦的启示

计划要写这篇后记的夜里，我做了一个梦。

梦的内容真是可怕。善人恶人交锋后，恶人颓败，却残忍地自伤双目，鲜血喷涌，只为让善良的人目睹这一切后永怀恐惧。作为旁观者，我吓到失声尖叫……

被吓醒之后，我不敢睁眼，闭着眼睛在被窝里瑟瑟发抖，两条腿像被冻住了。我不敢睁开眼睛，因为梦中的景象实在太可怕了。可是不睁眼，我就被困在那个梦里，看着那些恐怖画面不断闪回。

一个声音提醒我说："睁开眼睛啊，那是梦，不是真的。"

我内心抗拒："我不要啊，太可怕了，我害怕。"

那个声音又说："你醒过来，那个可怕的梦不就不见了吗？你从那个梦里醒来，你就不用再看见那些可怕的画面了。"

我双手抓住被子："不，我害怕，我不要睁眼。"

"你害怕的一切，都只存在那个梦里。梦中的一切，对当下的现实来说，都不是真的。你快醒来。"

我试着睁开眼睛，摸索着打开台灯。我试着放缓呼吸，努力走出那个梦，像走出由恐怖密封起来的箱子，走回到当下的现实——此时此刻，我在家中卧室，凌晨两点，有4月的春寒，一切安好。

起床穿上睡衣，我走去书房，开始觉察，这个梦要告诉我什么。

是喽，我在睡前给潜意识下达了一个指令："请借由梦境给我写作的灵感。"

这个梦，不就是一个活生生的从梦中醒来、从故事中觉醒嘛。梦里发生了一个故事，而这个故事只在这个梦中。

要从梦里醒来，睁开眼睛就是。我们每天都在梦与醒之间进进出出，很容易。真正难醒的梦，是人生。那些我们每天睁着眼睛在经历着的、感受着的、创造着的故事，是谓"白日梦"。我们这一生真正要从里面醒过来的梦，就是人生这一场大梦。

要从这个梦里觉醒，有点难度，所以，这个过程才叫作“修行”啊。

大愿人间

31岁那年，我发了一个大愿——今生立志完成自己的心灵觉醒，不再在人间继续沉睡。从今往后，此生所有的经历，都只为助我觉醒而来。我要做一个人生的修行者。

那之后，我没有远离滚滚红尘，没有选择清心寡欲，而是开始“说故事”，跟自己过往生命的经历，一个一个“死磕”。有一阵子，我微博的标签是“当他们在谈修行时，我在说故事。”为什么“说故事”是一种修行？

真的很感恩老天，让我在走上身心灵成长道路几年之后，遇到“后现代叙事疗法”和“觉醒两步舞”，两者都是我的爱、我的菜。透过诉说自己的故事，我看见自己从小到大，在经历人生的故事时，是如何在可怕、低自尊、评判的“烂故事”里迷失自我的；也看见我是如何被爱、鼓励、梦想的力量所代表的“好故事”推动着，坚韧地走着自己的道路；更看见我渴望故事下一步如何发展，我的人生要去往何处。

比如最近，我觉察到自己内心有一些“烂故事”在蠢蠢欲动，那些诸如妈妈当年差点不想生下我，老师不喜欢我了，同学们的小团体不带我玩了，我曾遇到的男朋友都不珍惜我，我的书不是受读者欢迎的那种畅销书，我做的课程推广不得力……它们包裹着一个共同的木马程序——“不会有人喜欢我”。

“不会有人喜欢我”“不会有人喜欢我”“不会有人喜欢我”……这些木马程序每运转一次，过去的故事就像噩梦一样，再播放一次。它们在我心里东奔西突的时候，我整个人就像被困在密不透风的箱子里，冲不出去。

这种状态，像极了在噩梦里将醒未醒的挣扎。

这些故事，在过去会直接击垮我的信心，让我陷入内心崩溃。现在，因为我早已洞悉，过往的故事如何在塑造我的自我认知，我就可以告诉自己：是的，这些故事确实发生过，它们的确是带给我痛苦，让我陷入自我怀疑的“烂故事”，但它们只是我人生的一部分。我心中就能保有一丝清明，去直面它们带给我的恐惧——“这些故事，只不过是已经过去了的梦，不要继续活在里面了，醒过来吧。”

还有更多“好故事”也曾经发生过。我的妈妈坚持生下我之后，爱我如生命；我遇到过非常欣赏我写作才华的老师；我在每个求学阶段都结识过几位至今亲密无间的挚友；我的先生刀哥对我呵护备至，鼓励我发展自己的才华，激励我建立自己的流派，发展自己的理论体系；我的书被数万位读者阅读着；我的事业从小工作室发展成一家公司……

我有一百个理由，因为那些“烂故事”而为自己感到自卑，也有一千一万个理由，因为那些“好故事”而自信。所以，我只需安心做好手边的每一件事就是了，美好的结果自会产生。

箱子与河流

那天读书，我受到灵感启发，心中浮现一句话：

“烂故事”像一个箱子，而“好故事”是一条河流。

当我有意识地搜寻生命中的“好故事”时，会因自己身上的美好特质而感到振奋，不知不觉，就从那些烂故事的“箱子”里走出去。在与自己一个又一个故事的“死磕”中，我内在的意识状态逐渐从一种受限、不快乐甚至痛苦的“箱子”里觉醒解脱出来。

我发现，一个个“好故事”汇聚起来，会变成一条宽阔平缓的河流，缓慢而庄重地，将我的人生送向远方，汇入天地的大格局里。这才是生命本来的面目。

“箱子”与“河流”这两个隐喻带出来的故事，那强烈的画面感，让我感觉被自己深深地懂得，于是更加安稳笃定。

我喜欢“说故事”修行的朴素。我也深知“说故事”修行的力道。这就是我很坚定地要整合、创立、发展“生命故事疗愈”这个流派的初心。它是一个人自我成长的路径，是一种至深的身心灵修行，同时也极容易落地于日常的生活。

要你随时随地带着一个蒲团打坐，不容易，但要你随时随地开始说故事，不难。能说的时候，说；不能说的时候，写。它太接地气了。佛陀说法时，不也是在说故事吗？“昔我在燃灯佛所，于法有所得不？”须菩提，过去你和我在燃灯古佛那里学法，你觉得我学到了什么吗……（《金刚经》）

创造新故事

当我带着“生命故事疗愈”的眼睛，行走人世间的时候，看见许许多多原本自性圆满的生命，也会挣扎在“烂故事”的箱子里。我见过太多的人，这一生都努力挣扎在原生家庭父母为他们诉说的“烂故事”里，是早早就被装进了“箱子”的人。

家中一位长辈，小时候戴厚厚的近视眼镜，个性比较木讷寡言，爱看书，爱学习。母亲告诉他：“你出去千万不要惹事儿啊，不要跟别人打架。你看你跟个憨子一样，别人会欺负你的。”这个孩子在学校，永远瑟缩着，在人前不敢说话。一直到工作多年之后，他在家人心中的印象，依旧是一个不会说话、不会社交的“憨子”。

可是，如果当年那位母亲可以告诉他：“孩子，去深度发展你在学业上的优势吧，同时，怀着自信和真诚与人交往。那样，你也一样可以交到真心真意的朋友。别人会尊重你，是因为你非常尊重你自己。”他的人生会不会就有机会爬出“烂故事”的箱子，活成一条宽阔的大河？

还有一位个案告诉我，小时候她问母亲，她是从哪里来的？母亲半开玩笑地说：“喏，你是我从胡同里那个垃圾箱里捡来的。”于是这个姑娘总觉得自己身上有说不清道不明的味道，走过那个垃圾箱时，也会莫名心跳加速，生怕会有人冲出来告诉她——我们才是你的亲生父母，跟我们回到一个肮脏的地方去吧。

她从来都是一个高大、美丽、干练的姑娘，日后在职场发展得也非常顺利，但是她内心不曾喜欢过自己。她在小时候就被关进那个“烂故事”的箱子了，她需要拯救自己。

我的女儿第一次被我抱在怀里时，我对陪产的朋友说：“她长得也太标致了吧。”那一刻，我想表达的是——这个生命的奇迹，一如老天想表达的，恰到好处。她睡着像一个天使，醒着也像一个天使，就连偶尔哭闹时，也像一个天使。我看不够她，欣赏不够她，赞叹不够她。

这份对新生命的赞叹，每一个大人都有。但是，这份欣赏和耐心，能持续到孩子人生的什么时候呢？因人而异吧。

新生儿会长大，会有自己的自由意志，会有自己的选择，当她与父母的期待截然相反时，当她开始做出与父母对立的选择时，我还会持续赞叹她、欣赏她吗？

在医院时，她哭，照顾者说：“你说，你是不是一个娇气包？”

我说：“宝宝撒娇也是可以的。”

她越来越大，有时候会嗷嗷叫唤，照顾者说：“这个孩子将来恐怕脾气不好。”

我说：“有脾气、有自己情绪的真实表达，这样的女孩很棒。”

我常常在想，在她人生刚刚开始的时候，我要跟她一起去创造怎样的故事？我想告诉她，怎样在人群中自处，不被别人的评判左右。我希望她学会，在不同的人给予她的不同故事里，坚定自己的内心，用自己的心灵去认识自己、了解自己、定义自己。我想如其所是地欣赏她，无条件地爱她，直到她也学会如此这般地对待自己。

我知道，在她还没有分辨能力时，遇到大人们无恶意也无觉知的评判，她会因内心不舒服的感受，而掉入一个个烂故事的“箱子”。这些时刻，愿我坚定地为她守住那条属于自己的河道，让这个小小的生命可以率性地向前奔流，直到她拥有足够的力量，再不会被别人的故事而影响。

这是我身为母亲，最想为她做的事。

也是我想为众生做的事。余生，借助“生命故事疗愈”这个流派，去帮助所有依旧挣扎在箱子里的人走出来，成为河流，自信地向大海奔去。

这是我又一个大愿。

祝福众生，都活成开阔的河流。

马冉冉

2019年4月9日于北京“女神的花园”

方糖读书会®

带你的心灵泡温泉

方糖读书会，创始于2017年，是新时代中国的华人心灵阅读社群。

在这颗水蓝色星球上，方糖读书会以生命故事疗愈、灵性书写疗愈、灵性圆梦疗愈三大原创理论作为理论基础；以“每一个人，都是自己生命的专家”作为核心价值观；以生命好书作为基础讨论媒材；以故事深化法作为带领参照方法；以带领人的心性成长作为主要发展标尺。

她，就像一池心灵的温泉，带领人与读书伙伴一起将身心浸泡其中，共同阅读、灵性书写、深情交流，特别是通过彼此讲述个人亲身经历的故事，持续提升对自己的觉知，不断将幸福的体验落地生根，再返回到自己的真实人生里，好好生活，用心创造，坚定活出“心灵旺盛、生命繁荣”的生命新样貌。

具体地说——在这个同城在地的人文读书会里，我们的所有努力，是希望“带你的心灵泡温泉”：它不是为了获取更多的知识，而是让人与人相逢在故事里，在灵魂深处看见彼此。它帮助人们把生命的重心，落回到自己身上，活出今生今世的独特，运用心灵的力量，创造自在、幸福、丰盛、有爱的一生。

生命之光，等你点亮

致谢

感恩在这本书出版过程中，给予我无私帮助的“山河万朵”所有团队成员，小欢、婷婷、云杰。谢谢你们陪伴我走过事业最艰难的时刻。

特别是张贺年小姐姐，你是那样热爱图书。我曾问过你，你在我司做书，书上都不会出现你的名字，你不会觉得失望吗？你回答说，能做好一本书送给读者，是最大的快乐啊。谢谢你全力以赴为出版这本新书，不计名利地工作。你那颗热爱图书金子般的心灵，我看见了，感动，感恩。

感恩我的伴侣张伟，和你一起生活的日子，带给我丰富的生命体验，都化作好故事，留在书中。愿这些经历，让我们从故事中醒来。

感恩我们的两个女儿珍珠和水晶。

感恩我的爸爸妈妈。谢谢你们毫无保留的爱。

感恩十方世界所有爱着我的众生。感恩，感恩，感恩。

感恩所有有缘读到这本书，并从中得到一丝丝领悟的读者。祝福你们喜乐平安。

图书在版编目（CIP）数据

把自己活成一个好故事 / 马冉冉著. -- 北京 : 五洲传播出版社, 2021.2
ISBN 978-7-5085-4569-1

Ⅰ. ①把… Ⅱ. ①马… Ⅲ. ①散文集－中国－当代 Ⅳ. ① I267

中国版本图书馆 CIP 数据核字（2021）第 011106 号

把自己活成一个好故事：马冉冉的生命故事笔记

作　　者　马冉冉
责任编辑　梁　媛
策划出品　每日微光文化
封面设计　靚辰畅想品牌设计
封面摄影　悦祺美学　唐　飞
装帧设计　陈平贺
插画绘制　@Cher 胖蛇
出版发行　五洲传播出版社
地　　址　北京市海淀区北三环中路 31 号生产力大楼 B 座 6 层
邮　　编　100088
发行电话　010-82005927，010-82007837
网　　址　http://www.cicc.org.cn，http://www.thatsbooks.com
印　　刷　北京天恒嘉业印刷有限公司
开　　本　889 mm×1194 mm　1/32
印　　张　10.5
字　　数　300 千字
版　　次　2022 年 4 月第 1 版
印　　数　1001 ~ 2500 册

定　　价　80.00 元
本书仅限中国大陆地区发行销售
版权所有　翻印必究